farejador
de águas

© 2023 by Editora Instante
© 2023 by Maria José Silveira

Todos os direitos reservados. Proibida a reprodução total ou parcial sem a autorização prévia dos editores.

Direção Editorial: **Silvio Testa**

Coordenação Editorial: **Carla Fortino**
Revisão: **Fabiana Medina** e **Laila Guilherme**
Capa e ilustrações: **Fabiana Yoshikawa**
Diagramação: **Estúdio Dito e Feito**

1ª Edição: 2023

Dados Internacionais de Catalogação na Publicação (CIP)
(Angélica Ilacqua CRB-8/7057)

Silveira, Maria José.
  Farejador de águas : romance / Maria José Silveira.
  — 1. ed. — São Paulo : Editora Instante, 2023.

  ISBN 978-65-87342-39-9

  1. Ficção brasileira I. Título

	CDD B869.3
23-1794	CDU 82-3(82)

Índices para catálogo sistemático:
1. Ficção brasileira

Direitos de edição em língua portuguesa exclusivos para o Brasil adquiridos por Editora Instante Ltda. Proibida a venda em Portugal, Angola, Moçambique, Macau, São Tomé e Príncipe, Cabo Verde e Guiné-Bissau.

Texto fixado conforme o Acordo Ortográfico da Língua Portuguesa de 1990, em vigor no Brasil a partir de 2009.

www.editorainstante.com.br
facebook.com/editorainstante
instagram.com/editorainstante

Farejador de águas é uma publicação da Editora Instante.

Este livro foi composto com as fontes Arnhem e Neighbor e impresso sobre papel Pólen Natural 80g/m² em Gráfica Ipsis.

Maria José Silveira

farejador de águas

romance

instante

Para Gali, que ama o Cerrado
tanto quanto sua mãe.

Para Zé Gabriel.

Para Felipe, sempre.

"O futuro é ancestral. Ele é tudo que já existia.
Ele não é o que está lá em algum lugar, ele está aqui."

Ailton Krenak

Sumário

Apresentação	10
Prólogo	11
Parte I: O menino e a Coluna	12
Parte II: Junto da Santa	56
Parte III: Rasgando estradas	74
Parte IV: Grandes transformações I	96
Parte V: Grandes transformações II	138
Parte VI: O mundo de fora	170
Parte VII: A gruta das aves pintadas	214
Parte VIII: Ouro azul	234
Agradecimentos	252
Sobre a autora	254
Sobre a concepção da capa	256

Apresentação

Maria José Silveira

Nasci em Goiás e lá passei a infância e períodos da juventude. Depois, saí por aí e não voltei a morar no meu estado. Retornava nas férias para ver parentes e amigos e regressava a São Paulo me sentindo paulistana, pelo amor à cidade que adotei. Quando comecei a escrever literatura, no entanto, percebi, com surpresa, quanto sou goiana e como, apesar da contínua ausência, trazia minha terra comigo. Talvez por isso muitos de meus livros passem por Goiás.

O desejo de escrever este romance sobre meu estado veio quando entendi minha ignorância a respeito do que de fato significavam suas árvores baixas e retorcidas. Desde criança aprendi a amá-las, a reconhecer sua beleza tão característica, mas não sabia como explicar sua importância fundamental para as nascentes que descem do Planalto Central a fim de formar as maiores bacias hidrográficas do país. Sim, tinha ciência de que o Cerrado estava em processo de extinção, mas não percebia, ou não queria perceber, que a terra que amo estava se transformando em outra ou, melhor dizendo, morrendo. E que essa morte da vegetação que ali estava antes teria influência dramática nas águas do país.

Embora aborde a morte do Cerrado e a intolerável perda progressiva de suas águas, este romance não é apenas triste. As histórias que conto aqui — de um casal e seus seis filhos ao longo de cem anos de grandes transformações — são alegres, comoventes, vibrantes, como as de qualquer lugar. Histórias de luta que aconteceram, acontecem e ainda por muito tempo acontecerão em nosso país.

Prólogo

A poeira laranja-avermelhada subiu como um fiapo a distância e foi crescendo, engrossando e subindo tal fosse um véu atrás do SUV amarelo, tração nas quatro rodas, que vinha, qual vento tempestuoso, em direção à praça onde os que estavam ali proseando giraram a cabeça para vê-lo passar.

— Diabo!, que pressa é essa do neto maluco do seu Jaime?

— Só se for pra matar um.

E logo o barulho infame da freada. Seguido pela suspensão de qualquer ruído, quando o silêncio ecoou por tudo quanto é canto em fração de segundo.

— O boyzinho bateu? — Os que estavam na praça levantaram ainda mais o pescoço, nervosos e excitados com a chegada do extraordinário transformando a tarde modorrenta.

— É O VELHO, É O VELHO! — irrompeu o grito, vindo do lugar da batida. — Ele voltou!

— Deus do céu, o velho!

— O boyzinho freou?!

A comoção, os gritos.

— ZÉ MININO VOLTOU!

Parte I

O menino e a Coluna

Anos 1920 e 1930

"Não vencemos, mas não fomos vencidos."
Moreira Lima, secretário-geral
da Coluna Prestes

Nasceu órfão, o menino. Quase se pode dizer assim. Não sabia direito quem eram seus pais, não sabia quando nasceu nem onde, não teve registro de nascimento nem de batismo. A indígena com quem vivia e que chegara ao arruado com seus pais foi quem lhe disse o nome Demétrio Sussuarino, de seu pai, e Vani, da mãe. E o dele, Zé. Nem sabia que idade poderia ter quando os pais chegaram com o menino de meses naquele local onde pai e mãe logo morreram, um atrás do outro, da doença do barbeiro que já traziam de antes. Deixaram ele, a pequena terra, o barraco e a indígena que todos chamavam de Véia. Foi com ela que o menino viveu nesse arruado de poucas crianças, perdido no Cerrado, indo de uma casa a outra, carregando água, varrendo o terreiro, puxando os burros, indo para a roça, incumbido do que aparecesse. As pessoas ali viviam do pouco que lhes dava a terra e eram cuidadosas com o órfão: davam-lhe de-comer, cobertor puído para se proteger do sereno da noite, a roupa traposa que sobrava de um filho. Davam também para a Véia, que fazia pequenos trabalhos para um e para outro e, com o menino, cuidava de uma pequena roça de milho e de mandioca, com a qual fazia uma farinha muito apreciada e trocava por arroz ou um pedaço de carne para os dois.

O menino era bom escutador, sempre atrás de quem falava alguma coisa, qualquer coisa, no esforço de entender aquilo que era a vida dele. Mas nem todos ali eram de muita fala. Eram desses que demoravam dez minutos para falar do tempo. "Vai chover, cumpadre." Pausa grande, mãos calejadas picando o fumo de rolo: "Vai nada". O outro, depois de aspirar demoradamente a fumaça de próprio pito já aceso: "Espia só naquele canto". Outra boa pausa: "Tô vendo nada, não, cumpadre". Outra aspiração demorada e o pensamento: "Vigia pra lá, homi, nuvem barriguda de chuva!". Pausa do outro, enquanto enrola o fumo na palha seca já cortada: "Elas tão indo é pra lá mesmo". Mais pausa: "Bão".

Nesse mundo, foi que ele cresceu com os chamados de "Quéde esse minino?", ou "Vem cá, minino!", ou "Chispa já daqui, minino", ou "Eita minino esperto!".

Virou Minino.

— • —

Escutando pouco a voz do povoado, ele ia escutar a voz do rio, alegre e murmurante, cuja nascente será que era longe? Um dia, iria até lá.

"Ô rio: posso ir junto?"

"Vem", soava a voz fresquinha do córrego que se juntava ali às águas brincalhonas do rio.

"Vem, vem, vem", soava a voz potente das águas mais adiante, já crescendo, virando riacho.

"Vemvemvemvemvemvemvem", soava de cambulhada, ainda mais adiante, a voz potente das águas se formando, já adquirindo o jeito do rio que haveria de ser.

O Minino ainda não ia. Um dia iria. Essa era sua única certeza: um dia iria atrás do rio.

Enquanto isso, ele crescia como se crescesse para o chão de si mesmo, rumo a suas fontes primeiras, da exata maneira como as árvores à sua volta cresciam para dentro, rumo a seus lençóis de água friíssima. Via seu corpo começando a passar por leves mudanças. Via que crescia. Achava que seria bom crescer.

— • —

Até a manhã que se abriu com o grito: "Ei-vém os revoltosos, gente. Acudaaaa! É o povo da Coluna!". E, como se já tivesse treinado, o pequeno arruado correu, e o entorno engoliu sua gente. O menino, não. A Véia também não. Não sabiam o mínimo sequer para temer ou não o que vinha vindo. Ficaram mesmo na entrada do arruado. O menino queria ver o que era aquilo que fazia o povaréu correr daquele jeito. Esperou.

Era uma cavalhada seguida por um monte de gente a pé que não terminava de acabar. Minino ficou como se vesgo, querendo olhar tudo, mas ninguém sequer parou no arruado pobre e vazio. Seguiram em frente. E foi então que ele, com a naturalidade de quem parece estar sendo chamado, disse: "Vou com eles, Véia", e foi, seguindo as mulheres e as poucas crianças a pé, primeiro acovardado, querendo se esconder, depois mais tranquilo, misturando-se no meio dos últimos. Ninguém perguntou de onde vinha. Capaz que pensassem que era da Coluna mesmo.

Assim foi que ele acabou fazendo parte do "fogão" de Maria Branca.

— • —

Maria Branca

Pequena é como eu era, mas alembro. Foi só aquele pó levantar na curva da estrada que começou o desparramo, o estremecimento do povo todo da fazenda. Uns estremecendo de medo e susto, mas a gente, quero dizer mãe e eu, estremecendo era de contentamento. Foi aquele diz que diz que que parecia o fim do mundo. Gente dizendo que eles iam tomar as terra dos rico e distribuir pros pobre, veja a boniteza que ia ser! Gente dizendo que eles iam mais é matar tudo que é ser vivente. Gente dizendo que eles iam salvar o Brasil. Gente dizendo que eles iam era mandar o povo tudim pra escravatura. Gente chamando aquele povaréu de porta dos inferno. Gente chamando de libertação. Ninguém sabia o que pensar, mas eu seguia era o pensar de mãe, que já tinha uma ideia bem formada. A cidade falava deles faz tempo, e aquele grito de "Ei-vém eis chegando" pra ela foi mais que o júbilo na igreja na hora da ressurreição. Ela já tinha como que murmurado pra patroa que ia fugir com eles. Nem era que dona Evantina fosse das pior, mas quem já viu patrão num ser patrão, patroa num ser patroa? São todos muito santo da porta da rua pra lá, e pode até ser bonzinho um pouco da porta da rua pra dentro, mas, na hora que é pra mandar, eles mandam mui bem, na hora de sujigar, sujigam direitim.

— • —

Eram dez horas de marcha todo dia. Madrugavam ainda no escuro, pelas quatro da manhã. Faziam o que era preciso fazer, tomavam café e às vezes comiam carne churrasqueada. Não tendo café, tomavam o que houvesse, uma beberagem qualquer feita com o que estivesse à mão: folhas de cajueiro, laranjeira, goiabeira, limoeiro, capim-santo, o que houvesse de folhas colhidas ali, e mais cravo, canela, erva-doce, limão. Depois, a parada para almoçar e descansar. E outra vez marchar até o entardecer. Muito dependia do terreno, do clima, da perseguição de inimigo, mas, em média, podiam chegar a umas oito léguas por dia.

A vastidão do Cerrado sem limites à vista os assombrava. Não encontravam fazenda, nem gado, nem nada. Estavam famintos, mas surpresos com as cores da paisagem goiana. Mangueiras exuberantes e pequizeiros em flor, buritis junto às nascentes, chapadões juncados de flores amarelas, brancas, azuis, vermelhas e até roxas. Acampavam em locais de muita sombra e água fresca, chupavam manga. Se admiravam com a quantidade de nascentes que brotavam naquela terra. Iam buscar lenha e gravetos para fogueiras noturnas. E acordavam na entreluz da madrugada, passarada em volta: rolinha, bem-te-vi, tempera-viola, periquito, sabiá, fim-fim, maritaca, quero-quero. Mais distante, um pica-pau picava o tronco de uma árvore. A elegância do passo da seriema. E as araras revoando em bando. Um tamanduá dava à vista sua cara angular, olhinhos atordoados, mas pra quê! Dois ou três bichos humanos corriam atrás, só para arreliar. Carne de tamanduá não presta. "Ainda bem", dizia um. "É bicho feio demais!"

— • —

Os pés feridos do Minino, no começo, o faziam mancar e sofrer, mas ele parecia não se dar conta. Tanta novidade, tanta gente para ouvir, tanto que ver. Com as ervas de Maria Preta, à noite Maria Branca cuidava dos seus pés em carne viva, e Minino perguntava e perguntava o monte que queria saber e escutava e escutava o que ela sabia e contava. Nesse começo, alguém a cavalo lhe dava uma garupa, ao vê-lo caminhando com os trapos que Maria Branca amarrava em seus pés. Pés que iam se fortalecendo, e ele fazendo suas amizades, conhecendo um a um da grande multidão de homens e das poucas vivandeiras. Um grupo delas acompanhava a Coluna desde o Sul, e também tinham os ponchos vermelhos que usavam como cobertor à noite. Eram feitos de peças de lã vermelha divididas em um metro e pouco para cada soldado e cortados no lugar de passar a cabeça. Era bonito ver a Coluna, nos dias de chuva e frio, ficar vermelha.

— Cês tão tudo usando vermelho porque cês gostam? Eu também gosto — disse Minino para quem estava do seu lado.

— Tarde piaste! — Esse alguém riu. — Tu num tava junto quando a gente entrou na loja de pano pra requisitar um que desse pra fazer poncho e esquentar a soldadaiada. Só tinha peças carmim. Se tu tivesse junto, também ganhava um pedaço. Qué chorá? Chora que agora num tem mais.

— Eu, hein? Chorar por um pedaço de pano?

— • —

De quando em quando, passavam pelas porteiras das grandes fazendas, isoladas na vastidão daquele chão poeirento. Podiam ser recebidos por jagunços armados ou pelo próprio fazendeiro, se este fosse contra o governo de Artur Bernardes e a favor de que cuidassem mais daquele mundo que parecia nem ter sido descoberto ainda. Às vezes, abriam a porteira e convidavam para entrar. Com sorte, matavam um boi, porco, cabrito para alimentar tanta gente. Nas casas térreas, espaçosas mas escuras e rústicas, tão rústicas quanto seus donos, entravam os oficiais para uma conversa mais demorada. Ofereciam café, ofereciam pinga, ofereciam o que tinham. Naquele ambiente de terra, gado e trabalho, o que diferenciava o fazendeiro de seus empregados não era o modo de se vestir nem a demonstração da riqueza que porventura possuísse, mas o porte de mando, o tom da voz, a mão do poder.

Minino e Maria Branca se penduravam nas tábuas do cercado do curral para ver as vacas de olhos aguados, tetas imensas amamentando os bezerros. Ou iam ver o monjolo, o rego-d'água, ou corriam para o rio, que sempre havia um que passava perto da casa da fazenda. Enquanto os oficiais falavam de suas razões para o dono, os jagunços e os vaqueiros da fazenda, ressabiados, se encostavam em seus cavalos ou nas cercas e só se dignavam a conversar com aquele povo estranho da Coluna quando um ou outro deles se aproximava e puxava conversa. Aos poucos se entendiam, ou não. Eram homens assemelhados, mas nem tanto. Uns estavam a serviço do patrão e agradeciam por isso. Os outros estavam a serviço de uma causa e também agradeciam por isso. Os da fazenda olhavam com desprezo os da Coluna, um monte de revoltosos cuja razão eles não entendiam; por sua vez, os da Coluna, mas não os oficiais, olhavam com desprezo os da fazenda, ignorantes que se sujeitavam a viver sendo explorados sob o jugo do patrão.

— • —

Maria Branca

Pra ser livre, a esperança de mãe era a Coluna. Dizia pra dona Evantina, é só a Coluna chegar aqui que eu vô. A patroa só fazia rir, num acreditando. Mas mãe já tava ciente de que casar num seria pra ela: o estrupício de feiura que ela achava que era e ainda com uma filha. Sair dali sozinha, com os perigo do mundo pra mulher sem nada, era lavrar sentença de morte num dava nem sete léguas. Daí que ela ficou doida quando eles apontaram na curva da estrada. Os dia que passaram acampado por ali deu pra contar nos dedo da mão, e, quando saíram, ela arrumou nossos trocinho e lá fomos as duas com eles pro nunca mais. Num deu nem té logo, com medo do marido da dona Evantina amarrar ela no tronco da mangueira do quintal. Mãe nunca foi escrava nem nada, mas pro marido da dona Evantina era como se fosse. Então foi assim que saímos de finim, ela na frente, eu atrás, menina ainda, que só ficava pelos canto ou aprendendo as coisa que tinha de aprender. Mesmo levando só beliscão, que dona Evantina num era das piores comigo, mas gostava de beliscar mãe e eu. Foi vida dura desde meus miúdos ano, que eu nunca soube quantos eu tinha, nunca soube. Mãe dizia uma coisa, depois outra. Nem dia de ano eu tinha, se bem que de vez em quando ela fazia um bolim só pra mim e cantava com uma vela acesa, dizendo que era meu dia, 27 do mês de julho. Do meu pai também num sei nada. Mãe nunca disse. Ela num tinha nem tempo pra conversar dessas coisa, trabalhava de sol a lua, depois caía na cama, dormida. Daí que fomos saindo de finim, mas não prestou. Deu pra gente ir até o campo, quando então mãe me puxou pela mão, começando a correria. É que sem direito nem justiça o patrão mandou os homi atrás e com tiros mataram mãe. A última coisa que ela me disse foi: "Corra, fia, corra! Corra pra Coluna que lá você vai achar quem tem coração". E foi o que fiz, ela já tinha me falado pra que rumo eu devia correr. Corri até quase desmaiar, mas corri, corredeira boa que sempre fui. E cheguei.

— • —

Minino ia aprendendo. Maria Branca não devia ser muito mais velha que ele, só mais esperta, mais sabida, experiente. Ensinava Minino como fazer nos tiroteios (deitar no chão), emboscadas (correr pro mato), como se proteger nos combates maiores (correr pro mato também). Ensinava o que sabia.

Já Minino, o que ensinava a ela era algo sobre os rios por cujos caminhos eles iam passando. Quando dava, ia atrás dos olhos-d'água. Havia tantos por ali que era um despropósito. Minino ia se embasbacando e fazendo Maria Branca se embasbacar também. Buscavam as cachoeiras, cujo murmúrio escutavam de longe. Uma terra de muita água que fascinava inclusive os marmanjos. Mal sabiam eles que era a terra mais alta que iam ver, o berço de onde as águas escorriam para formar diversos e poderosos rios.

Não tardou, Minino ficou conhecido por sua destreza de achar fontes límpidas e frias. A soldadesca brincava. Diziam que o faro dele devia ser empregado para localizar inimigos. Ele achava graça das brincadeiras. Falava: "Ninguém vai perder se esperar, que já tô aprendendo a farejar o fedor deles".

— • —

E o que eram eles, os da Coluna?

"Revoltosos contra o governo de Artur Bernardes", explicavam os soldados que lhe davam garupa no cavalo. "Querem melhorar a vida do país e do povo. Vieram de muitas lonjuras, e o número foi só aumentando com o tanto de gente que aparecia. De todo lugar do país."

Aquelas palavras iam batendo nos ouvidos de Minino como águas de rio desconhecido, e ele, se não as entendia com precisão, adivinhava seu sentido.

— E foi assim que juntou esse mundão de gente? — perguntava. — Nem rebanho de coronel é tão grande assim.

— Rebanho, Minino? — Quem o levava na garupa soltava uma gargalhada que fez a cabeça do cavalo agitar a crina. — Nós somos muitos mesmo, muito mais que o rebanho de qualquer coronel. Quando a Coluna saiu do Rio Grande, eram uns mil e quinhentos homens, que só fez ir engrossando. Dizem que chegamos a três mil. Pode ser que menos, pode ser que mais.

Percebendo que o rapazote mal sabia os números, o soldado passou a lhe ensinar a contar até mil. Depois, foi a vez de Minino aprender a ler e escrever. Mas isso já foi bem depois, com os oficiais. Começou com Siqueira Campos, que, para ler os livros que gostava de ir lendo nas longas jornadas com alguma calma, punha Minino para cuidar de seu cavalo, que não deixasse sua montaria bater em nenhum galho, "Como outro dia mesmo fez Juarez Távora, distraído com a *Divina comédia*, estatelar-se no chão, provocando a maior gargalhada". Até mesmo ao recontar o episódio, já contado muitas vezes, Siqueira não continha as risadas, acompanhado por Minino, que também tinha visto o oficial cair.

Siqueira começou a flagrar o olho grande com que o rapazote parecia ficar doido querendo saber o que era aquilo que ele fazia, não só ele, mas outros oficiais, nas longas horas tranquilas da marcha sem perturbação. E aprendeu tão rápido a ler que surpreendeu o tenente. Passou a ser seu mensageiro pra cá e pra lá, a estar sempre perto. Teve até que mudar de fogão, embora não quisesse. Mas tudo isso foi depois.

Naquele momento, ele ainda aprendia o beabá dos cavalos, das marchas, das revoadas, das coisas que lhe ensinava Maria Branca, das histórias na beira das fogueiras à noite, quando o pessoal contava dos combates já travados. De quando haviam sido perseguidos pelas tropas do major governista

Bertoldo Klinger, caminhões armados com metralhadoras. "Era eficiente, esse major, capaz de tudo, mas não o bastante para enfrentar a criatividade da Coluna, como destruição de pontes para impedir passagem dos caminhões, potreadas que os atraíam para emboscadas e muitas outras artimanhas." Cada um contava um pedaço do que fizeram para escamotear a campanha de Klinger. Até que o major reconheceu que não dava: não tinha condições de "enfrentar um inimigo mais ágil, que envolve seus comandados com mobilidade extraordinária, fustigando as tropas com cargas rápidas da cavalaria e domínio do terreno", foi o que ele mesmo disse. Desistiu da perseguição e passou a defender um acordo político.

Em volta da fogueira, estalavam as risadas de orgulho.

— • —

As potreadas, famosas, faziam parte da estratégia trazida pela Brigada do Sul. Dez a quinze cavaleiros esquadrinhavam a região à procura de montaria. Invadiam fazendas e povoados e juntavam a cavalhada. Um papel logístico que logo passou a ter também grande importância na luta. Movendo-se de maneira nunca vista, surpreendiam os inimigos e faziam a festa.

— • —

Maria Branca

No começo, eu ficava só espreitando e seguindo, que ninguém queria me aceitar assim sem mais. Foi Maria Preta que me deu comida e me escondeu no mato, e fui seguindo atrás. Os soldado do fogão dela acabaram me vendo e me deixaram ficar, e, quando os comandante passavam, ela dava um jeito de me esconder. O "fogão" era uma espécie assim de grupo grande, uma família, dá pra dizer que a Coluna era dividida em fogão, onde cada grupo se juntava em volta pra comer, descansar e conversar, jogar os jogo que inventavam, dançar, coisas de divertir um pouco. Aí fui ficando. O pessoal passou a me chamar de Maria Branca, devido a que me tornei como filha da Maria Preta, vivandeira da Coluna desde o comecim. Era conhecida assim, mas veio com o marido, seu Laudêncio, que trabalhava em uma venda de tudo quanto é coisa de couro e ganhava um miserê, isso quando ganhava. Maria Preta era empregada na cozinha de uma patroa que pagava outro miserê. Os dois junto num dava pra sustentar os filho, que foram nascendo e morrendo, um a um. Era uma vida de revoltoso mesmo. Foi só ouvirem falar da Coluna pra querer ir junto. Mas seu Laudêncio nunca teve foi sorte nenhuma na vida. Sabia tudo de couro, mas num sabia de arma de fogo. Morreu no primeiro tiroteio com um facão na mão, mas não sem levar dois legalista junto.

— • —

E lá iam eles passando por arruados, povoados, vilas, vilarejos, pequenas cidades. A maioria só tinha a rua principal, casas de barro caiadas de branco, casebres de adobe, um armazém. Lavando os panos nas pedras dos rios, mulheres agachadas fugiam ao vê-los chegar, abandonando bacias, baldes e roupas que, fosse dia normal, levariam na cabeça. Homens magricelas pitavam na porta da venda, observando o movimento. Muita gente papuda, e os que olhavam para eles com olhos de completo estranhamento. Minino, que nunca tinha visto gente papuda, se espantava. Aquela gordura que inchava debaixo do queixo na frente do pescoço ou virava pescoço. E corriam dos revoltosos, como se de algum perigo.

— Que medo é esse que tanta gente tem da Coluna? — Minino não entendia. — Tudo gente que parece que num tem nada dentro, só medo. Cheguei perto de um pra conversar e ele saiu correndo, velho já. Correr de mim. Trem mais doido! E num querem nem saber que o povo da Coluna só responde quando é atacado.

— É a boataria que corre solta — comenta quem está caminhando ao lado dele. — Dizem que os da Coluna querem é destruir tudo. Tomar tudo deles, mesmo de quem mal tem onde cair morto. E num querem nem escutar os tenente, nem nada. Porqueira de entendimento do mundo que esse povo tem!

— Mas também tem os que vêm juntar com a gente, ah se tem!

— • —

Aos poucos, o rapazote foi se inteirando mais das coisas. Que tudo começou com a Brigada Rio Grande, a cavalo, e a Brigada São Paulo, a pé. Aliás, começou antes, contavam. "A Coluna se formou com o encontro de revoltosos e revolucionários de vários estados, sobretudo da revolução paulista fracassada, dos tenentes do Rio de Janeiro e do Rio Grande do Sul — resultado de muitas rebeliões e levantes pelo país. Tinham vindo da luta do Forte de Copacabana, da sublevação de quartéis no Rio Grande, da rebelião do Encouraçado São Paulo ameaçando bombardear o Palácio do Catete, onde morava o presidente. Em vários pontos do país, havia tropas revolucionárias em rebelião esperando para se juntar a eles. O que a Coluna precisava agora era reunir toda essa gente e angariar mais combatentes por onde passasse, até ser forte o bastante para derrubar o presidente Bernardes e endireitar o país."

Muita coisa Minino não entendia, nem sabia onde ficavam aqueles locais. Então, abria bem os olhos e ouvidos e a cada dia sabia mais.

— • —

Pelas cidades por onde passavam, os da Coluna procuravam listas e livros de cobrança de impostos para queimá-los. Se nas cadeias encontrassem instrumentos de tortura, destruíam. Execravam os latifúndios: diziam que as grandes fazendas deviam acabar e que todos deviam ter seu pedaço de terra suficiente para cultivar e levar uma vida digna, diferente da grande miséria em que viviam.

E havia também fazendeiros mais esclarecidos, os também da oposição, que sabiam o que a Coluna significava e recebiam os oficiais como hóspedes ilustres. Proseavam, enquanto a todos era servida uma refeição hospitaleira. Já em outras fazendas, não havia prosa nem comida, só balas, se ousassem passar perto.

Em algumas cidades, conforme fosse, podiam até ser recebidos com festa. Festa boa mesmo, como a que lhes ofereceram em Porto Nacional, norte de Goiás. Os moradores não fugiram, receberam-nos com efusão; foram hospedados em um convento, e os frades, em suprassumo de cordialidade, lhes ofereceram boa comida e vinhos franceses — foi o que se disse, mas, fora quem os tomou, ninguém viu nem o cheiro.

Houve foguetório, banda de música, dança de catira — eita pessoal que sabe dançar uma catira! Minino e Maria Branca olhavam um pouco para aprender e logo se juntavam ao grupo. As mulheres também se esbaldavam. Era um pessoal que sabia se divertir quando era hora de se divertir. A vida sabe ser boa, quando deixam.

— • —

Quando a cidade não os recebia bem, era difícil até conseguir a mínima informação. Pelo motivo que fosse, ignorância, má-fé ou dificuldade de entendimento de ambas as partes, davam informações erradas.

O abismo era profundo entre eles. O povo pacato não entendia as falas dos revoltosos, homens que surgiram do nada afirmando que combatiam por eles; os revoltosos, por sua vez, não entendiam nada daquele povo. Os oficiais se espantavam com a miséria que encontravam, a ignorância, o desconhecimento do que acontecia no resto do país.

Impressionavam-se com a diferença entre as cadeias e as escolas, que, em muitas cidades, nem sequer existiam. As cadeias eram prédios sólidos, enquanto as escolas, se escola houvesse, estavam em estado lamentável.

— • —

Maria Branca

Antes, quando eu ainda tava aprendendo a conhecer o povo da Coluna, nasceram dois nenê que eu ajudei a cuidar. Então fui ficando. Os comandante, tinha um que ficava possesso quando me via ali sem mãe, mandavam que me deixassem na primeira corrutela por onde passassem, mas nunca deixaram. Tinha o mais baixinho, justo aquele que chamavam de Prestis, que uma vez me olhou com uma cara terrível, olhou pra Maria Preta também, olhou pros dois nenê, mas não disse nem um ai! Parecia que o trem era tão errado pra ele, a gente estar ali, que ele até desistiu de falar fosse o que fosse. Esses dois nenê que ajudei Maria Preta na hora do parto, ela foi a pegadeira; o primeiro da Paneleira, e o segundo da Merciana, que nasceu magrim demais e nem esperou a febre dos sete dia pra morrer. Merciana mesma foi enterrar o anjim sozinha, num quis ninguém junto. Lembro que a noite tava escura demais. Maria Preta ficou só olhando o fogo da fogueira, e eu fiquei ali do lado dela chorando.

— • —

O primeiro quase combate que Minino viveu foi quando todos começaram a falar que a Coluna ia enfrentar uma santa, a Santa Dica, capaz de curar e talvez, quem sabe, tratar dos enfermos da Coluna, os feridos.

Iam combater uma santa?

O falatório entre eles corria solto, acompanhando a expectativa. "A Santa não era santa nada, estava do lado dos legalistas", diziam. "Dos Caiado", completavam os goianos. "Eles é que mandam em tudo aqui. Então, deve ser mais é diaba, vigia só. Santa diaba. Quero ver."

Minino e Maria Branca, ansiosos para participar de evento tão extraordinário, conseguiram se aproximar e ver com os próprios olhos a cavalaria da Santa em conversa com Siqueira Campos. Os outros do Comando ficaram afastados. Era uma cavalaria toda uniformizada, também a Santa de uniforme como seus trezentos soldados, uma lindeza de comandante: rosto fino e pálido, cabelo preto amarrado na nuca.

Acordaram que ninguém atacaria ninguém. Siqueira Campos explicou aos da Coluna: "Santa Dica quer o mesmo que a gente. Acabar com a exploração dos poderosos que tornam a vida do nosso povo esse inferno".

E houve o convite da Santa Dica para irem com ela até sua fazenda, a Mozondó.

"Aqui é a cidade de Canaã, e nosso rio é o rio Jordão", ecoou sua voz de provocar admiração.

Mas não ficaram nem um dia ali. Perigava os legalistas enviarem outra tropa que não a da Santa. Seguiram em paz e amizade.

— • —

Na beira dos "fogões", dessa vez até dançaram na euforia. Maria Branca puxou Minino e lhe ensinou uns passos. Acompanhavam Onça, dançarina de maxixe que ainda tinha um toco de batom vermelho com o qual lambuzava os lábios murchos e mexia com a libido dos soldados, e Alzira, que dessa vez resolveu ficar nua. Prestes, avisado, mandou que a trouxessem até ele. Os homens foram e voltaram: "Ela diz que só vem nua".

E Prestes deve ter entendido que era melhor deixar a noite estrelada passar. Em paz.

— • —

As vivandeiras eram o tipo de acompanhante que alguns chefes detestavam. Muitas vezes as expulsavam, mas elas voltavam. A maioria era de prostitutas sem eira nem beira que haviam encontrado entre eles talvez um companheiro, um pouso, comida e aventura, algum descanso de uma vida que nenhum cristão havia de merecer. E ninguém poderia dizer que atrapalhavam as marchas ou os combates, nos quais se mostravam valentes como qualquer homem. Eram também preciosas no cuidado dos feridos e enfermos. Além disso, davam alegria aos fogões. O problema é que, dado ser quem eram, provocavam também conflitos passionais. E ficavam grávidas e pariam.

— • —

Havia noites em que os combatentes, homenzarrões vividos na luta e na coragem, se arrepiavam com casos de assombrações e almas penadas ao redor das fogueiras. Valiam-se de tudo contra a morte, protegiam-se dos maus espíritos da mata, acreditavam nos casos mais assustadores, faziam a toda hora seus "nomedopaidofioedoespritosantamém".

Tinha quem jurava já ter visto e vivido acontecidos com mula sem cabeça, cobras da noite com olhos de fogo e o próprio demo em pessoa, com os pés virados para trás, e grunhidos ouvidos a mais de cem léguas de distância.

O que fazia mais sucesso, no entanto, eram as lendas e histórias que eles mesmos iam criando ao redor de Prestes e da Coluna. Como a da Santa Dica não ter ousado sequer levantar um dedo contra eles. Contavam e recontavam os combates e tiroteios como se os revivessem jubilosos outra vez. Nenhum teve medo, nenhum vacilou em nada, tudo foi como deveria ter sido, eles sempre-sempre melhores do que os jagunços e os soldados vendidos dos patrões e do governo. E, como até então nunca haviam sido derrotados pelas tropas legalistas, conferiam a Prestes o dom da valentia tremenda e o da adivinhação.

Minino, que já tinha visto Prestes de longe, com sua barba e seu jeito bravo, parecendo o mais velho deles, arregalava ouvidos, olhos, boca para não perder nada do que falavam sobre o Comandante.

— Ele tem poderes, minha gente. Qué vê, espia quando ele esfregar a mão assim que cai um monte de cartuchos.

— E, quando ele pisca os zói do jeito dele, basta uma piscada boa pro inimigo sumir.

— Lembram da vez que o Comandante conseguiu fintar duas coluna legalista ao mesmo tempo? Aproveitando o escurão da noite, fez que mandassem fogo uma contra a outra, enquanto a nossa passava por trás sem sequer se arranhar.

— E aquela vez, no Paraná, quando aquele danado do Rondon veio com doze mil homem armado enquanto os nosso não chegavam a dois mil? Pra mim, foi a pior batalha até hoje, mas deu-se um jeito de escapar. Perdemo gente, muita, mas escapamo. Numa guerra, é isso que importa.

— No Mato Grosso, antes de entrar em Goiás, enterramo os canhões numa fazenda. Num dava pra trazer canhão numa marcha dessas. Por isso que agora só tem arma de fogo e de corte. O que já dá pro gasto, ora se dá!

Minino quis saber como era um canhão. Explicaram em detalhes. Levantaram para explicar o tamanho, o volume da bala, os pormenores todos, orgulhosos por entenderem de canhões e poderem explicar.

— E sabe o que contam da gente? — disse outro, já rindo. — Que comemo só as parte dianteira do gado pra poder andar tão rápido quanto a gente anda.

Os corpos se contorciam em gargalhadas orgulhosas. Os homens deram um gole na cachaça que apareceu, extasiados com a própria força.

Minino era o mais extasiado deles, alimentando o desejo de chegar logo o dia de ser um ali, igual.

— • —

Ao longe, em outro fogão, violas pegavam a gemer com lamentos e saudades de lacrimejar a alma.

— • —

Maria Branca chamava Minino: "Vem cá pra ver uma coisa". Os dois se enfiavam no mato, na noite escura, e só paravam quando viam à frente um cupinzeiro grande todo aceso com a miríade verde da luz dos vaga-lumes. "Eles moram no cupinzeiro", Maria Branca falava, e os dois ficavam ali um tempinho. Só depois de muito admirar, voltavam para o fogão.

— • —

Minino ia se impregnando com aquela vida aventurosa e suas histórias, como se corresse ele mesmo ali, junto com um rio, como sempre fora do seu desejo. Conversava com Maria Branca:

— Era tudo verdade?

— Era. Prestis tem um cavalo branco que voa atravessando morro e mata. De lá, vê tudo que acontece nesse mundo. É devido a isso que ele tem aquele olho triste de tanto olhar tristeza, tu reparou?

— Não — respondia Minino. — Ainda não, mas vou reparar.

— E tem mais: quando a cidade não quer que a gente entre, Prestis respeita. Foi assim em Anápolis, tu conhece? Veio comitiva de cidadão e comerciante pedir pra Coluna não entrar, não pela gente, eles disseram, como se fosse pedindo desculpa, mas pelos governista que depois viria atrás e se vingaria da cidade. Prestis respeitou o pedido. A tropa passou a uma légua de lonjura.

Os olhos de Minino mal piscavam.

— • —

Outro amigo seu era João Miliguento, cabelo comprido e grisalho preso num rabo caindo pelas costas. Varapau, alegre e falador, consertava relógios, construía pontes, pinguelas, padiolas, sangrava boi, se fazia de enfermeiro quando necessário, tocava rabeca, cantava. Ensinava o que sabia para o rapazote interessado.

— De onde cê veio? — Minino gostava de perguntar, como se precisasse saber tudo da vida de uma pessoa.

— Vim do Paraná, terra de frio e paisagem diferente desta aqui. Cheia das araucárias, árvore altiva que tu não conhece, que aqui num tem. É árvore que gosta de frio e num ia crescer neste calorão que às vezes nem eu guento. Nasci e cresci numa fazenda de pasto, mas me desentendia muito com o patrão, um velhaco que, se tratava o gado de modo bruto, mais bruto ainda tratava os humanos. Penei, mas consegui sair, minha santa mãe já morta e enterrada, meu pai já morto muito tempo antes. Nem posso dizer que conheci meu pai, mas encontrei muita gente boa por essa terra imensa, e as melhores estão aqui, batalhando pra mudar as ruindades que campeiam por todo canto. Tu deu foi sorte, viu? Crescer ao lado destes homens e mulheres que pensam mais nos outros que neles mesmos. Se tu crê em Deus, agradeça; se num crê, agradeça também, que uma alma agradecida faz bem pra natureza.

— • —

Às vezes, Minino e Maria Branca não compreendiam a expressão ou o sotaque de muitos que estavam ali com eles. Achavam graça na música de jeitos diferentes do falar de homens e mulheres que vieram de tantos fins de mundo. Quando os nordestinos começaram a entrar, então, foi uma festa. Minino e Maria Branca achavam bonito o palavreado deles e queriam falar igual, animados e melodiosos como eram. Valentes também. Aliás, todos ali. Valentia era coisa do sangue deles.

— • —

Tinha dias em que a paisagem ralentava a marcha, um verde novo e alegre nas serras, um vale escancarado de flores amarelas, uns ipês e flamboyants com tons de amarelo, roxo, rosa, branco espocando aqui e ali, o ar de fragrâncias, uns galhos de buriti alçados pela graça das águas a seus pés e as aves em volta, tudo isso fazia com que oficiais e soldados sorvessem com os olhos o dom de uma beleza esquecida. Sentiam-se mais leves, mais confiantes. Sorriam. Descobriam a boniteza do Cerrado.

— • —

E, se era bem verdade que quando a Coluna entrava em alguma cidade era ou bem recebida ou vítima de emboscada, tudo dependia do poder político da região e da fama que a precedia. Boa ou má, era essa fama que ia abrindo ou complicando os caminhos. Porque, além da guerra das armas, havia a guerra das notícias. Era a imprensa alarmista e enganosa a favor do governo e contra as ações dos revolucionários e os poucos panfletos da Coluna. Os jornais da cidade contra as folhas dobradas dos revoltosos.

A propaganda do governo noticiava com estardalhaço que "os da Coluna" saqueavam lares e semeavam terror por onde passavam. E que já estavam agonizando com os golpes potentes que sofriam.

"Eles invadem lares, desrespeitam as moças da localidade e, quando partem, carregam até roupas de crianças recém-nascidas. São verdadeiros monstros."

"Eles chegam e obrigam os moradores a tocar sanfonas e o povo a dançar nu. De olhos baixos de vergonha, vizinhos bailam com vizinhas."

— • —

Quando não era por escrito, era nos rumores:

"Nos mato, pegam os alicate e puxam a pele do morador até que ele revele onde escondeu o gado."

"Tem uma rede enorme de apanhar homens e mulheres, da qual poucos conseguem escapar."

"Uma preta velha feiticeira dança nua entre os fuzis dos revoltosos, que eu vi."

"Tem um saco do ouro e das joias que eles roubam nas casas ricas. Entram nas fazendas, saqueiam, amarram os donos, dão chicotadas e matam."

"Na rabeira da coluna, é o próprio Satanás que ei-vém!"

"Não têm dó nem de criança, jogam pra cima e aparam com o punhal."

— • —

Quando a Coluna de fato chegava, disposta a tratar bem os que a tratassem bem, muitos se sentiam aliviados, e como que uma esperança surgia. Ainda que parca, surgia. Prestes falava para o povo:

"Eu estou convencido de que nós estamos diante de um problema social muito grave. Como é que neste país tão rico o povo vive na miséria? Temos que estudar esse problema para encontrar a solução, saber qual é a solução."

Teria que haver uma solução.

— • —

Maria Branca

Essa Maria Preta que me acolheu morreu no meu colo, trucidada pelos governista. Sabe como é trucidada? É matada de morte matada mesmo, pra valer, pra fazer a pessoa sofrer. Gente ruim é que trucida. Gente que tem ânsia de fazer ruindade. Cê pode até matar, às vezes até por precisão, mas não precisa trucidar. O último estertor de Maria Preta foi no meu colo. Num sei por que não me mataram também. Eu era novinha, peito só começando a crescer que nem fruta nascendo, e meu sangue num tinha corrido ainda e, quando correu, correu de mui pouquim e logo num correu mais, acho que pra num deixar que eu tivesse filho, nunca, nenhum. Mas isso foi depois. Foi depois que Maria Preta morreu no meu colo.

— • —

Com o tempo, Minino se espevitou. Foi crescendo, aprendendo tudo que sua vista abarcava. Aprendeu a se arrastar pelo mato imitando o ruído dos guizos da cascavel, a imitar o balido das ovelhas e dos bezerros, para que seus perseguidores se confundissem com os barulhos que faziam pela mata, a usar um chocalho de lata para se comunicar à noite como gado perdido, a fazer armadilhas para derrubar os cavalos dos inimigos e, com o tempo, também a atirar e descobrir que sua pontaria lhe obedecia.

Depois, sempre estava ao lado do tenente Siqueira Campos, que aproveitava as folgas para ensiná-lo a ler e escrever e o incumbia de várias funções, inclusive levar algum recado para Prestes. E, então, Minino chegava perto e reparava.

Barba grossa, bigode, chapéu, uniforme gasto, lenço vermelho amarrado no pescoço, mas os olhos, os olhos ele não entendia. Seriam tristes como Maria Branca tinha dito ou só sérios demais? Porque sério, isso ele era. Bravo? Parecia. De sorriso inexistente. Minino reparava muito, mas nunca viu a boca dele se mexer num sorriso. Outros diziam que sim, já tinham visto. Prestes ria, até muito. Quando contavam algum caso engraçado sucedido com os da Coluna, ele ria. Igual aos outros oficiais. Todos jovens, entusiasmados, confiantes no que faziam. Siqueira Campos, por exemplo, ria bastante, os outros também, Minino já tinha visto isso muitas vezes, mas do riso na boca de Prestes ele nunca que tinha tido a sorte de dar notícia.

— • —

Uma grande preocupação eram as necessidades da guerra; o custo social dessa marcha pelo interior do país assombrava os oficiais. Havia que requisitar cabeças de gado para alimentar a tropa e bestas para servir de montaria; como pagar tudo isso? Eram altos e inevitáveis os prejuízos que a tropa causava ao passar por fazendas e lugarejos. A solução que o Comando encontrou foi dar recibos, assinados pelo oficial designado, que deveriam ser resgatados pela União em um futuro que ninguém discernia. Eram compras feitas por requisições que deveriam ser debitadas do governo. E, assim, velava-se o constrangimento que tais fatos inescapáveis lhes causavam.

Quando chegavam, avisavam: "Nós somos da revolução que vai salvar a nação das mãos daqueles pústulas que estão no governo". E, se comerciantes e moradores não se conformassem em lhes dar o que pediam, retrucavam de volta: "Então vamos levar o que precisamos assim mesmo. Depois, pode mandar a conta pro governo. Nós damos o recibo".

— • —

Mas havia, sim, o que não deveria haver. Apesar das proibições e dos castigos rigorosos, havia os excessos dos soldados. Pequenos roubos daqui e dali, saques, abusos.

O Comando era rigoroso. Punia, expulsava, mandava destruir toda a cachaça da cidade. Tonéis de aguardente, garrafas, tudo ia para o chão, e o líquido amarelo, esverdeado ou branco, fosse de que cor fosse, se esparramava por entre os pés dos que estavam perto. E adiantava? O mais das vezes, não. Como controlar uma tropa tão grande e heterogênea sem nenhuma disciplina, muitos armados e outros não? Soldados vindos das cidades, soldados vindos da zona rural, trabalhadores, camponeses, mulheres, crianças, até bebês, conforme a época. Tinha alguns que ficavam doidos, burlando a vigilância das patrulhas e bebendo qualquer coisa que encontrassem.

O resultado é que depois de tudo, de baixada a poeira da Coluna e da repressão que vinha logo atrás, o povo se via mais miserável do que antes.

— • —

Minino escutava. "Como em todo canto, aqui também tem gente boa e gente que num presta. Tem gente que num presta nem pra enfiar no cu do boi. Cê ri... Ria, não. Cê conhece boi, num conhece?, conhece cu, então deve saber o que é cu do boi. Que importa se é palavrão, como se diz. Palavrão, palavra, palavrinha, tudo serve pra língua do mundo, num tenha medo delas, não. Num é a palavra que mata, é a cobiça e a estupidez do homem."

— • —

Alguns combates podiam ser massacrantes. Outros, não. O Comando bem sabia evitar o combate em que não seriam mais fortes que os inimigos. Às vezes até riam, como numa carta que Prestes enviou para um aliado com acesso à imprensa nacional e leu para os soldados próximos: "A eficiência de nossos adversários é cada vez menos sensível. Dir-se-ia que adivinham sempre onde não estamos e para aí marcham".

"A guerra da Coluna é guerra de movimento", os oficiais explicavam. "De dar golpes-surpresa no inimigo. Rápidos. Que eles não tenham tempo de reunir suas forças e reagir. A guerra de posição é para o governo que tem munição", completavam. "A nossa é a de não pararmos e seguir em frente. Desgastar a resistência do inimigo. Acuá-lo. Um exército como o nosso parado é um exército irremediavelmente perdido".

— • —

Maria Branca

Cê ainda num sabe direito o que é potreada? É quando um grupim de soldados se destaca da Coluna pra fazer exploração, capturar cavalo, gado, trazer informação e informante, e às vez até fustigar as tropa inimiga e fazer eles irem prum rumo que não é o rumo do grosso da nossa tropa. Rosa Grande, que era mais lá do Sul, lá de onde a Coluna saiu, era boa pra potrear e saía muito com eles. A missão também era fazer o inimigo pensar que vinham todos pro ataque, e se entrincheirar, e ficar lá de bobeira, enquanto a Coluna seguia em frente. Esperteza é coisa que num falta aqui. Às vez eles consentiam que gente mais nova da tropa fosse com eles, os que já lutavam que nem soldado feito e sabiam montar bem. Tinha um amigo meu, Jaguncinho. Ele tava começando a me ensinar a atirar quando saiu numa potreada e num voltou mais. Foi aí que tu apareceu, Minino, ou num tô bem certa. Pode ter sido antes também. Tu tava sempre zanzando por ali mesmo, na fogueira de um, na fogueira de outro.

— • —

Quando acampavam, o cheiro perfumado das flores do Cerrado os entontecia. Os que eram goianos ensinavam as tropas como cozinhar e comer o que dava ali, como o fruto cheiroso do pequizeiro. Dava certo? Nem sempre. Às vezes subia um grito aqui, outro ali. E lá iam tio Balduíno ou João Miliguento arrancar espinhos das línguas afoitas demais. Minino e Maria Branca riam, sabendo que naquela noite ia sobrar mais pequi para eles.

— • —

Tio Balduíno, carapinha branca, tinha vindo de Minas Gerais. Não era um homem de armas, mas de sabedorias. Seus pais tinham sido escravos, ele, não. Nasceu livre, mas era como se tivesse sido escravo também. Não dos senhores brancos, mas do Senhor Miséria. Viveu com os pais, sem eira nem beira, de chão em chão. Aprendeu as coisas da vida. Não sabia ler nem escrever — onde iria aprender? —, mas era um faz-tudo, muito apreciado. Nas fogueiras à noite, seus casos de assombração, em sua voz roufenha, eram dos mais cotados. E, quando ele não estava presente, contavam que, quando jovem, várias vezes foi preso por roubo e arruaças ou só por estar onde estava, e que, por trás, suas costas, tronco, braços e pernas eram todos lanhados com cicatrizes grossas de chibatadas. Suas experiências de vida acabaram por ser muito úteis durante os anos na Coluna. Quando podia, Minino ficava junto dele e ajudava em seus afazeres.

— • —

Bichos variados apareciam pelos caminhos. Lobos-guarás, onças, tamanduás, emas, antas, veados-campeiros, tatus, porcos-espinhos, raposas-do-mato, macacos, abelhas. Os que podiam virar comida faziam quem era caçador mudar o rumo para encontrá-los e trazê-los pendurados nos ombros, direto para a faca dos encarregados dos fogões. Os que tinham a destreza de lidar com abelhas traziam o mel silvestre de diferentes sabores. Para Maria Branca, Minino escolhia o mais doce favo de mel e caçoava ao ver a delícia escorrer de sua boca.

— • —

Os revoltosos arriscavam a vida, mas, muitas vezes, as populações que imaginavam libertar reagiam embrutecidas pela propaganda do governo e por boatos aterrorizantes. Era violência em cima de violência. Muitas vezes, uma ópera sangrenta de surdos e cegos.

Como fazer o que o povo da Coluna tinha na cabeça, que era tirar o presidente Bernardes, os poderosos, e melhorar a vida do país? A ideia de Prestes e do grupo de oficiais de empreender com as tropas rebeldes uma grande marcha pelo Brasil, "arregimentando adesões no decorrer do caminho, até que conseguissem derrubar o governo", esbarrava com a realidade que encontravam. Que país era aquele? Como fariam o que pretendiam? Bastava sair marchando, como estavam fazendo? Quem sabia? Ninguém.

Enviavam notícias para seus aliados e apoiadores nas cidades. Descreviam o que viam. Perguntavam se tinham notícias do que havia acontecido com a ajuda que esperavam do marechal Isidoro, que fora para o Paraguai angariar armas e munição e não chegava.

— • —

Em todo rio por onde passavam, Minino fazia questão de parar, mesmo ficando atrás da tropa. Queria ver melhor e, com sua água, lavar alegre e lentamente o rosto, como se assim se fizesse conhecer. Admirava-se com as cores diversas que adquiriam. Uns de águas claras; uns de cor esverdeada; uns cor de cobre ou de terra; uns de cor escura que nem já fosse noite. E uns de tons encardidos, difíceis de dizer. Fazia em sua cabeça como uma coleção dos rios, riachos, córregos, arroios, lagos e lagunas que ia conhecendo.

— E então você fareja água que num tem cheiro, Minino? — mangavam dele.

— Como num tem? Num tá cheia de peixe? Num tá cheia de galho, e folha, e terra? Cê é que num tem nariz.

— E as nascente, Minino? Na nascente a água tá limpinha, ainda num se sujou, que cheiro ela vai ter?

— Tá limpinha, mas tá cercada de terra úmida e relva verdinha. Quem não sente deve ser porque o nariz cheira pra dentro.

— • —

E as chuvas? Quando vinha uma chuva, Minino corria para debaixo dela, como se precisasse que aquela água caísse em sua cabeça. Os homens, dentro dos abrigos, comentavam: "Esse aí é maluco mesmo", dizia um. "Deve ser filho de boto", dizia outro. E as risadas acompanhavam os pingos grossos da chuva batendo nas folhas das árvores.

— • —

Paludismo, malária, sarna, desinteria e outras doenças flagelavam os combatentes que só tinham um veterinário, uma enfermeira de nome Hermínia, austríaca que ninguém sabia explicar como aparecera entre eles, e práticos, curandeiros e vivandeiras a quem recorrer. Era um corpo de saúde precário, chefiado pela austríaca determinada, que buscava os feridos na linha de frente das batalhas. Usavam mezinhas e ervas. Reza forte e simpatias. Iodo, pomada de banha de porco, ácido bórico. Havia gente que morria gritando de dor. As morredeiras ajudavam nessa hora, com suas ladainhas e unguentos.

— • —

Havia o padre Lourenço, violeiro bom e chegado aos copos, que dava extrema-unção na hora em que alguém estava morrendo, se a morte não fosse no meio do combate, ou mesmo se fosse, quando ele então, se armando de coragem, se esgueirava das balas para atender um e outro.

— • —

Sá Fifia, gordinha sacudida, era a morredeira chamada quando aproximava a hora. Ia com passos decididos e afastava todo mundo. Não queria ninguém perto nem longe. Ficava só com seu moribundo, que aos poucos ia conseguindo acalmar. Maria Branca, escondida atrás de uma moita, viu que ela ficava passando a mão na cabeça, no rosto e no corpo da pessoa morrediça, falando o que não dava para escutar, somente algo como um chiado shiii, shiii, shiii, e passava, passava a mão, parecia que de leve, leve, leve, até que por fim, de repente, o silêncio caía pesado e sem dó.

Assim parecido Sá Fifia fazia também na hora do parto, quando virava pegadeira de nascituro. Não queria ninguém perto, só a pessoa com panos e água quente, se no momento tivesse panos e água quente. E aí deixava a mãe gritar quanto quisesse. Só ia apalpando ou apertando a barriga da parideira e dizendo, com voz rouca entrecortada: "Força, fia, empurra. Empurra. Agora. Vai".

Se perguntada, ela não se acanhava em dizer quantos mortos havia ajudado e quantos bebês posto no mundo. "Sou pegadeira até de bicho", dizia, sempre calma. "Se quiserem, também digo quantos bichos pus no mundo. Bezerro, potro, cachorrinho, carneiro, tudo isso. Quando a natureza pede ajuda, eu dô."

"Mas o primeiro filho da Coluna", dizia ainda, apegada às verdades, "não fui eu que peguei. Nem precisou. Foi no Mato Grosso. Filho da Rosa Grande. Foi só abrir as pernas que o bebê rosado saiu e ela mesma pegou, como se fosse de há muito sabida. Era hora de muita perseguição. Ela num pôde nem quietar um tiquim que fosse. Montou no cavalo com o nenê no colo. O que eu fiz foi só benzer e enrolar o nascidim num pano limpo que eu guardava dentro do meu poncho pras horas de precisão".

— • —

Tio Balduíno era outro que curava desde dor de dente até gangrena. Com uma mezinha à base de mel de abelha, conseguia evitar amputação. Para o mal do dente, tinha um palavrório lá dele, umas mexidas de braços, para então cravar um punhal no chão a fim de cortar a dor, e a dor era cortada.

— • —

O número de inválidos e feridos, puxados em padiolas amarradas nos cavalos, esse só fazia crescer. Por combates, e doenças, e sofreguidão.

— • —

Já como ajudante de ordens do tenente Siqueira Campos, Minino, como do seu feitio, punha muita atenção no que ouvia. A grande preocupação era com a demora das armas prometidas pelo marechal Isidoro, e seu coração como que baqueava com um peso repentino ao ver o semblante sombrio dos oficiais.

De Goiás, os rebeldes enviaram uma carta a seu grande aliado, o deputado Batista Luzardo, no Rio de Janeiro, para ser lida na tribuna da Câmara Federal. Assinada pelos oficiais Miguel Costa e Prestes, estabelecia como "limite mínimo" de suas aspirações liberais: a revogação da Lei de Imprensa, que amordaça os jornais; a adoção do voto secreto; a concessão da anistia e a suspensão do estado de sítio.

Ler, o deputado leu, e bem lido, mas tudo ficou por isso mesmo.

— • —

Quando, por fim, entraram pelo Nordeste, as condições pioraram. A terra calcinada tão diferente da terra do Cerrado, o sol mais tremendo, a repressão mais encarniçada. Muito mais gente contra eles.

Se em Goiás enfrentar o Cerrado às vezes foi duro, enfrentar a Caatinga era muito pior. O governo fazia novas e mais intensas investidas, travando combates renhidos e perseguições — jagunços e sertanejos convocados para combater os rebeldes.

— • —

Por conta da propaganda intensa dos legalistas, boa parte do povo nordestino parecia acreditar piamente que a pretensão da Coluna era destruir a família sertaneja. Para aqueles homens rudes, a Coluna era a encarnação de Satã e de todos os seus asseclas. Prestes era Lúcifer, o demônio-mor, o chefe das coortes do inferno.

Os rebeldes sofriam.

Sofriam com a vegetação hostil. Macambiras, touceiras de xiquexiques e mandacarus, coroas-de-frade, um confuso emaranhado de espinhos compridos ou recurvos como unha--de-gato que lanhavam qual animais enfurecidos, moitas de cansanção, arbustos com folhas espinhentas. Os que podiam procuravam vestir-se de couro, como os vaqueiros — casaco, gibão, sandálias e perneiras sobre as calças de couro cru —, para se defender dos aguilhões, galhos secos, folhas ásperas, insetos e plantas que provocavam coceiras devastadoras. Era marcha de nunca piscar o olho, onde primeiro era preciso abrir uma picada entre a vegetação contorcida, quase impossível de atravessar. Só depois puxavam os animais pelas rédeas.

— • —

Para quem não conhecia a Caatinga, atravessá-la era um suplício.

— • —

Sofriam com o chão crestado, os rios secos. Minino meio que não se sentia capaz de cheirar olho-d'água naquele chão esturricado pelo sol medonho, onde a seca sugava as nascentes.

Sofriam com as tocaias. A valentia dos jagunços era da tocaia silenciosa. De ficar à espreita nos locais mais apropriados para fazer emboscadas. Era assim que estavam acostumados a combater. Escondidos, passavam dia e noite comendo farinha e rapadura, só na paciência e na atenção ao menor ruído do inimigo. Ou desapareciam nas cacimbas, nos charcos e mais onde desse e pudesse, à espera dos rebeldes em busca de água.

Minino tinha um medo doido desses lugares. Um medo que nunca sentira antes, um troço que apertava seu peito como se o agarrasse para que passasse direto por tal ou qual cacimba. "Vai ver não tem água nenhuma", pensava. "Vai ver só tem mesmo tocaia." Mas, como tinha a fama de farejar umidades, mandavam que fosse à frente, e ele se via obrigado a farejar, já não só água, mas a jagunçada na vegetação do entorno. Os companheiros atiçando, ele ficava num vou-não-vou tremendo, sem saber se se aproximava devagarzinho ou na correria. Até entender que, enquanto fosse só ele, nada acontecia; os jagunços iam esperar até a turma se achegar. E, quando caíam em cima, por alguma proteção que ele não sabia qual, Minino conseguia se abrigar nos arbustos e ir por trás, pequeno que ainda era, pegando os malditos de surpresa. O que era terrível, de qualquer forma. Ver seus companheiros abatidos era dor que não prestava.

— • —

— Cê olha assim — dizia Minino — e parece que o sertão num gosta de gente, com essa terra requeimada, abrindo-se toda como à beira da morte, esse sol excomungado, esse céu sem uma nuvem que o diga. Tudo amarelado, inseto de todo tipo, secura de plantação, cobra, bicho, ponte de pedra e tronco de árvore. É inferno. Assusta quem vem de outra terra.

— • —

Depois de passar dias no pó amaldiçoado de uma trincheira, sem sair para tomar banho nem nada, Minino pegou sarna. Coçava dia e noite sem parar, a pele vermelha que nem a cor dos lenços e ponchos da Coluna. Os companheiros entrincheirados também pegaram, sem faltar um. Havia até os que lutavam descalços e sem camisa para melhor se coçar, e a coceira virava lesão.

Dessa vez, quando acabou o combate, Maria Branca tratou dele. Enquanto ele tomava um bom banho no riacho, ela lavava suas roupas e, enquanto a roupa secava sob o sol de tostar, pela primeira vez ela reparou: os músculos aparecendo, os pelos pubianos e a parte mais interessante — já tinha virado homem, o Minino. Começou a vê-lo com outros olhos.

Ele, por sua vez, também a viu dependurando as roupas nos galhos das árvores. O vestido de chita expunha as coxas cor de leite com canela quando ela esticava os braços para alcançar os galhos. Minino viu. E viu o contorno do pano leve e teve vontade de ver melhor o que deveriam ser os peitos, que já estavam mais crescidos. Gostou dessas partes novas que descobria e sentiu que seu corpo respondia de um jeito novo ao que ele via em Maria Branca. Mergulhou outra vez no riacho.

— • —

Apesar dos infortúnios no Nordeste, também lá muitas vezes eram recebidos com festa, banda e foguetório. Muita gente, vários prefeitos entendiam e simpatizavam com os propósitos da Coluna. Nessas cidades, alto-falante armado na praça, Prestes discursava, e depois o Alto Comando comia feijão, arroz e carne-seca na casa do prefeito. À noite, havia bailes com os pares casados: as mocinhas ficavam trancadas em casa, não iam se engraçar com os jovens oficiais.

Mas, enquanto a oficialidade fazia bonito nos lares das boas famílias, os soldados aprontavam nos arredores. Podia acontecer de deixarem mulheres grávidas com os chamados "filhos dos tempos de Prestes", vá lá saber!

E havia amores que nasciam assim. Aconteceu com Manuel Travassos e Dita, moça bonita do lugar. Ele a viu, ela sorriu, ele a seguiu. Quando ele teve de partir, foi sua vez de sorrir, "Vem comigo!", e ela o seguir. Direto, abrasivo: sempre pode ser assim o amor.

— • —

Essas cidades hospitaleiras eram as que mais sofriam depois, com a chegada dos legalistas, que deixavam seu rastro de atrocidades e desmandos na vingança.

E havia as cidades cujas ruas ficavam desertas, onde as mães gritavam para as crianças por malcriação: "Olha que eu mando os revoltosos te pegar!".

E havia as cidades perigosas, que abrigavam tocaias e emboscadas.

— • —

Minino muitas vezes saía sozinho em busca de água. Isso era contra o comando de nunca sair só, embora um só fosse mais fácil de se esconder. Saía. Por entre os matos, agachado. Ou se arrastando como cobra. Seguia. Voltava arranhado, mordido pelo desespero da frustração: nem meia fungada de água pra contar história. Outras vezes, encontrava o que não procurava e voltava com cheiro de jagunço e cavalo no ar. Ia direto até Siqueira Campos, que o ouvia atento e sabia o que fazer. Numa dessas, arrastando-se pelo chão seco e ultrajado, espinhos sem piedade cortando sua roupa, bichinhos cretinos e esfomeados sugando sua carne moça, ele viu os homens preparados em emboscada. Dessa vez eram muitos, despercebidos daquele bicho humano assuntando por ali. Minino tentou contar as cabeças, mas se perdeu na conta. Não importava. Tudo indicava uma tropa e tanto, com seus afiliados regionais. Era preciso correr para avisar o Comando. Chegou esbaforido, mas deu o recado. Mudanças foram feitas no itinerário por onde iam, e a emboscada ficou sem quem emboscar.

— • —

Minino começou a ser também chamado de Farejador de Emboscadas. Aquela foi a maior, mas não a única que ele, por sorte, habilidade e intuição dos rumos, conseguiu evitar. Muito da lenda de seus feitos também começou aí. Naquela situação de cerco, penúria, obstáculos de todo tipo, parecia natural enfatizar a pontaria de um ou de outro, exagerar as habilidades, os feitos, as vitórias. À noite, em volta dos fogões, era o momento propício para que a criatividade coletiva se expressasse e abarcasse o mundo real e mítico. Eles precisavam disso. Dava-lhes alegria, força e coragem. Desde que o mundo é mundo é assim.

— • —

Com o tempo, a Caatinga pareceu mais suave. O conhecimento traz isso, e traz também a descoberta das belezas. Cactos e suculentas, o avermelhado do fedegoso-do-mato, a jitirana-azul, a melosa vermelha, a catingueira-amarela, que é bonita de longe e fedorenta de perto, a flor do mandacaru. Dava para apreciar mais as caminhadas quando tinham um pouco de tranquilidade.

— • —

Maria Branca

Num sei como é gostar de homem, mas agora parece que tô aprendendo. Fico pendente de Minino de um jeito que só vendo, atrás de pra onde ele vai, não desprego o olho, só finjo que desprego, e o bom é que ele também num tira o olho de mim, que eu sei. Quando ele sai pras tocaias, lá vai meu coração junto. E, quando ele volta, sou a primeira a ver o vulto dele contra a claridade e faço que nem tô aí, só debruçada na beira do fogão como se nada, porque ninguém vê mesmo os vaga-lumes pinicando dentro da minha barriga, coisa esquisita, mas danada de boa.

— • —

A noite de São João era festejada com os soldados cantando e dançando em volta de fogueiras imensas, fagulhas crepitando ao som de violas, violões, gaitas, tambores e cornetas. Os combatentes — mesmo os oficiais — eram alegres, bem-humorados. Gostavam de cantar, dançar, tocavam gaita, sanfona, violão. Tomavam chimarrão, os que eram de chimarrão. Tomavam café, os que eram de café. Não tomavam nada, os que eram de tomar nada. Faziam graças. E era ali, à beira das fogueiras, que ia se criando a solidariedade das grandes lutas coletivas, gerando uma irmandade de destinos comuns frente a um mesmo inimigo. A possibilidade da morte na luta aproximava-os e urdia entre eles o laço de quem não está só. A ferocidade de um inimigo que desenterrava cadáveres para furá-los mais e oferecê-los à sanha dos urubus; que torturava, matava e trucidava com o ódio criado e manipulado pelos mandantes da região e pelo governo. Tudo isso os enlaçava de modo inabalável e duradouro.

Eram homens muito diferentes. Vinham de regiões diferentes. Tinham formação diferente. Eram militares, trabalhadores semialfabetizados, camponeses analfabetos, intelectuais da cidade, jovens dispostos a dar a vida um pelo outro nos combates, nas marchas difíceis, a maioria a pé, e, em volta das fogueiras à noite, tornavam-se irmãos e deixavam o fascínio da esperança seguir atrás.

Minino depois diria que ali ele se fez o homem que seria. Ali foi plantado e cresceu o sentimento de pertencimento a essa mesma humanidade que os tornava irmãos.

— • —

A marcha pelo Nordeste seguia em frente. Passavam pelo sertão do Ceará, Piauí, Maranhão, onde encontravam sempre a mesma pobreza extrema, as mesmas contradições e conflitos e o mesmo comportamento nos povoados e cidades: alguns os apoiavam, outros os abominavam. As tropas legalistas sempre atrás.

Houve combates duros. No Ceará, além de governistas e tropas de coronéis, malfeitores e cangaceiros, havia os romeiros fanáticos do Padre Cícero e Lampião, com a "bênção do Padim Ciço". Houve corpo a corpo; fuzis, facas e facões se entrelaçando.

— • —

Maria Branca

Trucidaram Joana Revoltosa, a do sorriso largo estalando na boca. A pele brancona que nem nata de leite num lhe serviu foi de nada. Pois assim é que eles fazem com as vivandeira. Assassinam com requintes de crueldade, os governista que não perdoa nenhuma, por puta e traidora. Seu Miliguento foi que encontrou o corpo dela jogado no mato pra bicho comer. Fui lá com ele mais Zé Bicudo abrir a cova pra dar proteção a seu corpo branco. Depois fiquei lá um tempão, como que pensando nessa vida, e num arredei pé de perto dela até ver o movimento da Coluna partindo. Aí foi que eu corri pra que num me deixassem pra trás.

— • —

Como se nada disso bastasse, sofriam com os lamaçais, quando baixavam inesperadas chuvas torrenciais. Atravessavam atoleiros durante a noite para evitar os inimigos. Marchavam a pé, enterrando as pernas, com lama até a cintura.

— • —

Na Bahia, o governo, junto com os coronéis e os bandos de jagunço, preparou uma grande ofensiva contra os revoltosos que foram aguardados como um "flagelo de Deus".

Às vezes parecia que ninguém sabia — e não sabia mesmo — da verdadeira guerra que tinha acontecido no

Brasil em 1924, 1925. São Paulo bombardeada, rebeliões no Rio Grande do Sul, em Recife, em Manaus. Batalhas horrorosas, gente morta, degolada, estuprada. Soldados rebeldes famintos, esfarrapados, sem munição. O país lá do fundo nada sabia disso.

— • —

Rapaz magricela, Filomeno Dias, alguns anos mais velho que Minino, tinha sido estudante da Faculdade de Direito do Largo de São Francisco, em São Paulo. Minino e Maria Branca estavam no grupo sentado sob um cajueiro frondoso que o escutava contar como as bombas tinham caído sobre o centro da cidade. Relatava com detalhes o zumbido, a explosão, fogo e fumaça subindo, cheiro de enxofre e pólvora, tijolos e destroços voando (e mostrava a cicatriz que ficara em sua testa do corte feito com pedaços de tijolos e o fizera desmaiar e acreditar que estivesse morto). "Quando despertei e vi as ruínas em volta, entendi que um homem chora, e chorei. Foi quando entendi também que um homem deve lutar. Eu já tinha escutado falar da Revolta dos Tenentes e do projeto que tinham de seguir pelo Brasil e conseguir adeptos para mudar o país. Já sabia que por todo lugar havia esse sonho de fazer um país que prestasse. Então, vim. Com um grupo de estudantes como eu; só que alguns não aguentaram a caminhada e voltaram. Eu e mais três ficamos, ainda mais conscientes da nossa situação. Aqui, vocês sabem, uma das minhas tarefas é participar da organização dos panfletos que vamos deixando por onde passamos, para que o povo entenda melhor quem nós somos. É duro, é difícil. Falta papel, falta tinta, falta tudo, nosso mimeógrafo sofre no lombo dos cavalos, e não nego que tem dia que sinto vontade de deixar tudo e voltar para o conforto da minha casa e da cidade. Mas aí vejo os nossos tenentes, e vejo Prestes, e vejo todo esse mundão de gente que segue junto, apesar das mil e cem dificuldades, e sinto muito profundamente que meu lugar é aqui, presente nesta luta árdua e bonita, junto com vocês."

Falava bem o moço, sabia animar qualquer um, e, nas horas de descanso, Minino e Maria Branca pegaram o costume de ir atrás dele para escutá-lo. Ficaram amigos.

— • —

Os boatos corriam. Os revoltosos eram os bárbaros, os hunos.

"Se tu vai a um lugar depois que passa a gente de Prestes, vai ver que não fica nenhum animal, nenhuma criação, nenhuma roça, trastes de valor, tudo eles levam."

"Vivem como animais. Fedem como bodes, são piores do que bicho do mato. Andam sujos e descalços, roupas rasgadas, barba e cabelo na altura dos ombros, como se fossem mulheres. Levam até as roupas dos cadáveres."

"Costumam arrancar a pele do rosto dos prisioneiros como troféus. Tem os que gostam de abrir o crânio dos adversários a golpes de facão. Fazem tudo isso na maior farra, indiferentes."

"Teve um fazendeiro que brigou pra que não levassem o gado, e os revoltosos arrancaram suas roupas, amarraram seus testículos com uma corda e o obrigaram a correr de quatro."

"É isto que eles fazem: arrancam os dedos, castram e abandonam o filho de Deus no mato para dessangrar."

— • —

No entanto, outras informações também percorriam o país. Apesar da censura do governo, as notícias da campanha da Coluna, proibidas de sair nos jornais, eram espalhadas por amigos e aliados, corriam como vento bom. Mesmo distante, a Coluna ia se infiltrando na imaginação de muita gente. Muitos se mobilizavam. Muitos aplaudiam e acompanhavam seus feitos. Ela ia — ela também — se transformando em mito.

— • —

Mas eis que, em uma tarde azarenta e maléfica, dião ainda, foram feitos seis prisioneiros, entre eles três oficiais e Maria Branca. Os oficiais e os soldados foram levados para a cadeia. Maria Branca, apesar da juventude, foi considerada vivandeira, e a ela dedicaram castigo imediato. Foi amarrada em um tronco, açoitada, teve um pé quebrado e a sola dos dois queimada com tição ardente, para que nunca mais andasse com nenhum fora da lei.

Nessa mesma noite miserenta, sem estrela nem lua, e antes que os legalistas resolvessem matar os prisioneiros, o alto-comando decidiu resgatá-los. Minino foi junto, com um único sentido na cabeça: resgatar Maria Branca. Foram rápidos e ágeis, facas e punhais afiadíssimos. Ao amanhecer, estavam longe, reunidos de volta à Coluna.

— • —

Maria Branca passou três dias no morre não morre. Ervas, unguentos, reza forte, tudo foi feito para salvá-la, como de fato salvou. Mas seus pés precisavam de tempo para se recuperarem e terem a chance de voltar a ser pés que pisam sem covardia em chão duro, chão firme, macio ou mole.

Tenente Siqueira ordenou que Maria Branca e Minino partissem no comboio de um comerciante que passava rumo a Goiás, um homem leal, conhecedor daquelas paragens, que os levaria a salvo até Santa Dica, onde deveriam ficar até Maria Branca recuperar a marcha dos pés. Seria uma viagem longa, difícil, mas o comerciante e seus homens eram senhores das trilhas e caminhos e se comprometeram a cuidar deles.

Talvez Maria Branca, mesmo entrevada, pudesse ter ido só, mas Minino quis ir junto. Sem poder caminhar, ela precisaria da ajuda de alguém a seu lado. Esse alguém só poderia ser ele, ninguém mais. O tenente, então, lhe pediu que aproveitasse o tempo para conversar com Santa Dica. Contar-lhe o que de fato estava acontecendo. Os boatos se espalhavam de forma assustadora, e eles não podiam se arriscar a perder quem, se não fosse aliado, pelo menos os compreendia.

Que contasse a ela, com detalhes, o que estavam vivendo. "Conta, é preciso contar, a posição raivosa do Padre Cícero. Conta que esses homens rudes e miseráveis que, se poderia presumir pela lógica, aceitariam de bom grado quem só pretendia tirá-los do jugo de vida inteira de exploração, pelo contrário, se lançavam contra eles como braço armado do governo. Explica como a propaganda da imprensa de Artur Bernardes é mentirosa, como os boatos implacáveis que os legalistas espalham sobre nós estão nos prejudicando sobremaneira. Conta como estamos sendo atacados por todo lado. Mas conta também que, apesar de tudo isso, temos cumprido nossos propósitos e conseguido vitórias. Que Santa Dica saiba que estamos conhecendo um país dilacerado cujas condições de vida são inimagináveis. E que, mesmo assim, estamos seguindo. E encontramos os que confiam em nós, que nos apoiam, e não são poucos. Muitos querem lutar conosco e nos acompanham. É por isso que não nos renderemos. Jamais."

E que Minino e Maria Branca esperassem lá notícias da marcha da Coluna para que pudessem voltar sabendo onde reencontrá-los.

— • —

Antes da partida do comboio, Siqueira Campos puxou Minino para baixo de uma árvore e lhe confirmou quanto a situação estava ruim. "Se não chegar a ajuda que esperamos, teremos que pensar em recuar." Nunca ninguém lhe dissera algo assim tão claro e direto. Minino sentiu que a expressão incontrolável de seu rosto fizera transparecer o seu assombro, um assombro desses capazes de afundar uma pessoa. Siqueira percebeu essa transformação: "Não se aflija tanto. Se recuarmos — e isso ainda não é certo, portanto lhe peço que não comente o que acabo de dizer com mais ninguém —, será um recuo tático, logo provisório. Nunca, jamais, recuaremos de nossa luta. Lembre-se sempre disso. Nosso compromisso com o povo é para sempre. Sempre".

Abraçou-o com força e disse: "Agora vá!".

— • —

E lá se foi o comboio, carregando o desassossego de um e a dor da outra.

— • —

E aconteceu que, em uma noite de chuva miúda, renitente, deitados no mesmo chão, no descanso do comboio, Minino e Maria Branca, já mais recuperada das dores nos pés, por fim descobriram de perto o corpo um do outro. A macieza clara do corpo dela, o vigor do corpo moreno dele. Ingênuos, sem experiência, foram tateando.

— Só pode ser fácil, assim... tá sentindo?

— Sim... sim...

— Dizem que dói pra mulher, pro homem, não, mas depois passa e fica bom pros dois. Vamo devagarim...

— Aiii...

— Tá doendo?

— Não, tá me dando uma quentura danada lá embaixo, e tô gemendo num sei de quê.

— Eu também num sei, hããã...!

— Entrou... ah... ah... ah...

E os gemidos continuaram em crescendo, até que o frenesi, então, se arrefeceu, os dois embevecidos.

E talvez ali, ainda que apenas na luminosidade das achas queimando na fogueira perto, eles se olharam como se tivessem reparado pela primeira vez no rosto um do outro. Minino percorreu levíssimo com seus dedos os cílios pretos de Maria Branca, a redondeza de seus olhos cor de mel, o contorno dos lábios cheios e do nariz pequeno; e, com a mesma leveza, Maria Branca passou os seus pela testa grande de Minino, por seus olhos indígenas, pelos lábios finos e pelo nariz levemente achatado.

— Cê quer saber meu nome, o nome que minha mãe me chamava? — perguntou ela.

— Não era Maria Branca?

— Não, seu bobo. — Ela riu, como naqueles momentos da viagem andava rindo de tudo. — Maria Branca foi por causa da Maria Preta. Meu nome de verdade é Anja. O patrão lá da fazenda dizia que era Mariângela, e minha mãe falava pra ele: "Nem morta. O nome dela é Anja". Então, é Anja que eu sou.

— Então é assim que vou falar. Anja. Anja. É bonito. O meu é Zé Sussuarino.

— Então vou chamar cê de Zé.

Parte II

Junto da Santa

Benedicta sois

> "Não é o bárbaro que nos ameaça,
> é a civilização que nos apavora."
> Euclides da Cunha, *Os sertões*

A história, todo mundo dali sabia. Benedicta Cypriano Gomes, aos treze anos, foi dada por morta. Por três dias, provocou o pranto que havia de provocar, até que, ao banhá-la em seu banho de defunta, seu corpo suou frio: "Ela se move, aleluia! Dica ressuscitou!".

Ó Santa Dica e sua Legião de Anjos/ Abra-nos o paraíso do céu/ Benedicta sois/ Amém

— • —

Deitada em uma cama muito simples, na casa de chão de terra batida, a Santa tinha seus períodos de ausência. Toda de branco, inteiramente imóvel, os olhos ainda bem abertos, dizia ver uma várzea enorme e serena onde estavam os mortos. Só depois, os olhos já fechados, é que se encontrava com sua Falange de Anjos. Era quando distribuía conselhos, respondia às perguntas que lhe dirigiam e atendia pedidos de consultas. O rio do Peixe que passava pela fazenda, ao qual ela rebatizara com o novo nome de Jordão, fornecia a água milagrosa para os remédios que fazia.

Nas visões, os anjos lhe disseram para formar uma comunidade independente, sem a interferência nem dos coronéis, nem dos políticos, nem da Igreja. E era ali que ela pregava igualdade, abolição de impostos, distribuição de terras. Tornou-se conselheira, curadora, líder dos que a procuravam. Abrigava os despossuídos, a gente pobre, centralizava a insatisfação e a insegurança geradas pela perda e pela destruição do mundo que apenas permitia que subsistissem, o único mundo até então conhecido, até que a vida foi mudando para pior, muito coronel querendo aumentar terras para seu gado, e o povo não achava mais seu lugar. Não achava mais lugar nenhum. E os anjos disseram à Santa que era preciso encontrar um lugar para acolher todos aqueles que necessitassem de abrigo. Um lugar onde não haveria exploração, malquerer ou discórdia.

— • —

Sua fama correu qual rastilho de pólvora em uma região desvalida como o interior de Goiás naqueles idos. Vinham romarias de roceiros lhe pedir a bênção, pedir-lhe curas, pedir-lhe conselhos, pedir-lhe que cuidasse de sua pobreza, que os livrasse da sanha do patrão, que lhes dissesse o que fazer e como, que lhes contasse do futuro, que lhes mostrasse o caminho do Paraíso. Amém.

— • —

"A Terra é de Deus", dizia Dica. "Aqui embaixo ela não tem dono. É de todo filho dele." E distribuía, em lotes iguais entre os que chegavam, as terras de sua família, as terras da Fazenda Mozondó, município de Pirenópolis. Que lavrassem a terra, que colhessem seus produtos, que cuidassem dos animais, que dividissem tudo entre todos. "Assim, a Terra nos dará sustança, concórdia e paz." Aos sábados, dia de descanso, ninguém trabalhava. E, para evitar qualquer dissabor, estavam proibidas as bebidas alcoólicas, atiçadoras de conflitos e desavenças.

Sua República dos Anjos formou-se em sete léguas quadradas, medidas estipuladas por sua coorte celestial para abrigar a todos os que ali estavam como uma só família. Naquela quadra sagrada, não prevaleceria a maldade dos homens.

A comunidade, com suas casas de pau a pique ou palha no entorno da casa de tijolos, a Casa da Cura, sede da fazenda, chegou a ter cerca de quinhentos moradores. Ali ela fazia cirurgias espirituais, pedia aos anjos a cura de doentes e distribuía um óleo considerado milagroso pelos fiéis, feito com essências do Cerrado. E por ali eles se arrumavam. Por ali ficavam e cultivavam seu pedaço de terra para o bem de todos.

— • —

Os que vinham para ficar junto à Santa buscavam o contrário da ordem estabelecida, a ordem dos poderes humanos que ditava suas misérias. Buscavam uma saída. Buscavam viver em concórdia.

Eles chegavam a pé, empoeirados, exaustos, muitos deles fugidos. Chegavam com as famílias, crianças ranhentas enganchadas na cintura da mãe, crianças com diarreia, magricelas (muitas vezes, só ossos), barrigudas. Chegavam com as doenças e as angústias da miséria.

Santa Dica acolhia a todos. Com seu vestido branco, sua palidez, sua voz de santa, ela lhes falava da Coorte dos Anjos.

Tornou-se a esperança, a proteção de que necessitavam. Seus seguidores a idolatravam, dispostos a defendê-la com a própria vida.

— • —

Benedicta sois!

— • —

Em seu entorno, no entanto, os fazendeiros arrenegavam o mau exemplo e a atração que a Santa exercia sobre seus trabalhadores, eternos devedores de uma dívida que não tinha fim. Os coronéis, de olhos postos nela, arrenegavam sua insubordinação e a usurpação de votos. A Igreja arrenegava a líder religiosa que atraía seus devotos e, sem licença para isso, batizava-os nas águas do rio que chamava de Jordão, "Blasfêmia!", e ainda se julgava digna de celebrar missas, festas católicas e casamentos. A sociedade fina arrenegava a credulidade de tantas pessoas que seguiam a mulher — "Uma mulher, senhoras e senhores!" — a comandar mais de trezentos soldados a seu bel-prazer. "O Céu estava de cabeça para baixo! O Inferno estava por cima!"

— • —

Eles iam até a porteira da Fazenda Mozondó e xingavam, ameaçavam, intimidavam. Iam coronéis com seus jagunços e cavalos resfolegando e soprando as ventas; iam damas elegantes com terços e rezas, acompanhadas dos caseiros e agregados em procissão; iam os padres com água benta esconjurar a Santa e seus pecados.

— • —

Sim, é certo. Em resposta aos poderes dos desafetos e às ameaças contra ela e sua fazenda, Dica não tardou a formar seu próprio exército. Homens capacitados para o uso das armas formavam a tropa dos "pés com palha, pés sem palha": hoste de analfabetos que confundiam esquerda e direita, até que Dica mandou que amarrassem um pedaço de palha no pé direito, para lhes ensinar a diferenciá-los, a fim de que marchassem e mostrassem que estavam prontos a se defender. Os soldados do exército de Dica tinham vindo do trabalho quase escravo das fazendas. Tinham vindo da fome e da pobreza. Se viessem atacar a terra agora sua e de tantos, eles saberiam como resistir sem nem precisar dizer *Ora pro nobis.*

— • —

A imprensa também entrara de cheio no combate à Dica: "uma louca", escreviam, "bruxa, hipnotista, charlatã, pessoa de mil embustes. É preciso que a ordem se restabeleça, as razões do Estado, dos fazendeiros, da Igreja. A ordem como ela sempre foi. As regras do trabalho como elas sempre foram. Caso contrário, o caos virá e nos engolfará a todos".

"Seria Canudos outra vez? Canudos no coração do país? Um movimento camponês em nossas próprias terras?", arfavam os inimigos. "Uma Antônio Conselheiro de saia?"

"É caso para a polícia intervir se não quiser uma repetição de Canudos."

— • —

Suas festas em comemoração a São João e ao Divino Espírito Santo atraíam caravanas de longe, gente a pé, a cavalo, em carroças, devotos vindos dos mais distantes sítios e povoados dos sertões de Goiás. Em terra de analfabetos, o povo da Mozondó tinha até um jornal manuscrito: *A Estrela do Jordão, Órgão dos Anjos da Coorte de Santa Dica*.

— • —

A Igreja sentia-se vilipendiada. Havia que dar um basta em tudo isso!

— • —

Quando Minino e Anja chegaram, depois de uma viagem demorada e cheia de longas paradas, a Santa tinha acabado de voltar de uma prisão e um exílio no Rio. Fora presa depois do que ficou conhecido como Dia do Fogo, quando fazendeiros, jagunços e a polícia, fortemente armados, cercaram a fazenda cheia de gente e teve início um tiroteio para não se esquecer jamais! Muitos viram e garantiam que as balas eram atraídas pela Santa, batiam em seu vestido, se enrolavam em seus cabelos e caíam no chão como caroços de milho, sem matar ninguém. Ela ordenou que seu povo atravessasse o rio Jordão para fugir e amarrou uma sucuri no poço, atrás de sua casa, para soldado nenhum conseguir passar.

"E nem cheguem perto dali", diziam mesmo depois, para quem quisesse ouvir. "Aquele é o local da Sucuri Sagrada da Santa Dica."

— • —

Disseram que houve para mais de cinco mortos à bala e mais cinco afogados ao atravessarem o rio Jordão.

— • —

A polícia e os fazendeiros, no entanto, conseguiram aprisioná-la. Como foi que a prenderam, ninguém viu direito. Exceto os que contavam que, protegida pelos anjos, ela passou intocada por entre as balas e disse a seus perseguidores que a levassem, mas deixassem seu povo em paz. E, tão logo ela foi levada, esse mesmo povo voltou em peso para defender a Mozondó. Enquanto os coronéis, a Igreja e a sociedade fina respiravam, rezando para que ela nunca mais aparecesse por ali.

No entanto, ela logo voltou, ainda mais santa.

— • —

Anja e Minino escutavam tudo aquilo e não sabiam o que pensar. A Santa tinha grandes olhos inquietantes acompanhando as perguntas, rosto alvo e fino, cabelos compridos escuros e muita reza.

Anja implicou um pouco. "Se tio Balduíno ainda fosse vivo, teria curado lá mesmo meu pé quebrado e a carne viva da sola. Ele, sim, conhecia tudo quanto era erva. Escutei uma noite ele contando pra Maria Preta que antes tinha sido peão da família do tenente Pinheiro Machado e foi pra Coluna acompanhando o patrão. Daí porque dava de se dizer que era como se fosse guarda-costas do tenente, com aquele espadão comprido que tava sempre com ele. Sempre ali, pronto, pra atacar ou morrer do lado do chefe. Salvou a vida de muita gente, não só a do seu protegidim. Mas caiu junto com ele na emboscada esconjurada da Fazenda do Cipó. Estivesse vivo, teria curado meu pé, e a gente não precisava vir pra essa rezação daqui onde mais rezam do que curam, tô só reparando."

— • —

Enquanto Minino ia trabalhar na roça com os demais moradores, Anja ficava deitada no jirau da palhoça que arrumaram para os dois. Seus pés já tinham melhorado muito no tempo da viagem, e uma nova pele grossa, diferente, nascia nas solas queimadas. Santa Dica ia vê-la e passar seus remédios para fortalecer a nova pele que se formava e pedir aos anjos por ela. Disse que o pé direito só voltaria a ficar bom se pudesse quebrá-lo de novo e ajeitá-lo. Anja perguntou se voltaria a andar, mesmo se o pé continuasse torto. A santa disse que sim, pediria isso aos anjos. Anja respondeu que preferia, então, deixar como estava. Não que temesse a dor, mas Maria Branca não entendia aquela mulher tão bonita e cheia dos seus mistérios, que se dizia santa e vinha de branco, cabelos lavados recendendo a fragrância de ervas, mãos finas de moça que não pegava em enxada, serenidade nos modos e na voz. "Seria tudo aquilo que falavam dela? Falava mesmo com os anjos?" Reparava quando ela ensinava sua ajudante como fazer, caso um dia não pudesse vir pessoalmente lhe passar o unguento na pele queimada. Não via nada fora do comum no jeito de Dica passar o remédio. Ela mesma poderia fazer aquilo, sem precisar de ninguém.

Anja também recebia ajuda de outras mulheres, que lhe davam banho e levavam comida. Mulheres que lhe contavam os milagres da santa. Ela duvidava. Nunca foi de acreditar em nada. Tinha visto o antigo patrão rezar fervoroso aos pés do altar da Virgem na fazenda e depois agarrar sua mãe na beira do fogão como se ela fosse uma trouxa de pano de propriedade dele — o que não era, a mãe dizia, a escravidão já tinha passado. Quando a mãe era viva, era só nela que Anja acreditava, e agora em Zé Minino.

Pedia a ele: "Zé, tu arruma um jeito de ir lá no poço do rio Jordão pra ver se tem mesmo essa tal sucuri? Sucuri sagrada, essa não!". Minino voltava dizendo que não tinha conseguido ver sucuri nenhuma, quem sabe naquela hora a cobrona tivesse saído do poço para passear. E os dois riam a mais não poder.

— E tem uma mulher aí — Anja contava a Minino — que vem me trazer comida e me dizer, com ar de lerdeza, que meu pé num cura porque sou sem fé. Que a culpa é minha, vigia só! Quase que lhe torci os peito de mais de meio metro pois sabe coisa nenhuma de mim essa boca de deus amestrada e entojada, só a soberba que lhe dá a crença e o tamanho dos peito!

— Sossega, Anja — dizia Zé. — Qué vê, espia. — E segurou seu pé esquerdo, dobrou com jeito sua perna no joelho e lhe pediu que atentasse bem para a sola. — Já reparou na pele nascendo?

— Trezentas vez.

— Tenho pra mim que vai ficar assim, dessa cor enegrecida, e cascudo. Já-já tá é curado e cê vai sair caminhando, e a gente volta rapidim pra Coluna.

— Então vem pra cá, que já tá me dando uma quentura danada lá embaixo.

— • —

Anja tinha outras implicâncias. Duas mulheres vinham buscá-la para as rezas. Faziam uma cadeirinha com os braços, e ela se acomodava ali.

— Acomodar é modo de dizer — contava a Zé. — Uma delas é aquela da peitaria pra mais de meio metro que me sufoca. Quase chego morta no lugar da reza, onde elas me sentam num banco de madeira perto da Santa e lá fico eu esquecida até num sei que horas. Eita povo que gosta de rezação, santo deus! Tô cansada de um tanto com isso, Zé! E as festas que não são festas? Só de reza. Nem tomar um trago pouquim que seja ninguém pode. Onde já se viu? Cê já viu? Eu num vi. Nem se compara com as da Coluna, que lá, sim, festa era de verdade, música e dança e tudo, num era? Aqui, não. Só arrastam o pé, isso quando arrastam. Que povo mais desanimado pras coisas boas da vida!

Minino contemporizava.

— A gente vai ficar aqui só até chegar a mensagem pra gente voltar. Vai passar mais depressa que a chuva que faz que vem e não vem.

— É, vai, eu que sei, deitada aqui que nem entrevada, com essa dona da peitaria vindo todo dia me azucrinar. Só consegui me livrar depois que aprendi a reza que ela fazia tanta questão de me ensinar: "Oh, celestial Coorte dos Anjos/ junto de nossa abençoada Santa Dica,/ intercedei por nós e compadecei-vos./ Dai-me a cura de meus pés. Amém".

— Vigia, Anja, que, dispensando a rezaiada, esse povo é bom. Vieram de muita lonjura e miséria, com um pensamento de que podiam vir melhorias. Pena que num dá procê vê como essa gente trabalha, como a colheita aqui é coisa bonita e a repartição de tudo que nem na Coluna. Tô aprendendo melhor a cultivar a terra; se um dia precisar, posso ser camponês que nem meu pai foi, mas num teve tempo de me ensinar. Num foi à toa que o tenente mandou a gente pra cá. Sabia que eles eram de confiança. É vida diferente do que a gente gosta, mas é vida decente. A gente tem que ser grato.

— Sou grata, Zé. Por gratidão, eu beijo os pés de Dica, sendo ela santa ou não. Mas é que também confinada aqui neste jirau o dia inteiro, escutando as ajudantes rezarem no pé do meu ouvido, e a mulher sufocante me dizendo que não tenho fé e é por isso que num tô curada, isso cansa, Zé.

— Cansa, e é muito, eu sei. Mas já-já cê tá boa.

— Então deita aqui, que já me vem dando a quentura.

— • —

Os pés de Anja estavam melhorando, fosse pelo tempo, fosse pelas ervas, fosse pela fé dos outros, pouca ou muita. Já tinha começado a dar uns passos. Primeiro, com dor. Depois, foi indo. Pedia para Zé levá-la até o poço da sucuri. Tinha cismado com essa sucuri sagrada. Ele a carregava até lá, e ficavam os dois com uns gravetos cutucando a água. "Sai, disgrama! Deixa de vadiagem, porqueira! Deixa de inzonar e põe nem que seja seu rabo pra fora!"

E que ninguém os visse, porque riam até mais não poder.

— • —

Anja, na verdade, conversava muito com as mulheres que vinham cuidar dela. Ficava sabendo da vida de sofrimento de cada uma antes de elas virem se abrigar com a Santa. A mulher dos peitos sufocantes lhe contou que tinha sido meretriz do coronel em cuja terra ela e o marido moravam numa casinha de adobe. Tinham ido para lá assim que se casaram, à procura de um lugar para morar. Ele trabalhava de vaqueiro e ela, na cozinha da patroa, mas antes tivesse sido no fim do mundo. "Foi na cozinha que o coronel entrou um dia, diz que procurando café, e cochichou no ouvido dela: 'De noitinha, vai lá pro bosque que vou mostrar uma coisa procê'", Maria Branca contou para Zé. "Morrendo de medo, ela foi, mas sem maldar. Era novinha demais e pensou que ele fosse era dar uns tapas nela porque num tinha gostado da comida, ou porque tava muito salgada, ou muito sem sal, ela nem imaginava, inclusive porque era só ajudante de Donana, a verdadeira cozinheira, uma empregada antiga, muito boa, que estava lhe ensinando a fazer como a patroa gostava. Mal entrou no bosque, o corpanzil do coronel a pegou de jeito, e ele começou mamar nos seus peito. O resto nem precisava contar. Jamais disse um ai! pro marido, com medo de que ele pudesse matar o coronel, mas, num passou muito, os dois fugiram, porque o pagamento pra eles era quase nada. O homem dizia que já dava lugar pra morar e comida pra encher a barriga, o que eles queriam mais? Daí que eles já tinham escutado falar da Fazenda Mozondó e vieram. 'Que nossa Santinha e sua Coorte dos Anjos nos proteja a todos, amém.' É desse jeito que ela acaba de contar alguma coisa: 'Que nossa Santinha e sua Coorte de Anjos nos proteja a todos, amém'."

— • —

Outra coisa aconteceu enquanto eles estavam na Mozondó. Anja pediu e Zé Minino lhe ensinou a ler. Aprendeu rápido, exatamente como ele havia aprendido. Agora podia ler os livros que a Santa tinha na pequena biblioteca na sede da fazenda. Era só pedir que lhe traziam.

— • —

— Zé, hoje a irmã da Santa veio prosear comigo quando eu tava sentada no toco perto da porteira. Me contou um monte de coisa. Jurou de pé junto que não sabia se era de Deus ou do demônio, mas sabia que Dica tinha o dom da profecia. Diz que viu a irmã morta muitas vezes ressuscitar de novo. Que ela podia ser jogada no fogo, mas não queimava. Disse que podia ser de Deus, podia ser do Diabo, podia ser da luz, podia ser das trevas, mas Dica tinha mesmo poderes. E essa irmã devia era de tá com muita vontade de contar coisa, porque me contou mais ainda. Disse que Dica foi desonestada enquanto dormia por um seguidor conhecido por Cocheado, caído de paixão por ela. Diz que foi ele quem salvou Dica, ajudando a Santa a atravessar o rio Jordão quando ela foi atacada e caçada pelos policiais. Por que cê acha que ela contou tudo isso pra mim?

— Deve ser porque cê é boa pra escutar.

— Mas contar do tal Cocheado? E dizer que num sabe se o poder da Santa vem de Deus ou do Diabo?!

— Deve ser o jeito dela falar dos mistérios, Anja. Cada um tem seu jeito de enfrentar o desconhecido que escapa da compreensão dos homem.

— Pode ser, mas fiquei cismada. Sei lá se essa irmã é flor que se cheire.

— • —

Quando Anja recomeçou a andar, ainda que mancando, eles resolveram ficar ali mesmo, porque era preciso aguardar a mensagem do tenente Siqueira dizendo onde encontrar a Coluna. Ela estava curada, ou não ia ficar mais curada que aquilo. Ia mancar a vida inteira, mas mancar não tirava a vida de ninguém. Não tirava nenhuma força dela nem suas vontades. "Muito menos sua pontaria", era o que dizia.

— • —

Minino passou a levá-la para ver o olho-d'água bem lá perto de uma ponta da marcação das sete léguas das terras da Santa, que dali ia se juntar ao seu renomeado rio Jordão. "É bem discreta, a nascentezinha", dizia ele. "Qualquer um passaria por ela sem ver, não eu." E foi pegar duas grandes folhas espiraladas do biri ali perto, fez delas duas conchas e, agachado, colheu da água gelada que nascia e deu uma para Anja beber; a outra era para ele.

— Esta aguinha faz um bem danado, hein?

— Se faz! Aposto qué daí que vem o milagre da água do rio de Dica — respondia Anja, desfrutando daquele frescor no meio do calor medonho.

Ela já conseguia trabalhar um pouco na colheita e andava mais contente, podendo apreciar melhor aquela vida simples e coletiva. Comentava com Zé: "Num é que esse povo tem mesmo uma vida besta danada de tranquila? Se foram ou não os anjos que mandaram, tá bem mandado".

— • —

No final do dia, na hora da reza, ela sentava com Zé no tronco perto da porteira e ficava reparando em quem passava na frente para ameaçar e amedrontar a Santa. Fazendeiros e seus jagunços passavam de um lado para outro, fazendo cada qual seu cavalo empinar e raspar as patas, levantando o máximo de poeira que podiam, fuzilando ódio e gritando ameaças: "Volta pra zona, meretriz! Prostituta! Tresloucada!".

Passavam também dois ou três padres que paravam, fazendo o nome do pai e espalhando água benta nos paus da cerca e da porteira. E passavam as damas da cidade rezando o terço.

Um danado de um desfile de ódio.

E era quando Anja mais admirava a Santa, capaz de demonstrar serenidade diante de tanto furor contra ela e coragem o bastante para não se deixar intimidar.

— • —

Vinham também jornalistas de longe entrevistar a dona da Mozondó. Notícias sobre ela se espalhavam pelo país, e sua fama chegara aos grandes centros. Seu rosto foi desenhado pela pintora modernista Tarsila do Amaral, e o poeta Jorge de Lima lhe dedicou um poema. Um movimento messiânico estava se gestando no coração do país, e muita gente se perguntava no que ia dar aquilo.

— • —

Tinha dias que, antes da hora da reza, Anja via só um fazendeiro chegar, acompanhado de dois capangas. Sempre a cavalo. Sempre de preto. Era magrelo, o homem, chapelão na cabeça, sobrancelha que parecia taturana espessa, olhos dardejantes e cinturão com duas pistolas, uma de cada lado. No peito, um crucifixo de ouro, maior e mais grosso que o do padre. Os cavalos bufavam e relinchavam, sendo puxados para se virar e chegar bem perto da porteira. Ele estalava o chicote e gritava: "Dica, santa de uma figa, apareça e devolva meus homens!". Ninguém aparecia. Ele dava uns tiros para cima, empinava o cavalo, retinia as esporas, os capangas idem, e lá se iam, gritando: "Povo excomungado, esquecido de Deus, cês não perdem por aguardar! A justiça com o fogo do inferno haverá de cair sobre esse lugar!".

— Zé, você acha que algum dia essa coronelada e seus capangas vão deixar Dica em paz?

— Não — respondia ele, depois de muito hesitar. — Acho que não. A ira é muito grande. Ira que afunda até onde não dá mais pra ser tirada.

— • —

E eis que, por fim, chegou um mensageiro com uma carta inacabada que, pela letra e embora não assinada, Minino teve certeza que era de seu chefe, Siqueira Campos:

Para Menino e Maria Branca,

Conto com que tudo esteja bem com vocês na Fazenda Mozondó, com Santa Dica, e que Maria Branca já esteja restabelecida. É o que espero, com confiança: o bem-estar de vocês todos.

Temos sofrido duros revezes, emboscadas fortes, muitas traições, e o povo, quieto. Ainda não foi possível despertar o povo do interior como era o nosso propósito. A campanha na Bahia foi dramática. Perdemos muitos homens, entre mortos, feridos, prisioneiros, desertores e combatentes. As armas prometidas não chegaram. Nossas forças revolucionárias ficaram drasticamente reduzidas, só a metade está armada e com pouca munição. Nossos potreadores, vocês bem sabem, ao se afastarem em busca de animais e informações, foram os que mais sofreram com tocaias. A imprensa governista continua nos massacrando como se fôssemos tudo o que não somos. Por outro lado, Artur Bernardes já não é mais presidente. Elegeram Washington Luís. Foi uma eleição fraudulenta, mas Bernardes caiu. Portanto, nosso objetivo inicial foi atingido.

A nosso favor, podemos nos orgulhar também de termos atravessado doze estados: Rio Grande do Sul, Paraná, Mato Grosso, Minas Gerais, Goiás, Pernambuco, Ceará, Piauí, Rio Grande do Norte, Maranhão, Paraíba, Bahia. Conhecemos como ninguém as condições dolorosas em que vive nosso povo.

Agora, preste atenção, Menino: em vista de tudo isso que estou lhes contando, o alto-comando decidiu partir para o exílio. Deixamos o Brasil, não de cabeça baixa, mas confiantes de que nosso caminho agora é nos recuperar para voltar com mais força e com um programa capaz de transformar a situação de miséria em que vive nosso povo. Recuamos para nos fortalecer e continuar nossa luta inacabada. Mas essa partida não é uma jornada para vocês. O que espero de você e Maria Branca é que fiquem no Brasil e aguardem nossa volta, porque voltaremos.

Contamos sempre com você conosco e precisamos que você

"Por que a carta num tá terminada nem assinada?", perguntou Zé Minino ao mensageiro, que não soube explicar direito. Podia ser que o tenente tivesse sido interrompido antes de terminar e assinar porque foi no meio de um combate que lhe entregaram várias cartas, entre elas aquela para Zé Minino. Eram cartas já escritas, ou meio escritas, que o tenente pegou na hora. Agora, era o mensageiro que estava na carreira e não podia ficar nem um minuto mais. Já descansara um pouco, comera o que lhe ofereceram, precisava aproveitar a luz do dia para chegar aonde tinha que chegar.

Minino ficou inconsolável. Sonhava voltar para o lado dos combatentes. Essa gente tão valorosa, a família que nunca teve. Anja chorou quando leu a carta. Para ela, também, a Coluna era a família coletiva, generosa, formada no combate por algo muito maior que eles.

— • —

Não saía da cabeça de Minino o trecho inacabado, o "precisamos que você". Para o que precisavam dele? Sua cabeça zumbia pelo esforço de completar a frase. Anja lhe dizia que com certeza era para esperar a volta deles ao Brasil. O que já estava dito antes. Era isso. "Precisamos que você... aguarde a nossa volta."

Zé Minino recordou também a última conversa que teve com o tenente. Quando ele, pela primeira vez, lhe disse que, se a situação continuasse como estava e a ajuda que esperavam não chegasse, eles teriam que recuar para depois avançar melhor, como estavam então recuando.

E foi isso que ficou na cabeça dele. Junto com a necessidade de não deixar ninguém falar mal da Coluna e de defender a ideia fundamental que os dois trouxeram de lá e a qual sustentariam pela vida afora: a vida miserável que o povo levava era injusta e precisava ser mudada.

— • —

Certos de que não receberiam mais notícias tão cedo, decidiram voltar para o povoado de onde Minino saíra. Pelo menos teriam o pedaço de terra que fora de seus pais e deve ter ficado com a Véia que morava com eles. "Foi onde vivi", disse ele. "Tem também o barraco. Vamos ver como anda aquilo, se é que ainda sei o caminho. E lá a gente espera a volta da Coluna."

Contaram à Santa as notícias da carta do tenente, agradeceram por tudo que haviam recebido dela, prometeram que estariam às ordens, caso ela precisasse da ajuda deles em algum momento, e lhe deram o rumo para onde seguiriam.

Despediram-se dos amigos e partiram.

Parte III

Rasgando estradas

Ainda nos anos 1930

"Nasci em tempos rudes. Aceitei contradições, lutas e pedras como lições de vida e delas me sirvo. Aprendi a viver."
Cora Coralina

Capítulo 1

Assim que chegaram, uma das primeiras coisas que Minino fez foi carregar Anja para conhecer seu rio e as nascentes — as da sua terra e as das terras vizinhas, inclusive passando por baixo da cerca de arame do seu Lourenço, fazendeiro criador de gado.

Levou-a para conhecer os vizinhos mais próximos e o arruado.

Mangueiras, pequizeiros, mangabas, jaqueiras já estavam ali no terreno, como se esperassem por eles. O Cerrado se espraiava até se perder de vista. Da porta da cozinha, no barraco, dava pra ver a serra ao longe e um bocado de pedras brancas e volumosas, como se tivessem sido empilhadas pelos milênios sem cuidado algum, com desacerto, como algo que se descarta sem consideração. Zé Minino as concebia como um engano da natureza, que as deixara ali talvez por descuido ou esquecimento. Poderia tê-las deixado mais adiante, em algum local onde achassem companheiras e formassem um conjunto mais bonito. Já Anja achava que não, que eram bonitas do seu jeito e davam "uma graça à vista, que, sem elas, ia parecer arrumadinha demais, o que também seria bonito, num ia dizer que não, mas é bom variar".

— A natureza gosta de parecer bem-arrumadinha — disse Zé a Anja. — Espia a mata, as árvore mais ou menos do mesmo tamanho, as copa formando um arranjo verde bonito de se ver de longe.

— Só se for bem de longe. As mata que a gente conhece de perto é tudo desordenada, árvore com tronco de tudo quanto é jeito, cipó caindo por tudo quanto é lado, chão cheio de capim, folha, toco, bichim de todo jeito. Uma desarrumação só, assim é que é a natureza de perto. E por isso que ela é tão bonita. O homem é que vem depois com essa vontade de ajeitar tudo numa reta ou curva bem-feita, puxar daqui, empurrar dali, limpar. Acabam com o modo de ser dela.

— Por um lado, até acho que cê tá certa, Anja, mas eu tava falando que a natureza também tem sua maneira de ordenar este mundo. A ordem dela não é a ordem humana, é outra ordem.

— Então vamo dar uma chegada lá antes que esses homi apareçam pra pôr do jeito deles?

Os dois logo iriam pegar o costume de passear até essas pedras empilhadas. Era uma caminhada não tão longa, uma distância que Anja podia fazer sem muita ajuda. Paravam para descansar antes de pegar uma subida leve, de onde se podia ter uma visão mais completa da natureza que avançava em matas e campo livre, e nele o pequeno oásis dos buritis. Anja gostava especialmente de poder avistar, ainda mais adiante, a cachoeira estreita que caía com seus chuás em linha vertical, como se tudo em volta existisse para lhe servir de cenário.

— • —

Ao lado da porteira que se abria para a morada, dois altos angicos de casca branca se erguiam com muito brio. Morada de bem-te-vis.

Ela gostou do que viu e não hesitou em confiar que seria bom viver naquela terra.

— • —

Maria Branca

Quando me despedi da irmã da Santa Dica, ela me perguntou se eu num tava com medo. "Medo de quê?", me espantei. "Do que cê nem conhece." "Se eu num conheço, quero mais é conhecer", respondi. "Medo num faz a vida de ninguém, mulher. Ainda mais um medo assim, por adianto. Medo desses tá é dentro da gente, não do lado de fora. Se o medo ameaça pôr os zóio pra azucrinar, tem jeito de agarrá-lo e jogar pra longe, pra que num atrapalhe a vida. Num deixo, ne-eem! Abro os braço e vou em frente." Espia só se eu ia ter medo de vir pra cá, que pensamento mais cheio de despropósito! Fico até com pena dela. Isso se chama é medo de viver.

— • —

Anja e Zé Minino já tinham se convencido de que não teriam filhos quando a filharada começou a chegar com pouco intervalo entre um e outro: Nestor, Valdelice, Divina, Donato e depois, com um espaço grande, sendo quase temporões, os gêmeos Umberto e Doroteia.

Com o tempo, construíram uma casa de tijolo, caiada de branco, janelas abertas para todos os lados, quintal bem demarcado. Ficava perto do barraco e do poço que a Véia contava ter sido aberto pelo pai de Zé Minino. Ergueram cercadinhos para os porcos e as galinhas, outro para o cavalo, adquirido com muito custo pelo que lhes dava a terra cultivada com milho, feijão, arroz, jiló.

Véia, a mulher indígena já de alguma idade, preferiu continuar no barraco antigo. Silenciosa, ela. Fumava agachada seu cachimbo de barro, olhando para fora ou para dentro de si mesma, Anja não sabia. Mas pegava no trabalho com eles e era toda risada quando as crianças começaram a chegar. Sua presença tranquila sempre a postos, uma sombra benéfica ao lado deles.

Tinham a vidinha da roça de subsistência, a plantação e a filharada crescendo, juntas, aos pés dos três.

O arruado perto havia aumentado um pouco, mas nem sequer podia ser chamado de vila. Tinha a venda do seu Dema, onde o povo escasso comprava o que precisava e dava seu dedo de prosa com o dono, tomando um gole de pinga, na pasmaceira habitual de um lugar assim, erguido nos ermos do sertão.

Tinha o Fordinho preto do seu Lourenço, que, de vez em quando, passava em frente à casa dos angicos. Às vezes era dona Francisca que ia, imponente, sentada ao lado do marido, em direção ao largo onde quase sempre passava direto para a igreja, mas, conforme o dia, parava no único armazém dos arredores para necessidades de última hora. Entrava espigada como um buriti, cabeça ereta, dava bom-dia ou boa-tarde com voz muito baixa e apontava o dedo para o que viera comprar. Olhava ao redor, cabeça para cima, e, se outro freguês houvesse por ali, ele logo parecia ter engolido a língua, mesmo se entusiasmado no meio de uma frase. Até o dono do armazém já não falava com a boca, só com os olhos aturdidos e as mãos obsequiosas. Por mais simpático que ele fosse, nem sequer ousava perguntar se a pessoa mais importante da região, a dona da grande fazenda, desejava mais alguma coisa, atento apenas a seu fino dedo indicador apontando isso ou aquilo, que ele se apressava em pegar e colocar no balcão à sua frente. Era um gelo estranho que cercava a mulher, sua fama de mais poderosa que o marido, verdadeira dona daquelas terras, herdeira do coronel Damião, o pai.

Para a menina Valdelice, era um acontecimento ver o Fordinho passando em frente à porteira. Ao ouvir o barulho, corria para ver o carro e, caso pudesse entrever o vulto da dona Francisca, vinha contar para Anja:

— Ela é bonita, mãe. Eu abano a mão, mas ela nem olha.

— Então para de abanar, filha. Pra que abanar pra alguém que nem abana pra nós?

Anja já tinha visto a mulher umas duas vezes no povoado. Mulher altaneira por demais, olhos cavados na pele morena de um rosto de traços finos com pequenas manchas de vitiligo, vestida sempre de mangas três-quartos e sapatos baixos pretos. Tinham passado uma pela outra no pequeno largo em frente ao armazém de seu Tonim, e, quando Anja lhe dirigiu um cumprimento com a cabeça e o 'Dia de praxe, a mulher mal inclinou os olhos em retribuição. Os brios de Maria Branca não gostaram. E assim foi. Desde esse primeiro momento, Anja tomou ojeriza da empertigada.

— • —

O que também aconteceu, logo depois que eles chegaram ali, foi num final de tarde o Fordinho preto entrar pela porteira que já estava aberta e dele saírem seu Lourenço e dona Francisca. Zé Minino e Anja se aproximaram, e seu Lourenço se apresentou, fazendo um sinal muito mixo com o chapéu, como se cumprimentasse.

— Somos vizinhos de terra. O senhor é do parecer de vender a sua? — perguntou direto, sem mais palavreado, sem nem dar tempo de Zé Minino retribuir a apresentação.

— Não, não é do meu parecer vender nada, não — respondeu Minino, meio surpreso, mas no mesmo tom gelado.

— Nem quer ouvir a proposta?

— Careço, não. Esta terra foi o que me deixou meu pai, e aqui vou continuar porque este lugar agora é meu chão e o da minha família.

— O vizim sabe que esta sua terra num presta, num sabe?

— A terra num presta, mas o senhor vizim quer comprar?

Seu Lourenço virou-se para a esposa:

— Vamo, Francisca.

E a mulher, que carregava uma cesta de roupas velhas, fez menção de entregá-la a Anja, mas recebeu, perplexa, a recusa:

— Não, obrigada, não careço. E a senhora? É de seu gosto aceitar uma jaca madurinha? — E apontou para a jaca cheirosa, com o rasgão indicando a madureza, pendurada em um pau perto da porta.

Dona Francisca virou as costas, não sem antes fuzilar Anja com os olhos.

A ojeriza recíproca se fez escarrada.

— • —

Uma tarde que Zé Minino foi comprar o rolo de tabaco bom que o vendeiro separava para ele, entrou um novo morador que se mudara para uma terrinha mato adentro. Ergueu o copinho de cachaça e exclamou:

— Que lugar de secura este onde vim parar, benza Nosso Senhor Jesus dos Estrupícios!

Zé Minino se espevitou:

— Secura? Que secura é essa que cê que mal chegou vê e eu que moro aqui faz tempo nunca vi?

— Ô, vizim dos esculachos! Tem pra mais de muitos dias que tô cavucando que nem excomungado pra fazer um poço e num bato em nenhum fiuzim d'água!

— Tá cavucando em lugar de pedra, então! Se quiser, amanhã vou lá com o senhor ver isso.

— Nem fale duas vez — respondeu o homem. — Me diga onde o vizim mora que amanhã de madrugadinha passo lá pra lhe mostrar o camim.

A primeira luz do dia raiou quando os dois já estavam no caminho. A pequena terra do novo morador, de nome seu Tibúrcio, era mais além da fazenda do seu Lourenço, um lugar que Zé Minino sabia ser de muita pedra mas também de muita água, era só saber olhar, o que ele mal chegou a fazer porque, logo perto do barraco do novo morador, percebeu sinal de nascente.

— Onde o senhor tava cavando? — perguntou.

— Praquele lado lá. — O homem apontou.

— Pois passe a cavar deste lado que logo a água brota.

— Num é melhor continuar cavucando lá mesmo que o buraco já tá fundo?

— O senhor é quem decide, mas, se continuar a cavucar ali, vai dar pra lá do inferno e num vai achar água.

— Ô vizim dos poréns! E eu que pensei que cê tivesse vindo me ajudar a cavar onde já tá adiantado.

— Pois eu ajudo aqui, ali, não, que num vou seguir sua teima.

— Me diga, então, por que vou seguir a sua?

— Pois espia só esse verdim fresco que parece orvalhado. Num é orvalho, que já queimou faz tempo, mas ele tá, num tá, com cara de tá úmido?

— Tá, nada!

— Pois então continua cavucando lá e, quando desistir, vem pra cá. O que vim fazer aqui já fiz.

— Qué isso?! O senhor já vai'bora?

— Tenho mais nada que fazer aqui, não. Já mostrei o que vim mostrar. Agora é com sua birra, mas só lhe aviso que seu braço vai virar tronco duro de tanto cavar sem achar água. E não me venha dizer que esta terra é seca. Seca é a sua cabeça!

Dias depois, outra vez na venda, chega seu Tibúrcio, mansinho, e oferece um gole de pinga:

— Das boa, seu Dema, pra mostrar que estou grato a esse tar de Zé Minino, que por ele achei minha água.

Zé deu um risinho torto e aceitou, que não era homem de fazer desfeita quando lhe reconheciam as habilidades.

— • —

Nestor, o primeiro filho, foi menino interessado no roçado desde pequeno, aprendendo a capinar, fazer cova para sementes, observar o céu e as árvores de perto para ver o que podia esperar do dia. Tinha o dom de amar o trabalho com a terra. Já Valdelice, a segunda, ficava cuidando do que desse para cuidar na casa e vigiando os menores. Divina, a mais quieta, plantava os olhões azulados no horizonte e além. Donato ainda não nascera. E os gêmeos, quando nascessem, bem depois, seriam como ar e fogo, como se grudados um no outro: Doroteia, fogo, Umberto, ar. Sumiriam pelo mato e seriam impossíveis de encontrar até que decidissem, por conta própria, voltar para casa.

À noite, quando o cansaço deixava, Anja sentava no banco encostado na parede da cozinha, Minino ali também ou no degrau da porta. Ele trazia a bacia com o escalda-pés de ervas para a mulher e enrolava na palha boa o fumo preto e cheiroso que raspava para formar o pito dos dois. A luz do lampião de querosene alumiava o quarto das crianças dormindo. No barraco da Véia, tudo escuro.

— Dona Ernestina veio atrás de um pouco de sal e me contou que seu Lourenço tá pegando mais terra dos outros pra fazenda dele — dizia Anja.

— O povo só tá falando disso. Ele manda cercar terra dos outros com arame farpado. Da noite pro dia, arrasta os arames farpados da cerca, e a capangada diz que o pedaço é dele. Ô gente à toa. Qualquer hora vai querer pegar da nossa. Mas só se for por sobre meu corpo morto.

— Num diga isso, Zé, que dá azar.

— Dá azar é ter latifúndio cheirando a bunda. Nem como patrão seu Lourenço presta. Ele passa na venda pra arregimentar gente pra trabalhar por dia, mas ninguém quer, porque dinheiro é ruim de sair dali. Só com muita precisão pra alguém se render a uma vida dessas.

Enquanto a conversinha rolava, o brevíssimo escarlate da brasa dos pitos alumiava a boca de um e do outro.

— • —

O arruado crescia com um que chegava daqui, outro dali, uma família de cinco de acolá, outra de três de mais longe ainda, e Zé Minino, de seu natural interessado em quem aparecesse, tornava-se amigo dos recém-chegados. Acolhia, ajudava. Na venda de seu Dema, onde tinha o que era preciso naquele mundo de pouca precisão, a não ser a precisão de terra, sabia das notícias: "Teve outro tiroteio grande lá na Santa Dica. Prenderam ela outra vez. Diz que vão banir Dica de Goiás, agora pra sempre".

Anja e Zé se entreolharam quando ele veio lhe contar. Tinham sido acolhidos ali, feito amizades. O povo bom de lá ia ficar perdido, o sofrimento deles seria grande. Eita mundo da discórdia!

— • —

Com sua fama de conhecedor se espalhando, agora quem pensasse em cavar um poço vinha logo falar com Minino, antes mesmo de começar. E, na época da primeira colheita, aparecia com algum agrado, como se Minino fosse um entendedor de água que era preciso cultivar. "Ô, minha gente, num precisava", Zé como que se desculpava, mas, por costume e gratidão, aceitava até o que ali mesmo, no seu roçado, vicejava com força.

— • —

E o que mais tinha naquela vidinha da terra?

Tinha os indígenas que apareciam de vez em quando. Não eram olhados com simpatia pela maioria do povoado, que não aceitava o que chamavam de preguiça deles, sem fazer tentativa de entendê-los. Pior ainda se tivessem o vício do álcool. Só Anja e a Véia lhes davam comida e pouso no barraco, caso quisessem pernoitar. Mas nunca paravam muito tempo. O destino deles era tão outro que nem eles mesmos sabiam qual era.

Tinha o carro de boi de seu Juru rangendo as grandes rodas de madeira com o canto que avisava sua passagem, trazendo os galões de onde ia tirando o leite puríssimo que vendia para a vizinhança. Na casa dos angicos, a Véia era a primeira a ouvir o canto das rodas pesadas e pegava o galãozinho que ia encher na porteira. Nestor e Valdelice corriam atrás para ver os bois passando. "Ôoa, ôoo, boi!" Juru tinha dois: Veludo e Valente. Tratava deles como se fossem os filhos que não teve tempo de criar; a esposa havia morrido junto com o primeiro que vinha, e veio natimorto. Viúvo triste e carente de filhos, vivia para cuidar dos bois e das cinco vacas que davam leite suficiente para vender e comprar depois o que precisasse, que era quase nada. Seus olhos eram os escapes da dor da vida que não teve. Muito por causa desses olhos, a Véia gostava de prosear com ele, e os dois pareciam se entender. Podia-se dizer que era o único amigo que a Véia tinha, fora Zé Minino e sua família.

Tinha também o som do berrante alertando que lá vinha a boiada branca do seu Lourenço. As crianças desabalavam para ver, e os adultos vigiavam para nenhum subir na porteira e arriscar uma chifrada, que as vacas e os bois se espremiam na estrada estreita, mais ainda ao perceberem a agitação que provocavam. Nestor e Valdelice subiam nos galhos da goiabeira perto da cerca, e Divina subia nos ombros do pai ou se enganchava na cintura da mãe e da Véia. "Êeeia, boi!" A comitiva dos peões em cavalos ou mulas, coxas protegidas com perneiras, chicotes, cordas voando em laço, comandava os resfôlegos, mugidos, bufos, o gado seguindo para outra fazenda ou pasto de engorda. Cheiro denso de animais e homens, juntos e misturados. Suor, mijo, bosta, terra remexida, poeira. Havia uma vitalidade ali, uma força em movimento, uma expectativa. Nestor pegava um galho seco e tentava atucanar um boi, doido para ver um estouro de boiada, coisa que felizmente ninguém dali jamais vira. Por sorte, seu impulso de menino não dava para o gasto; mais provável seria ele conseguir cair da goiabeira.

E tinha as festas que os vizinhos, mesmo distantes uns dos outros, comemoravam. As fogueiras de São João e, sobretudo, a Festa do Divino, levando de casa em casa a bandeira com a imagem do santo enfeitada de fitas coloridas e agrados, enchendo a estrada com o ritmo marcado pelo tambor e pela música cantada por vozes de homens e mulheres no hino que todos conheciam, menos Zé Minino e sua família, que tampouco souberam o que fazer da primeira vez que o estandarte e os que vinham com ele chegaram à porteira e entraram cantando, ao som da caixa do tambor e duas violas: "O Divino Pai Eterno na sua casa chegou! Na sua casa chegou! Na sua casa chegou!".

Benzeram a casa e dançaram catira, ainda que os donos da casinha dos angicos briosos não soubessem qual seria sua parte naquele ritual. Riram, contagiados pela música que, não demorou, aprenderam, e acompanharam o grupo até a casa vizinha, onde viram como a bandeira do Divino era recebida com biscoitos, bolos e cachaça. Aprenderam. E gostaram. Tanto que, no ano seguinte, a casa dos angicos foi preparada como devia para recebê-los, e a cantoria e a dança de catira duraram muito mais que da primeira vez.

As crianças amavam aquele acontecimento, sobretudo Divina, pequenina, que cismou de achar que a Festa do Divino era também para ela, de nome só com a pequeníssima diferença do final, por ser mulher.

— • —

Maria Branca

Por que fui dar o nome de Divina pra essa menina, às vezes perguntam. Respondo que foi porque eu e meu Zé achamo bonito e pronto. Mas eles querem continuar perguntando só do nome de Divina, dos nomes dos outros filhos, não. Perguntam de Divina porque acham que só podia ser por religião e ficam meio cismados quando digo que não. E então perguntam por que nunca vamo à missa de domingo. Ah! então é isso!, penso cá comigo. Querem por tudo que eu diga que sou católica. Mas, se num sou, como vou dizer? E, se dou trela, a coisa vai longe: Por que isso?, Por que aquilo?, E Deus e Nossa Senhora?, E os Anjos do Senhor? Aí eu tenho que explicar que nosso jeito, meu e de Zé, é esse, sempre foi. Que eles sigam como querem seguir e deixem os outros seguir como quiserem. Mas tem vez que é difícil, e me dá uma canseira ter de responder e explicar! E penso que lá na Santa Dica, logo lá, ninguém nunca perguntou nada. Davam por certo que a gente era fii de Deus e pronto.

— • —

Na modorra daquela vidinha de todo dia, roça e criançada crescendo, Minino às vezes se inquietava. Ia até seu pedaço de rio.

— Tô parado demais — dizia. — Tá difícil lidar com a estreiteza deste lugar.

E o rio respondia:

— Vemvemvemvem.

Mas dessa vez ele não ia.

Capítulo 2

Quando chegou a notícia da morte do tenente Siqueira Campos em um desastre de avião, voltando do exílio no Uruguai para o Brasil, Minino engasgou e saiu da venda onde tomava a pinguinha do final do dia. Foi que nem cego atrás de Maria Branca. Os dois choraram sem pejo e, por vários dias, só fizeram relembrar fatos da Coluna e a bondade e a valentia do tenente. Com aquela morte, ali, naquele momento, compreenderam que a Coluna também tinha morrido.

A tristeza afundou o coração de Minino, e, em certos momentos, ele começou a chamar Anja outra vez de Maria Branca. Ela estranhou, mas entendeu; como não ia entender? Conhecia muito bem seu homem. Tinha vivido dia e noite junto com ele, como não entenderia? Só quando, um tempinho depois, ouviram falar das estradas que estavam sendo abertas naquele ermo de meu deus, os olhos de Minino se abriram como se alumiados por dentro. "É a tal Marcha para o Oeste, do presidente Getúlio", falou pra Anja. "Quem sabe lá ganho o bastante pra melhorar a vida dos minino?"

— • —

Maria Branca

Quando Zé quis se aventurar outra vez, eu disse "Vai, Zé. Vai expulsar essa tristeza do peito, homi. Eu fico aqui mais os minino na espera. Mas num demore demasiado, viu? Isso, sim. Num sei nem direito, nem torto como é abrir estrada no meio do mato pra automóvel e caminhão passar, mas o povo todo tá dizendo que é coisa boa, então é bem capaz de ser mesmo. E vai ser bom procê, eu sei". Gostar daqui desta terra sei que Zé gosta, e muito, mas num é de ficar pregado nela que nem árvore. Precisa arejar a raiz por aí. Ver de perto as coisa do mundo, acompanhar o rio dos acontecimento. Minha pena é só num poder ir junto, no passo do meu Zé, que meu pé torto atrapalha. Mas deixa está que fico aqui no meu passo de galinha poedeira com meus piquininim e vou acompanhando de pensamento os passo dele.

— • —

Zé Minino passou muito tempo rasgando estradas. Voltava para ficar uns dias de descanso e chegava encardido de poeira, cheiro de inhaca e suor, roupa preguenta de lama, um chulé de evacuar quartel, embora jurasse que tomava banho em toda água que encontrava, mas era água sem sabão, só com folhas, mesmo se por onde ia não houvesse daquelas folhas boa de tirar casca de sujeira. Contava histórias. Das árvores que iam tombando pelo caminho e, quando menos se esperava, caíam bem de jeito de matar um.

— É igual um combate, Anja. Só que agora do homem com a mata cerrada, os bichos, a natureza. E tem um engenheiro que manda em tudo, um sujeito puro colosso, até a risada dele se estronda na mata. Fui trabalhar com ele porque me mandaram levar uma mensagem pro diretor da colônia de Ceres; eles formaram essa colônia pra trazer a população pra habitar aqueles mato, tudo pequena propriedade, tal qual a nossa. Fui lá e fiquei com ele, que era o destinatário da carta. Nem na Coluna vi alguém igual esse dr. Sayão. Parecia que a lei era ele. A lei do progresso. É disso que eles estão correndo atrás, Anja, do progresso. Que aí dizem que tudo melhora, terá escola pra toda criança, terá hospital pra todo mundo, é por isso essa azáfama de agora, as estrada feito rio de terra por onde vai passar carro e caminhão, trazendo de lá pra cá e levando daqui pra lá. E foi cada coisa que eu vi, Anja, vi até uma atriz de cinema, que nem sei direito o que é isso, dizem que é importante, e era de outro país, América do Norte, ela e o marido, que também ajudavam um pouco o pessoal da estrada, queriam que a estrada passasse pelas terra deles, e aconteceu que ela e o marido quase morreram, acusados de feitiçaria por darem um remédio americano pros dois filho de um casal de roceiro, e esse casal acabou achando que era veneno porque os meninos morreram naquela noite mesmo, e a família mais os vizinhos prenderam os americano na casica deles, e foi preciso um doutor chegar e explicar que as crianças não tinham morrido do remédio, e sim de beber a água suja do mesmo lugar onde bebia o cavalo que eles tinham, o nome da doença é também chamado de tifo. Aí eles serenaram. Mas esse doutor foi corajoso, viu?, baixim, mais ou menos que nem eu, doutor de gente graúda, mas que vai onde precisar, vai de motocicleta pelas trilhas, eu fui de cavalo, que me mandaram chamá-lo em Jaraguá, e ele entrou no rancho fechado com os americano e cercado pelas carabina dos roceiro da vizinhança, e ele entrou como se num tivesse nem vendo as carabina, fiquei admirado, e mais ainda quando ele, com muita calma, explicou tudo muito bem explicado, e os homem entenderam e resolveram a peleja. Eu até aproveitei pra mostrar pra eles um olho-d'água onde dava pra fazer um corregozim e proteger do cavalo. Mas isso nem foi nada comparado com as morte que andei vendo, homem matando homem por coisica à toa, Anja, e vi uma coisa que eu ainda num tinha visto existir desse tanto e que agora tá aparecendo que nem praga, uns homens que chegam importantes, mas são conhecidos como grileiro, que pegam a terra de um pobre e vende pra outro, tudo com papel falsificado. Com essa história das colônia e de ter terra devoluta pra todo mundo, tá vindo muita gente ilusionada, e então os grileiros aparecem, fazem uma confusão dos diabo e falseiam tudo. Todo povo lá conhece gente enganada, e eu mesmo vi um velho vertendo lágrima, um velho e sua velha, tinham vendido o pouco que possuíam pras banda do sul de Minas e comprado uma terra boa e grande, mas, quando chegaram, num tinham era nada. Tinham caído no conto do grileiro, e como esse eu vi muito e...

— Ah, Zé, para! Cê tá falando rápido demais da conta de coisa demais, e o qué isso na sua mão?

— Num foi nada, corte do facão, já tá curado. Tem gente que fica aleijada, perde braço, perna, morre, é uma luta afrontosa com os mato, Anja, a natureza é forte demais, perto dela a gente vira pé de poeira, até acho que...

— Para, Zé, come que sua comida tá esfriando, e esse feijão eu fiz do jeito que cê gosta.

Zé Minino mal dava uma mastigada e já começava outra vez:

— Mas é que preciso contar o que cê num ouviu ainda. Teve lá, nessa colônia que eu já falei que tá ficando grande, teve lá um chefe de coisa importante do governo, que disseram também que era poeta, seu Cassiano Ricardo, um homem de letras, falaram, coisa importante deveras, e ele disse pra todo mundo reunido ali pra escutar que a Marcha para o Oeste tinha também outro propósito, que era o desmonte das grande propriedade de terra, os latifúndio, igual os tenente e a Santa Dica falavam. Que era pra ter pequenas propriedades que desenvolvessem a agricultura familiar, que nem a nossa, Anja, e que isso ia dar nova vida ao país porque pelas estrada o que a gente colher vai poder vender pra outro lugar, então ia aumentar a "produção agrícola", porque o poeta falava essas palavras bonita, que a Marcha "resgataria a verdadeira brasilidade" e seria a "integração" do interior brasileiro a fim de "promover o desenvolvimento nacional". Homem de letras mesmo, dava pra ver. É o progresso, e o progresso não deixa nada como estava antes e é cheio de palavras grandes e bonitas. E tem a parte dos índio, também. Disse que iam "integrar os indígena à economia brasileira".

Anja aproveitou outra pausa da mastigação de Zé Minino para dizer:

— Outro dia teve uns índios parente da Véia que ficaram no barraco. Gente boa procurando trabalho. Contaram muito do sofrimento deles, expulsos de onde viviam e cheio de doença, pensei que, se a Santa Dica ainda tivesse a comunidade, eu mandava eles pra lá... Cê sabe que ela voltou, mas agora não tem mais comunidade? Foi proibida. Só atende em particular. Então, só o que pude aconselhar foi que num se empregassem com seu Lourenço. E, Zé, cê reparou como Nestor tá grande? Escarrado o pai. Valdelice é outra danada de esperta. Já tá querendo me ajudar a cozinhar. Divina quietinha, gosta de ficar no terreiro brincando com as galinhas, como se reparando no modo delas ciscar. Cê viu como ela tá gordinha?

— • —

Aqueles dias que tinha de folga, Minino passava trabalhando nas coisas da roça e da casa. Ia saudar o rio e as nascentes. Às vezes, ficava um bom tempo sem voltar para as estradas, mas sempre chegava o dia em que acabava partindo outra vez.

E quando voltava, depois de meses, era sempre com a mesma euforia e a mesma contação de casos, que Anja ouvia com o coração aos pulos. Ela também, não fossem os filhos e o pé, ia junto, para viver ela mesma os casos que, só de Zé contar, a alvoraçavam por dentro. Precisava dessa emoção, ainda que vivida só por ele, para marcar seu pertencimento a um mundo tão maior que o deles. Jamais saberia definir sua vontade de escapar da vida limitada pelos alqueires de terra. Não que não quisesse viver ali. Queria. Só não queria pensar que o mundo era só aquele que ela podia ver de sua casa e nos arredores, tudo igual. Queria pelo menos ter alguma noção desse outro mundo, maior e mais rico e mais cheio de acontecidos, cujas notícias o jeito era Zé trazer para ela.

Ele contava que cada um deles tinha seu facão para ir em frente abrindo o traçado, que às vezes parava para apreciar uma florada que teria que desbastar e que uma vez conseguiu que desviassem do olho-d'água que ia desaguar no córrego mais à frente, que "esse tal progresso parece um bicho esfaimado que vai engolindo tudo que encontra, Anja, coisa funesta, e cada vez chegando mais gente e os grileiro continuando suas falcatrua com muita violência, são o diabo, e o engenheiro é que fica que nem eu, furioso, quando eles passam perto. Troveja a voz pra que se larguem dali, que eles não são dono de lugar nenhum, que as estrada que tamo abrindo não são pra eles passarem, quem vai passar por elas é a polícia, pra prender e acabar com essa bandidagem. Eles dão aquela risadinha de ouvido mouco, viram as rédea das montaria pro outro lado e saem galopando. Agora, as noite é que são dureza, uma escuridão como se a própria terra cobrisse a gente. O pito reluz a brasinha rubra quando alguém puxa o fumo alumiando a cara, e é só. Em compensação, nas noites de estrela, elas brilham tão forte que clareiam tudo, igual o luão da cheia. Aí os que são violeiro tiram as viola, e a voz de quem só falava some. A saudade que tenho daqui nessas hora é de alagar meu peito de lágrima".

— Tem dessas noite aqui também, Zé, num pense que só tem lá, e também me faz ficar de peito alagado.

E lá se ia Zé Minino outra vez para as estradas, deixando mais um filho no ventre de Anja.

— • —

Quem nasceu dessa vez foi Donato. Filete de criatura com força para berrar tão alto que os vizinhos vieram ver quem nascia. Foi outro que a Véia pegou e botou no mundo para ver sua sina, que ela sabia ver dentro do menino que nascia ou dentro de si mesma: "Esse num vai achar seu lugar no mundo".

A Véia, quando falava, era bom prestar atenção. Mais ainda se Donato continuava a abrir o berreiro em seu destempero sem fim. Anja olhava para ele: era como se não quisesse estar no mundo assim. Como se o mundo não fosse a casa dele.

— • —

Divina, no quintal, pequenina ainda, dava nomes às galinhas e aos porcos. Quem passasse perto a ouvia puxando o terço que ganhou de uma vizinha e não sabia rezar direito, mas inventava, tentando ensinar as galinhas a pelo menos dizer amém. Anja via aquilo e se arrependia de ter deixado que ela acompanhasse as vizinhas nas ladainhas religiosas que de vez em quando elas faziam. Logo ela, que num gostava de rezação, ter uma filha rezadeira! Parecia castigo.

— • —

Quando Zé Minino voltou, dessa vez foi para ficar. Estava desgostoso com a vida de abrir estrada. Tinha achado bom quando perceberam sua capacidade de descobrir nascentes e o colocaram na turma do reconhecimento, a que ia na frente abrindo o mato com facão e verificando a condição do trajeto traçado.

— Porque uma coisa era o traçado no papel feito pela primeira turma de engenheiros e topógrafos, Anja. Outra era ver de perto o que havia no trajeto planejado. É brabeira ter que pensar na diretriz de uma estrada. É coisa de muito estudo. Se tem uma vila, é melhor passar perto para atender à população; se tem um rio, tem que procurar o ponto mais estreito, não só pra que a ponte num fique cara demais, mas pra reduzir as pesquisa geológica, quer dizer, da terra, pras fundações que vão ter que fazer. Mesmo com todo estudo, tá sempre esbarrando em problemas. Eu gostava desse trabalho de ir na frente, enfrentando o matagal. Era até mais duro do que o trabalho da turma que vinha atrás, mas me sentia bem, lembrava da Coluna. Quando achava um olho-d'água, então, e os engenheiros iam lá e conferenciavam sobre o que fazer, eu aguardava, agachado, olhando, coração na boca. Iam passar por cima? Não, davam um jeito de preservar, só que tinha um cara mais antigo da turma de reconhecimento que inventou de não gostar disso. Não entendia a importância dessa aguinha boba, ele falava. Que eu parasse de ficar atrapalhando e atrasando o trabalho deles por uma insignificância, advertia. Eu confesso que me espantei; era a primeira vez que via uma pessoa que não amava uma nascente. Comecei a me sentir incomodado quando ele vinha me falar pra maneirar. Maneirar por quê, se eu estava lá justamente pra isso? E então, pela primeira vez na vida, comecei a torcer pra não encontrar nenhuma nascente, era preferível não encontrar nada, mas, quando encontrava, aí dava o alerta, e tudo parava até chegarem os engenheiros. Eu ficava era tenso quando o grandão se aproximava mostrando os bofes. E aí veio o dia, um calorão dos diabo, ceuzão que num dava nem pra olhar direito, e eu tava esbodegado, Anja, que tem dia que a gente se sente mais cansado. Eu tinha acabado de dar o alerta, e lá veio o desaforado e me deu um empurrão, me chamando de fii de rameira, ah, pra quê! Ele já tinha passado o dia me atucanando: "Olha lá! Num vai encontrar nada, não, hein? Num vai encontrar merda de olho-d'água nenhum, tá me ouvindo?". Então, nessa do empurrão, me deu aquilo que já me deu da vez que queimaram seu pé, Branca, só vi um vermelhão na minha frente e caí em cima dele pra fazer que engolisse o que tinha dito. E foi justo nessa hora que os engenheiros chegaram e me demitiram. Depois, aquele engenheirão que eu gostava veio me dizer que ia sentir minha falta, mas que essa era a regra número um do trabalho na estrada, dois brutamonte brigando na lida dá demissão dos dois, e que eu sabia que isso num podia ter perdão naquele fim de mundo, e que ele só num entendia por que logo eu tinha perdido assim minha estribeira, mas eu nem quis, nem pude explicar pra ele que o maldito tinha me empurrado antes, num sou desse tipo de homem que abre a boca pra falar do outro. E, cá no fundo do peito, Anja, nem me dei aos cuidado. Eu já vinha mesmo embaralhado das ideia quando entendi que a estrada pode trazer também muita desgraceira. Conversava muito com Biu, companheiro de facão, um homem que sabia tudo e me explicava. Ele me ensinou tanto que um dia perguntei por que, se era engenheiro, com tanto conhecimento, ele tava ali com a cambada? "Que engenheiro", que nada, ele riu. "Tô aqui porque preciso trabalhar, como todo mundo, e também porque queria ver como era essa abertura de estrada pra unir o país, se vai unir mesmo ou desunir mais ainda." E num foi, Anja, que chegou o dia que ele morreu bem ali do meu lado! Uma árvore das grandona que uma das turma tava derrubando caiu justo em cima dele. Chorei ali como homem que chora a morte de um amigo que morre assim. Senti uma tristeza quase tão grande como com a morte do tenente Siqueira Campos. E também num foi só por isso que decidi vir mesmo embora. É que minha cabeça tava a ponto de estourar. Das conversa com Biu ficou pergunta demais. Pra que, afinal, ia servir tudo aquilo? Pra muita coisa boa, mas também pra muita coisa ruim, que tudo parece que vem sempre junto, enrolado. E as mata revoltadas com o que a gente tava fazendo com elas, caindo assim pra se vingar em cima de quem só tinha a culpa de ser pobre e ter que trabalhar. Num dá pra árvore saber quem presta e quem num presta. Daí entendi que num era trabalho pra mim. Achei melhor voltar, ficar no meu canto e cuidar daqui. Também por conta da saudade, mulher. Dói que dói. Chega.

Donato, no seu colo, já tinha começado a berrar. Minino levou-o para o quintal e, passado um pouco, para grande espanto de Anja e da Véia, conseguiu fazê-lo se calar e adormecer. O que se tornaria o bálsamo do filho: se apoiar no ombro daquele pai.

A Véia, do seu canto, viu tudo aquilo, esfregou as mãos na saia e voltou para seu barraco.

Sete anos depois, nasceram os gêmeos. Foi quando Anja quase morreu e não pôde mais ter filhos.

Parte IV

Grandes transformações I
Anos 1940 e 1950

"O verdadeiro sentido da brasilidade
é a Marcha para o Oeste."
Getúlio Vargas

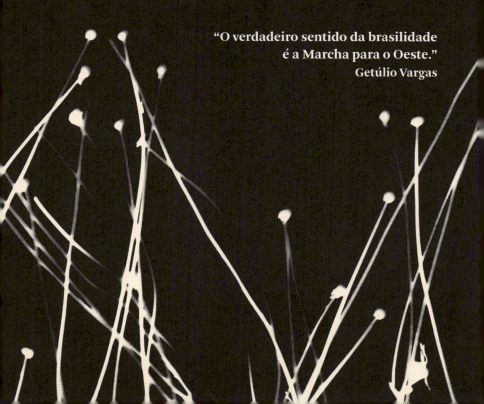

Capítulo 1

"Vamo banhar na cachoeira, meninada!"
"Vamo caminhar um pouco!"
"Vamo ver os buriti!"
Era a voz da mãe chamando os filhos, a qualquer hora do dia.

Já o pai, o que gostava de fazer era anunciar uma chuvarada: "Aí vem um toró, fiarada! Hoje vai ter banho de chuva, e é já-já!".

— • —

Nestor já estava sabendo ler e contar e crescia forte, calado. Gostava de trabalhar com o pai e, aos domingos, ia até a vila se juntar com os outros meninos. Ia também levar os produtos da lavoura para trocar ou vender, em frente à venda do seu Dema.

Nas manhãzinhas de domingo chegavam outros vizinhos, que colocavam seus produtos no chão forrado com sacas de juta cor de terra. Trocavam ou vendiam, quando havia algum dinheiro para circular.

— • —

Foi justo em um domingo de feira que Nestor foi o primeiro a chegar e encontrar seu Dema morto. Viu as portas abertas, os cachorros deitados na calçada. Ele estranhou e entrou, com os cachorros à frente, como que o guiando em direção a um tambor cheio de água de chuva agora ensanguentada com o corpo emborcado, a cabeça e os braços dentro. Era dos pulsos que vinha o sangue. Com o grito do menino, Joaquim, filho único de seu Dema, veio como lufada de vento quente e tirou o corpo do pai da água avermelhada. Logo juntou mais gente nos fundos da venda, ajudando a ajeitar o corpo do morto, a preparar o velório e querendo saber o porquê do acontecido. Joaquim contou. Depois da morte da mãe com a doença prolongada que todos ali sabiam, o pai desanimara de tudo, de um jeito difícil de entender. Ele se endividara demais com o longo tratamento da mulher em Goiânia e parecia incapaz de aceitar que agora, em suas mãos, só existissem dívidas. Uma noite, Joaquim chegou a pegá-lo com uma garrafa de soda cáustica. Passou a ficar de olho nele, mas, na noite passada, tinha dormido mais do que devia. E agora encontrou o pai assim; nunca se perdoaria. Joaquim falava, e Nestor escutava com toda a atenção, ainda com tremores por todo o corpo. Até que saiu dali correndo, direto para casa, onde contou a história detalhada para o pai, outra vez para a mãe, outra vez para Valdelice, outra vez para a Véia. Queria contar para todo mundo o que vira e ouvira, até para Divina, ainda menina demais. Mesmo assim, contou tudo para ela. E contou para Donato, que mal tinha aprendido a falar. A Véia só vendo aquilo, os tremores e a contação de como os cachorros o levaram direto para o corpo do seu Dema emborcado na água avermelhada. Chamou Nestor e, mesmo não sendo curandeira nem nada, pegou firme na cabeça dele e lhe disse que continuasse contando toda a história do achamento do corpo morto quantas vezes precisasse, até não querer mais contar: "Só assim sairá do seu corpo um dos espíritos que acompanham os mortos e entrou por sua boca quando cê gritou. Não é um espírito forte. É fraco, deve ter sido o último a sair do corpo morto e logo também sairá do seu corpo vivo, meu menino. Então", ela continuou, "vai contar pros vizim e pra quem mais cê encontrar no camim. Conte tudo, muitas vezes, até esse espírito sair junto com o ar que cê mesmo põe pra fora".

Assim ele fez. Contou para os vizinhos do lado de cá da estrada e para os vizinhos do lado de lá. Contou para quem encontrou. E contou, e contou. Até constatar que já não tinha vontade de contar mais nada para ninguém. Voltou para casa, tomou uma sopa que a Véia fez, deitou na cama e dormiu até o dia seguinte.

— • —

Sem escola na vila, era Anja quem ensinava os filhos a ler e escrever, aos sábados. Obrigação de todos os filhos, até mesmo os menorzinhos. Se ela e Zé Minino aprenderam, não deixaria os próprios filhos crescerem ignorantes. Valdelice, muito interessada em aprender, não tardou a dizer que seu desejo era ser professora; quando a escola chegou, anos depois, ela e Nestor foram os primeiros a se matricular. Já Donato sofria nas aulas da mãe. Mexia-se que nem bicho-carpinteiro, quebrava a ponta dos lápis, rasgava o papel, tão difícil de encontrar. Ou ficava olhando para o terreiro, tão calado e passivo, tão fora do feitio dele que Anja, em manhãs assim, mandava-o voltar para o terreiro de uma vez.

Divina logo escrevia e lia alguma coisa, mas o que gostava de fazer, quando não estava no galinheiro, era ficar rezando por todo canto. Anja sempre a colocava para trabalhar, para deixar de tanta reza, mas não adiantava porque, mesmo trabalhando, ela ia rezando ou cantando músicas das ladainhas.

— Tem dias que a menina fica um tempão sentada lá no galinheiro, Zé. Fica lá, no bem-bão dela, mas a Véia passa e ralha: "Caba desse pinhém pinhém com as galinha e sai já daí!". A Véia também num gosta de ver Divina assim. Veio me dizer pra dar um banho de descarrego na minina, que ela tá precisada. Eu brinquei: "Índia véia num sabe um monte de ervas e de rezas? Por que a senhora mesma num dá esse banho?". "Porque num me ensinaram." "E devido a que não lhe ensinaram?" "Devido a que num cresci muito tempo com meu povo." "E nunca voltou?" "Não, fui acompanhar minha filha. Ela se casou, mas logo pegou a doença." E foi então que um raio passou pela cabeça de Anja, e a pergunta saiu como se por si só: "A mãe do Zé?". "De quem havera de ser?"

Foi assim que ela compreendeu que a Véia era avó de Zé. Quando lhe contou, ele não soube o que dizer. Escarafunchou em sua cabeça para ver se lhe vinha alguma lembrança, mas nada veio. Como não ficou sabendo disso? Por que a Véia nunca lhe contou?

Na caída da noite, foi se agachar ao lado dela no terreiro, a brasinha incendiada do cachimbo dela sinalizando onde estava. Era seu local à frente do barraco, naquela hora entremeada do dia-noite, onde ficava a pensar e repensar seus mistérios.

— Por que a senhora nunca me contou que era mãe da minha mãe?

— Cê num sabia?

— Como ia saber se ninguém me contou?

— Pois devia.

— Sim, devia. Fui muito burro, me perdoa, vó.

— Também, cê foi 'bora novim. Num reparou.

— Mas devia ter reparado. A senhora sempre cuidando de mim e continuou aqui me esperando. Por que nem sequer imaginei que a senhora era parente?

— Tem nada, não, fii. Cê sabendo ou não, sempre fui sua vó.

Ele, então, chamou:

— Vem cá, fiarada, vem conhecer a bisavó que cês têm!

— • —

Assim a vida passava como havia de passar. O rio também. Tudo passando com o tempo, como era a sina da terra e seu povo de humanos, animais, vegetais. As crianças correndo no quintal. Os gêmeos pequeninos inventando brincadeiras. Divina indo para perto das galinhas e dos porcos. Donato se juntando com os meninos da vizinhança. Nestor e Valdelice, já mais velhos, trabalhando; ele na roça com o pai, ela na lida da casa com a mãe. A Véia continuando na roça e cuidando de suas coisas em seu barraco.

No cair da noite, rádio ligado, agora um dos objetos mais apreciados da casa, chegava o slogan do governo, motivo de grande agitação e controvérsia: "Lavrador sem terra, venha para Goiás trabalhar na sua terra, doada pelo governo".

— • —

Na venda do seu Joaquim, os comentários agora eram sobre o mundaréu de gente que não parava de chegar, vindo de toda parte, atrás de terras devolutas a serem doadas. "Zacarias, aquele que trabalhou um tempo com seu Lourenço, é um que foi atrás, mas deu de cara com a Colônia já toda montada, sem espaço pra mais ninguém", disse um. "O anúncio não explicou que a doação era só pras colônias que eles tavam fazendo e que já tão completa. O pessoal que chega agora tem que ir atrás de terras devoluta mais distante, lá pro meio do norte", disse outro. "Zacarias seguiu pra lá", disse seu Joaquim. E completou: "O pior é que tem gente que acaba ficando por aqui mesmo, onde não tem mais terra sobrando. Viu Zé Rufino? Chegou por aqui zoiando terra e, quando viu que não tinha nenhuma sem dono, montou foi outra venda lá mais pra perto do arruado novo que tá nascendo".

— • —

Zé chegava com as novidades na hora da janta, a meninada em volta da mesa escutando. Os mais velhos tentavam entender as implicações do que o pai falava e sentiam o tumulto causado por tanta movimentação. Estariam seguros na terra deles? Essa gente toda chegando não viria para cá?

— É arriscado eles tirarem nossa terra, pai? — perguntou Nestor.

— Nunca dos nunca, filho. Sossega. Esse movimento todo vai é pro lado do norte, onde tem muita terra devoluta, e é bom isso. Eles vão lavrar a terra e produzir mais. Nosso sertão pode ficar mais rico e forte. — A resposta de Zé tinha um tom animado, mas também um laivo de incerteza que só Anja entendia. Ele tinha receio dos grileiros e dos fazendeiros incansáveis à cata de mais e mais terra, temia que a festejada distribuição não acontecesse para todo mundo, mas não era pai para botar preocupação na cabeça dos meninos.

Donato, que estava atrasado para a janta e já tinha escutado os gritos da mãe e dos irmãos atrás dele, chegou aos berros, segurando uma das mãos. A janta parou. Donato correu para os braços abertos do pai e contou, entre soluços, que o filho do seu Lourenço, que nunca tinha vindo brincar com eles, chegou com um jagunço e acusou Donato de ter entrado na fazenda e roubado uma panela. Ele disse que não, que nunca tinha entrado naquela bosta de fazenda, e as vozes dos meninos que brincavam com ele se ergueram:

— Pra que ele ia querer uma panela?

— Pra quê, eu não sei, mas que foi visto na fazenda, foi, e que logo depois deram falta da panela, deram, uma panela bonita, esmaltada de vermelho, que o pai trouxe de Anápolis e tava secando na janela, então só pode ter sido ele. Cadê a panela? — esbravejou o filho do fazendeiro, olhos fitos no corpo mirrado e ar atrevido do garoto um pouco menor que ele.

— Num sei de panela nenhuma — respondeu Donato.

— Sabe, sim, mentiroso! Ribamar, pega ele que vou dar uma lição nesse ladrãozim pra nunca mais chegar perto da fazenda. Estica a mão dele e me dá seu isqueiro.

Os meninos estremeceram. Donato quis correr, mas o jagunço, sem esforço, o segurou, tirou o isqueiro do bolso, entregou para o filho do patrão e estendeu a mão de Donato, já aos berros.

O filho do seu Lourenço queimou os dedos e a palma de sua mão direita.

O choro convulsivo foi se abrandando com os cuidados da Véia, que fez uma maçaroca de ervas frescas e colocou na queimadura.

Enquanto mãe e bisavó cuidavam da chaga do filho, Zé Minino levantou-se e foi para o terreiro. A própria noite estava que nem fogo, sol desaparecendo muito lento e o avermelhado forte cobrindo céu e chão distantes.

Ele deu voltas que nem touro bravo. Reviu as chagas abertas nos pés de Maria Branca amarrada no tronco e escutou as vozes dos camaradas da Coluna falando das torturas que haviam sofrido quando presos pela polícia ou por fazendeiros. "Que bicho é o homem, capaz de provocar tanta dor em seu semelhante! Nos pés de uma mulher, na mão de uma criança? Que bicho?"

Naquela noite, ele e Anja mal pregaram os olhos, e, quando a escuridão ainda espreitava por trás do mundo antes de deixar a luz entrar, Zé Minino se ergueu da cama e foi arrumar o cavalo. Não disse nada a Anja, adormecida a seu lado, mal sabendo que o triscar de seu corpo na cama despertara a mulher. Quando viu, ela já estava pronta para seguir junto, adivinhando para onde seu homem iria. Zé montou-a na garupa e tomaram o rumo da fazenda.

Ao jagunço na porteira, ele os apresentou, dizendo que eram Zé Minino e don'Anja, vizinhos da banda do sul, desejando dar uma palavra com seu Lourenço. "É de urgência."

Passaram pelos odores de lama e estrume do curral das vacas de tetas inchadas mugindo com desespero, que viessem logo lhes tirar o leite e as deixassem se aproximar de seus bezerros, berrando de fome no curral separado. Viram a distância o açude que seu Lourenço mandara fazer. Foram recebidos pelo fazendeiro, na varanda elevada da casa, ele em cima, o casal e o cavalo embaixo. Seu Lourenço era um homem espigado, queimado de sol, vestido da mesma maneira de seus capangas, chapéu de vaqueiro na cabeça, botas e esporas retinindo, mãos engatadas no cinturão, pito aceso na boca, ar carrancudo de autoridade incomodada mal começava o raiar do dia, quando estava pronto para sair e averiguar suas terras. Zé e Maria Branca desmontaram do cavalo, Zé tirou o chapéu e segurou-o na mão para desejar um 'Dia seco e formal e, com o mesmo tom e formalidade, lhe contar o ocorrido sobre o qual vinham tomar satisfações. Sem demorar em retrucar, o pai mandou que chamassem o filho e Ribamar, que vieram de imediato: o filho, calça curta, camisa de pijama, cabelo fuxicado ao ser levantado cedo demais da cama, estremunhando e se perguntando, arrogante, quem seria aquele casal, e Ribamar, cara de desinteresse, vestido que nem o patrão, mas sem a pose, cabelo alisado com brilhantina, boca mordiscando um graveto. Atrás do filho, mas sem sair das sombras da sala, o vulto escurecido de dona Francisca.

O menino, de nome Jaime, só ficou nervoso quando o pai lhe perguntou se fizera o que aquele senhor contara.

— Não, pai, eu, não. Foi Ribamar.

O capanga, que já tinha mentido pelo menino em outras ocasiões, marcou a traição do rapazote, mas assumiu o feito, pois era esse seu papel naquela trama.

Seu Lourenço, ríspido, se dirigiu a Zé Minino e Anja:

— Pelo visto, lhes devo alguma coisa. Dou-lhes minha palavra que Ribamar conhecerá as consequências. Agora, podem ir.

E lançou um olhar ofensivo para o casal, como se os culpasse pelo acontecido. Deu-lhes as costas e saiu, seguido pelo filho espevitado e por um Ribamar fumegando.

Perplexos com a rapidez da conversa, Minino e Anja se entreolharam. Minino quis ir atrás do trio que se afastava, mas Anja o segurou forte.

— Deixa pra lá, homi, não há o que a gente possa fazer. Ele tá cercado por seus jagunços, bora pra casa.

Minino resmungou:

— Que diabo de homem que num respeita ninguém!

Com ódio em razão de sua impotência, recolocou o chapéu, subiu no cavalo, ergueu Anja para a garupa, e foram embora já sentindo a inutilidade daquela conversa e a ponta de um remorso, temendo imaginar o que seu Lourenço faria com Ribamar, quando a culpa maior era do menino. Até chegar em casa, Zé Minino bufou mais que o cavalo, e bufando passou o dia, sem abrir a boca para falar com ninguém.

Minino conhecia Ribamar da venda do seu Joaquim. Capanga vindo do norte, sempre aprumado quando chegava ali, cabelo sempre untado com brilhantina, trocavam os cumprimentos do 'Dia, recíprocos e guturais. Naquele mesmo fim de tarde, já mais calmo, Minino estava encostado no balcão da venda quando Ribamar chegou, esquecido da brilhantina, e foi direto até ele. Mostrou a mão esquerda. A horrenda queimadura, maior e mais luminosa que a de Donato, como que refulgiu na venda escurecida pelas sombras indiferentes do dia que se afundava para as bandas de sabe-se lá onde. Minino gostava daquela hora em que o sol se punha com luzes diversas, o momento certo para uma indagação sincera que todos deveriam fazer sobre seu dia.

— Eu merecia isso? — perguntou Ribamar. — Foi o filho do patrão que mandou.

— Eu sei. Mas quem pegou o isqueiro e segurou meu filho? Uma criança! Olha seu tamanho e o dele.

— Sou empregado, faço o que me mandam fazer.

— Homem-feito num carece cumprir ordem que num presta — respondeu Minino. Deu-lhe as costas e saiu da venda, deixando claro que o simples contato com aquele desgraçado lhe enchia o peito de repugnância.

— • —

As cicatrizes das mãos de Ribamar e Donato ainda latejariam por muito tempo. Talvez pela vida inteira.

— • —

Mas aquele homem, aquele Ribamar, aquele jagunço que vivia sua vida de pau-mandado, ficou mais tempo ali na venda, bebendo pinga, cabisbaixo e matutando. Nunca fora homem de pensar muito nos acontecimentos, mas tampouco era homem de ver sua mão esquerda estragada para sempre. O que Zé Minino lhe disse, por curto que fosse, foi caindo fundo em sua bílis e maturando seu ódio contra seu Lourenço e sua família. "Homem-feito num carece cumprir ordem que num presta", foi o que Zé Minino disse. Ele cumpriu e foi castigado por ter cumprido. Havia algo muito fora de lugar no que lhe havia acontecido. Patrão carece de ser justo. Seu Lourenço exorbitou e lhe estragou a vida. O ódio de Ribamar subia pela boca, e ele tomava mais um gole para apagar o amargor e continuar a matutar, urdir sua vingança. Sabia que teria de agir no escuro, no seguro, sem confiar em ninguém. Ia se vingar era na peste do filho dele, ah se ia! Seria mais fácil e doeria mais nos bagos do velho. Muito mais. Todos veriam e lhe dariam razão. E o gole de cachaça começou a cair macio por sua goela.

Capítulo 2

A minúscula igreja construída pelos católicos do povoado, por onde os padres passavam no rumo das cidades a que estavam destinados — e nessa parada celebravam missa, batizavam bebês, casavam noivos ou os que já moravam juntos —, agora se tornara, ela mesma, o destino de um padre enviado para cuidar dos fiéis até então abandonados. Balofo, ânimo zero, rosto marcado pela varíola, lenço permanentemente secando as gotas de suor, trouxe o que se tornou uma grande iniciativa, no entanto: a ordem de celebrar as festividades mais importantes.

A primeira foi a Coroação de Nossa Senhora da Conceição, a quem a igreja fora consagrada.

A imagem da Virgem de gesso, tamanho médio, traje branco amarrado à cintura por um cordão trançado, manto azul, coroa dourada e ar etéreo de quase indiferença, havia sido resposta ao pedido do padre a seu Lourenço e comprada em Goiânia. Era uma imagem simples, mas ocupava com dignidade seu lugar dentro da igrejinha. Esperando os moradores da região, foram feitos os preparativos para a coroação ao ar livre, na Hora do Angelus. Um pequeno altar com caixotes, armado no descampado à frente da igrejinha, receberia a Virgem a ser coroada, e caixotes menores atrás serviriam de degraus para quem fosse coroá-la. Três genuflexórios e alguns bancos foram trazidos para o local. Dois moradores tocariam: um, pistom, o outro, clarineta. Os interessados podiam montar sua banquinha perto da praça e vender o que era de sua dedicação, separando a parte destinada a nosso bom Deus Criador de Todas as Coisas, como de justiça.

O povoado se preparou, agitado com a novidade.

Divina, quando soube que o padre ia escolher uma menina para se vestir de anjo e coroar Nossa Senhora, teve certeza de que ele a escolheria. Não sabia bem o que era coroação da Virgem, mas sabia que haveria de ser ela. Seu coração batia forte, haveria de ser ela, haveria de ser, haveria.

Não foi. O padre escolheu Quinzinha, filha caçula de seu Lourenço e dona Francisca, uma pirralha cuja voz de taquara rachada afugentava os pássaros.

Um sentimento que desconhecia se instalou como pedra no coração da menina. Não seria ela? Verdade que não seria? Mas quem amava a Virgem mais que ela? Quem adorava Deus Poderoso e seu sagrado filho Jesus mais que ela? Quem sabia todas as canções religiosas de cor? De quem era a voz que o próprio padre elogiava desde a primeira missa que celebrou? Quem varria a igreja quando o padre não podia? Quem garantia que tudo estivesse em seu lugar, como o padre lhe ensinara? Quem, a não ser ela, compreendia o Sagrado Lugar que Jesus e sua mãe, Nossa Senhora, ocupavam no mundo? Quem tinha o olho azul?

— • —

— Mãe? Por que só eu nasci com o olho dessa cor do céu? Nunca vi ninguém com olho desse jeito. Só eu. Não é porque Nossa Senhora quis que eu tivesse o olho da cor dos dela?

— Divina, cê nunca viu outra pessoa com olho azul porque nunca saiu daqui. Mas tem muito. Eu mesma já vi muito. Num tem nada a ver com Nossa Senhora.

— Muito, quem?

— Pra dizer um, o patrão da fazenda onde eu nasci. E nem filho de Deus ele era. Foi ele que mandou matar sua vó, quando eu só escapei porque tinha mola nas pernas.

— • —

Divina tinha visto a escolhida pelo padre treinando no fundo da igreja. Menina miúda demais, que não conseguia decorar como devia a música da coroação. E que, em cima de um caixote, treinava colocando uma lata-coroa em uma escova virada para cima, a palha seca amarela como se fosse a cabeça e os cabelos da Virgem. Divina fechava os olhos, horrorizada com o que lhe parecia uma ofensa terrível a Nossa Senhora e a ela.

— • —

No dia da cerimônia, Divina viu um anjo branco descendo do Fordinho preto. Levou um choque e demorou a se dar conta de que o rosto do anjo era o de Quinzinha. Era ela com um camisolão de um pano branco que quase brilhava, coroa de florezinhas brancas na cabeça e asas brancas recobertas de peninhas brancas. Ao lado da filha, dona Francisca e sua imponência.

Divina nunca vira ninguém vestido assim, não sabia que era possível.

Sentiu-se tão mínima...

O largo estava cheio, o sol se escondia por entre as árvores, os caixotes da coroação cobertos, o mais alto com um pano do mesmo azul do céu, o mais baixo com um pano branco pura alvura. Divina sentiu que ia chorar, mas foi quando, ao olhar para além das copas verdes das árvores, se viu chamada pela imagem viva de Nossa Senhora, uma santa bem maior, verdadeira, divinamente humana, entreluzindo no céu e abrindo uma clareira de luz entre as árvores, que então se transformaram em nuvens, onde Nossa Senhora colocava delicadamente os macios pés descalços. Naquele fulgor, Divina, passos trêmulos, subiu um a um os degraus de nuvens e colocou, sobre a cabeça da própria Virgem em carne e osso que lhe sorria santamente, uma esplendorosa coroa de luzes que poderia queimá-la, de tão reluzente. Divina entoou seu canto para ela, e todos abaixaram a cabeça para ouvir, incapazes de olhar de frente tanta formosura.

Voltou para casa iluminada e nunca mais foi à igreja.

Fazia suas rezas e cantorias no terreiro, até mais fervorosa do que antes, às vezes parecendo se comunicar com vultos celestiais que só ela via. Aos poucos, foi montando um altar todo seu em um puxado coberto de palha e sem paredes, junto ao barraco da vó. Aos poucos também consentiu que a Véia ajudasse, fazendo anjinhos de espigas louras de milho. Justo a velha indígena, que, sabe-se lá por quê, achava graça naquela brincadeira. Rezação era uma coisa, brincar de altar, outra, pensava Anja, sabendo que, para a vó, tudo era uma coisa só. Todo papel que achava, Divina pegava e com eles fazia enfeites para o altar, em cujo centro colocara vasos de barro feitos pela Véia, todos redondos, em diferentes tamanhos: o maior embaixo, sobre ele dois do mesmo tamanho e por cima um menor, com olhos, nariz e boca marcados. No lugar dos cabelos, franjas e fiapos louros de milho-verde. Era a sua Virgem esplendorosa. Nos armazéns da cidade — agora eram dois —, ela catou pedaços de retalhos de pano no chão e fez um manto colorido para cobrir os vasos que compunham a imagem. Da roça de um vizinho pegou a coroa de um abacaxi, firmou-o em uma faixa feita de bambu, para amarrar no vaso que servia de cabeça, e o levou para um menino seu amigo pedir ao pai, pintor de parede, que o pintasse todo de amarelo para coroar Nossa Senhora. Solicitou também um restinho de azul, que pintou no lugar dos olhos na marcação do vaso de barro.

O padre, vendo-a passar de lá pra cá por entre o casario do povoado que crescia, chamava:

— Vem cá, Divina. Cê tá sumida, filha.

Sem responder, ela corria rápido em sentido contrário. Não queria mais nada com esse padre. Nem sabia o que ele fazia ali. Até das festividades ele se esquecera e acabou só cuidando da missa de domingo e de batizados, casamentos, extremas-unções. Quando escutava um comentário da boca do povo, também decepcionado com a moleza do padre e com sua servidão a seu Lourenço, Divina sentia o peito como que se alargar. Sorria para dentro, para si mesma e para sua Nossa Senhora.

— • —

No dia em que chegou a notícia da queda de cavalo que quebrou perna e braço de Jaime, filho do fazendeiro, e o Fordinho preto passou ventando pela porteira a caminho do pequeno hospital da cidade mais próxima, Zé Minino, sem atinar com o motivo, teve uma intuição. "Isso foi coisa do Ribamar", murmurou para Anja.

E, como sempre acontecia em casos assim, logo a venda de seu Joaquim ficou atulhada de curiosos. Todos querendo saber o que tinha provocado o acidente. O rapazinho era tido como bom cavaleiro, o que teria acontecido? "É a prova de que essa família também tem seus problemas", dizia um. "É a prova de que Deus também castiga os ricos", dizia outro. "Que nada, cambada de gente que num pensa! Deus num tem nada a ver com isso. O rapazinho vacilou e pronto, se espatifou no chão", intervinha outro. Zé Minino, caladão, só escutava. Até que o Fordinho passou de volta, mas sem o Jaime, direto para a fazenda. Não tardou muito, e a novidade correu. "Foi Ribamar quem selou o cavalo do Jaime, deixando a sela frouxa e pronta pra deslizar com um movimento qualquer mais forte." "E lá ficou o jagunço no bem-bão dele, achando que ninguém descobriria o que fizera, como se o patrão fosse fácil de enganar." "Pois num era. E sabe-se lá como já chegou sabendo, ou adivinhou, e foi direto até Ribamar com o seu temido chicote na mão e aos berros: 'Foi você que arreou o cavalo do meu filho, seu animal! Ele me contou que cê fez questão. Logo você, o melhor arreador daqui, deixar a sela frouxa como deixou, seu puto dos infernos! Achou que eu num ia descobrir, desgraçado? Fora daqui, seu animal, seu demônio desleal. Se Jaime ficar aleijado, vou até no inferno atrás de sua figura disgramada e lhe estraçalho como traidor que é!'." E quem estava contando em detalhes a cena contou também que seu Lourenço espumava com a fúria com que chicoteava o ex-jagunço e ainda gritou para quem estava por perto: "Se algum docês der guarida a este corno desleal, vai receber o tratamento igualzim a este animal. Suma daqui, belzebu. Nunca mais ponha o pé nesta fazenda, ou lhe mato por invasor, seu pústula assassino!". E Ribamar saiu todo sangrando, a camisa rasgada, sem direito a voltar nem para pegar suas coisas, muito menos sua paga do mês.

— • —

Por muito tempo essa história foi contada e recontada, e ninguém nunca mais viu nem rastro de Ribamar. Só seu Joaquim da venda é que às vezes comentava que o jagunço num era homem de dar ponto sem nó, e o nó dali ainda num fora dado. E, se lhe perguntassem por que pensava assim, ele respondia, misterioso: "É que eu sei do que é capaz esse Ribamar".

— • —

Na casa dos dois angicos, a vida seguia mansa.

Valdelice crescia rápido, como costumam crescer as filhas adolescentes. Parecia muito com a mãe: esperteza nos olhos, boca pronta para mastigar o que lhe apetecesse. Estudiosa, corria atrás de quem tivesse livro no povoado. Ajudava Anja nas aulas, para onde as mães da vizinhança começaram a enviar os filhos nas tardes de sábado. Queria dar mais matérias para os chamados alunos, como se aquilo fosse uma escola como as outras, às quais nem mesmo conhecia. Orgulhosa da filha, Anja dizia: "Vai! Ensine o que quiser pras crianças e, se der, ensine também pra mim e pro seu pai".

Nestor continuava o encarregado da roça. Tranquilo, cuidadoso, dedicado aos pais e à terra.

Donato só pensava em fazer armadilhas para passarinho. Pediu que o pai lhe ensinasse, mas Zé Minino não sabia, nunca tinha aprendido a fazer uma, não era agora que ia aprender para ensinar ao filho. Além disso, Anja disse:

— Num quero ver filho meu engaiolando passarim.

— Não é pra engaiolar, mãe. É pra pegar e vender pros outros.

— Vender onde?

— Na feirinha, tem gente que compra.

— Larga mão de mentir, menino, quem vai querer comprar passarim se pode ele mesmo pegar um, se quiser? Vá arrumar outra coisa melhor pra passar seu tempo.

Enquanto os gêmeos, sempre juntos, brincavam no terreiro com os cavalos de sabugo de milho e vacas de mangas verdes que o pai fazia para eles, Anja cosia para eles bonecas com retalhos de pano, os que Divina ainda não tinha catado para vestir sua santa. Os dois iam com a bisavó até a jaqueira e voltavam com jacas maduras caídas no chão, rasgão do lado deixado pela queda. A Véia pegava uma faca amolada e um prato fundo na cozinha: "Hoje cês vão é enjoar de tanto comer jaca".

— • —

A mãe via o altar de Divina crescendo e comentava com Minino: "Onde será que isso vai parar?".

— • —

Havia noites de cantoria, quando passava um violeiro na casa de um, na casa de outro, e a boniteza do lugar se arvorava mais, como se vestida com o som da modinha de viola que dali saía a percorrer o sertão. Se havia lua cheia, então, muitos se arrepiavam, e o coração se abria, como se, do mundo, de repente entendessem tudo.

— • —

Tempo bom também, pela animação, era a época de eleição — embora de muitas brigas. Grandes fazendeiros e latifundiários defendiam seus interesses de um lado e de outro, mas com uma grande diferença política e ideológica entre eles, encarnada nas lideranças. Pedro Ludovico, que tinha sido interventor nomeado por Getúlio Vargas e depois eleito várias vezes governador do Estado pelo PSD, era o mais votado na região. Havia derrotado o poder dos Caiado, da UDN. Na venda de seu Joaquim, a discussão pegava fogo. A maioria ali era francamente do PSD, mas o povo da fazenda de seu Lourenço, voto de cabresto, era da UDN. E Zé Minino e Anja não tinham a menor dúvida: se seu Lourenço era a favor de um candidato, eles eram contra.

Zé Minino prestava atenção para ver se escutava ou via escrito, no jornal que achava na venda, o nome de Prestes. Escutara na rádio que ele agora também concorria. Queria muito votar nele, mas para isso teria que morar em outro estado.

— • —

A época das eleições era um momento em que se podia discutir política mais ou menos abertamente; um momento em que as pessoas se sentiam — mal ou bem — participantes da decisão mais importante do país; um momento em que se tornavam foco da atenção que pouco tinham antes ou teriam depois. E havia bandeirinhas, "santinhos", carros de som passando pelas estradas empoeiradas, comícios e rojões dos candidatos. Nas cidades maiores, havia os "quartéis", locais onde se encontravam correligionários e apoio, onde se ia votar. E nos quartéis de cada partido havia danças, catira, boleros, alto-falantes tocando os *jingles* dos candidatos; havia a esperança que o povo, por mais explorado e maltratado, nunca deixa escapar nesse momento: dessa vez algo pode mudar. Pois esta era, de fato, a razão de todo o movimento: a esperança, que nunca se realizava, mas se renovava a cada eleição, porque o povo é, por natureza, esperançoso. Não fosse, o mundo já seria outro.

— • —

Maria Branca

Até eu mesma me estranho quando me pego pensando em como pode ser boa uma vidinha assim tão fora do mundo, na quietude. Mesmo sabendo que às vez tem um atrapalho, sufocado ou não, que a cobiça de terra provoca em quem tem muito e sempre acha que precisa de mais. E também essa permanente ardência que acontece comigo e com meu Zé Minino pra entender mais o mundo. Ele ainda mais do que eu, que fui forçada a aceitar o paradeiro, por conta do tição em brasa que desgraçou meu pé. Aceito. Mas minha ardência num morre. Mesmo sendo verdade que a sorte espiou bem a gente, que nos tirou daquela miséria que a gente cansou de ver quando andou por essas terra que nunca acaba, a miséria de passar fome e de num ter onde cair morto, aqui nossa terra nos protege. Cada vizim tem sua terrinha e segue na lavoura, vendendo o pouco que sobra. A gente também. Mas como fazer de conta que num tem mais do que um montão de gente sofrendo sem terra, sem nada, sem certeza do que pode vir a acontecer amanhã? O sofrimento de um acaba que é também sofrimento dos outro. A gente tem que saber disso porque até bicho ajuda o bicho igual. E por saber disso é que às vez fica ainda mais difícil pro Zé. O pé dele é firme, pisa forte e precisa do mundo pra continuar forte assim. Num digo que ele num tá bem aqui, é só olhar pra cara dele pra ver que tá. Mas falta o que sei que falta pra mim e falta muito pra ele. O mundo lá de fora, a luta.

Capítulo 3

Valdelice entrou na mocidade como quem entra em uma festa. Sentia-se bem com seu corpo. Sentia-se bem com a família. Sentia orgulho por ter deixado de ser menina. Sentia-se importante por saber o que sabia e por dar aulas, junto com a mãe, no barraco que o pai tinha construído só para isso. Sentia-se capaz de fazer o curso de normalista e ser uma verdadeira professora.

Sentia-se tão bem que seu sorriso fácil atraía quem morava ali e quem passava.

Um desses foi Nego Ronca, motorista de caminhão que percorria aquela rota. Homem forte, lábios grossos, cabelo rente na cabeça, olhar sério e divertido ao mesmo tempo, carregando, brincalhão, o apelido que ganhou porque imitava ronco de bicho e de carro, ônibus, caminhão, motocicleta e fazia Valdelice se curvar de rir. No papel, era "Jeovaldo de Meneses, baiano e caminhoneiro a seu serviço", e um sorriso de dentes alvos que nem a primeira tirada do leite.

Valdelice sonhava: "É assim que imagino nós dois, Nego. Eu entro no caminhão e cê me leva pra um lugar só nosso, eu com a blusa amarela que cê gosta, você com a camiseta por baixo da camisa como eu gosto, eu tiro minha blusa, cê me abraça e diz: 'Que saudades!'. Eu tremo um pouco. Ou muito. Não sei. Eu tremo. Você me beija. E a gente se beija e beija e beija".

— • —

Divina, que antes só lia a Bíblia, passou a gostar de ler outros livros. Como Valdelice, antes, ela ia de casa em casa perguntando quem tinha livro para emprestar, e quase ninguém tinha. Deve ter lido todos os exemplares que apareceram por ali — não apenas uma, mas duas ou três vezes. Seus favoritos eram aqueles de histórias com reis, rainhas e mitos, deuses gregos, toda aquela riqueza mística de antigamente. Esses, ela pedia emprestado da mesma Quinzinha, que, sem saber, fora o motivo da sua briga com o padre, a filha do seu Lourenço, que agora estudava em um internato em Goiânia e, nas férias, voltava com livros que enchiam os olhos de Divina. Seus pais nada sabiam dessa amizade; Divina desconfiava que não achariam graça nenhuma se soubessem.

Donato tornou-se campeão de finca e bolinha de gude. As poucas bolinhas que tinha ganhara depois de uma viagem do pai — as belezinhas verde, vermelha, azul, cores como se de água represada, feitas especialmente para elas. Conseguia outras vencendo o filho do seu Lourenço, o mesmo Jaime, de quem se aproximara outra vez; ou melhor, Jaime se aproximara dele, invejoso de seus conhecimentos dos jogos. Jogavam um futebol selvagem, em times desfalcados, porque poucos meninos podiam jogar na mesma hora, a maioria ajudava o pai na lida da terra. Donato, não. Zé Minino já tinha Nestor para trabalhar com ele e achou que o filho mais novo podia continuar um pouco mais na infância. Ajudava na colheita, que, aí, sim, era obrigação de todos. E vivia inventando histórias, nas quais ninguém acreditava mas delas achava graça. Contava que tinha encontrado uma cavalhada de homens vestidos com uma farda amarela e uma coroa colorida na cabeça, todos eles. Vinham cantando uma música bonita e perguntaram onde ficava o fim do mundo. Ele respondeu: "Fica aqui mesmo", e os homens riram e lhe deram um pirulito vermelho. "Cadê o pirulito?", perguntavam os que ouviam a história. "Já comi, ora!" E todos gargalhavam.

— • —

Bem mais tarde, Donato já solto no mundo, Minino se perguntaria se não tinha sido muito mole com esse filho magricela e manhoso. Acostumara-o assim? Anja, como que lendo seus pensamentos, dizia: "Se aquieta, homem. Cada um faz seu camim. Ele fez o dele. Pode ser que volte, pode ser que não. Pelas cartas que escreve, não dá pra saber. E, depois, quem diz que ele conta a verdade quando escreve? Lembra do tanto que ele mentia? Cada hora contando uma coisa, inventando um caso pra deixar de ajudar, aparecendo com uma coisa diferente e dizendo que tinha ganhado. Nunca vi menino ganhar tanta coisa como ele. Aquela história da panela vermelha até hoje tá engasgada aqui na minha goela".

Minino se ajeitava no degrau da porta, acendia o pito, ficava cismando.

— • —

Notícias ou boatos começaram a chegar de um lugar mais ao norte, na região de Trombas e Formoso. Minino voltava da vila irrequieto, olhos pegando fogo, e contava a Anja as novidades daquela região de faixas de terras devolutas que continuava atraindo migrantes em busca do sonho de uma vida sem arrendamentos e sem patrões.

— Vem gente dos estado nordestino, Maranhão, Piauí, Bahia, Ceará. Dizem que chega uma média de seis família por dia, e lá conseguem o direito a um pedaço de terra, que variava de trinta a duzentos hectares. E vinha também fazendeiro...

— Fazendeiro? — espantava-se Anja.

— Pois num é? E dizem que em busca de mais terra, que acham a deles pouca, e vem grileiro de todo canto, esses porqueira, atrás das condições pra se arvorar como donos e depois vender caro pra quem precisa.

— Cê tá querendo ir pra lá, Zé?

— Pra quê? Se já tem nosso canto aqui. O que me dá gosto ver é mais gente tendo terra boa como a nossa.

— Isso, sim. Quanto mais terra dividida, melhor há de ser. Vamo ligar o rádio? Quero escutar falarem dessa Marcha para o Oeste que não termina.

— • —

Com dezessete anos, Valdelice entrou no caminhão de Nego Ronca com sua trouxa minguada. Foram para Anápolis. Ia morar com seu homem e estudar para ser professora. Foi com os olhos mal contendo a fome de mundo. Foi com a bênção dos pais e a promessa de sempre dar notícias.

"A primeira que vai, Zé. Vai feliz. E, se num gostar, ela volta."

Capítulo 4

Na venda de seu Joaquim, chegou a notícia da revolta encabeçada por Nego Carreiro, posseiro de Formoso. Em uma região já em pé de guerra, o estopim foi a chegada dos grileiros com seus jagunços querendo cobrar taxa de arrendo dos posseiros. Na época das colheitas, o bando sempre aparecia, cavalos arquejando, espingardas à mostra. Daquela vez, com a tropa de jagunços liderada por um sargento, a polícia do lado deles, chegaram fazendo estardalhaço na posse de Nego Carreiro, exigindo o pagamento de trinta por cento da produção. Cercado pelos vizinhos igualmente ameaçados, todos também com seus cavalos, sem tanto resfôlego e sem armas, Nego Carreiro disse que não era homem para pagar a um bando de vagabundos o que ele mesmo capinou, roçou, plantou, cuidou e colheu. O sargento fez menção de tirar a arma do coldre, mas nem sequer teve tempo de soltar um "ai!". O tiro certeiro, vindo da garruchinha escondida embaixo da camisa grossa de algodão de tear de Nego Carreiro, entrou-lhe no meio da testa.

Fez-se um campo de luta na região.

Os enfrentamentos entre camponeses e grileiros se amiudaram. Sob a liderança de um camponês de nome Zé Porfírio, os posseiros se organizaram, política e militarmente, e a notícia da revolta camponesa se espalhou. O Partido Comunista enviou militantes para contribuir no que precisassem. Se a munição era escassa, imensa era a vontade de garantir a posse das terras já lavradas e dando frutos.

A rotina do povo dali mudou. Iam com a foice e a enxada para a lavoura, levando também as espingardas, que deixavam perto; se o alarme viesse, era só largar foice ou enxada e pegar o pau de fogo para as danças ensaiadas no ritmo do tiroteio.

Ao comentar tudo isso com Anja, Zé falou:

— Tô pensando em dar um pulinho lá e ajudar no que for preciso. Vamo, Maria Branca? É gente nossa, que, se não tava na Coluna, bem haveria de querer estar. Nestor já tem idade pra ficar aí cuidando da casa e dos meninos, junto da Véia. Vamo?

— A vontade que tenho de ir pode ser até maior que a sua, homi, mas se esqueceu do meu pé? Num dá pra correr, sequer pra caminhar as léguas no mato, como é certo que será preciso. Vou ter que engolir minha vontade e outra vez esperar as notícias que cê vai trazer.

Os dois estavam sentados nos degraus da casa, de noitinha, sossegados e sem o testemunho dos filhos, dormindo os pequenos, Nestor na rua. Zé achegou-se mais para perto dela, passou o braço pelo seu ombro, apertou demorado. Ela encostou a cabeça no ombro dele, cientes os dois da necessidade que Minino tinha de ir e da impossibilidade de Maria Branca ir junto.

Na madrugadinha seguinte, ele preparou cavalo e matula, despediu-se silencioso da casa adormecida e rumou para o norte.

— • —

Maria Branca

Se o mundo soubesse o querer que tenho de ir junto com Zé, talvez me fizesse inventar, sei não, um jeito diferente de também estar lá. Fico aqui meio que retorcida na vontade de ouvir Zé insistindo até me convencer de que eu daria conta de ir e a certeza de saber que num dou. Diacho de castigo esse que arrumaram pra mim! Mexer com os pé de alguém é condenar esse alguém pra vida toda. Às vez me revolto com isso de um tanto! Só com muito esforço é que vou me acalmando e entendendo que num adianta nem três gotas de chuva ficar nessa lamúria e vou lá pro terreiro ver a estrada passando e pedindo pra quando Zé voltar me trazer só notícias boa desse povo que num conheço, mas sei que é dos meu.

— • —

Zé Minino chegou a Trombas poucos dias antes da Batalha de Tataíra, que ficaria famosa.

De manhãzinha, sabendo que os homens estariam na lida em suas lavouras, veio, como se de mansinho, o bando de grileiros e policiais, dessa vez com tática diferente. Não a cavalo, mas em dois caminhões, sem fazer ruído e indo direto para as casas, puxando com violência mulheres, crianças e idosos, amarrados e amontoados na carroceria dos caminhões como reféns.

Avisados do que se passava, os camponeses vieram divididos em grupos armados. Ao se aproximarem, escondidos nos matos, já escutavam os gritos, uns de vozinha infantil, "Pai, eu tô no caminhão, num atira"; outros, de voz assustada de mãe, "Eu tô aqui amarrada mais seu pai, fio, se atirar, mata nós tudo"; outros de voz alerta de mulher, "Num atira, Anastácio, tamo tudo aqui amarrado".

Os posseiros, dando conta da armadilha que os grileiros tinham engendrado, bolaram um estratagema. Deram tiros para o alto dos dois lados e recuaram, deitando no chão e deixando os jagunços desorientados atirarem entre si. No caos que se formou, os grileiros acabaram abandonando os caminhões e desertando.

Parece fácil, mas não foi. A criatividade dos posseiros fez o comandante do destacamento da polícia, envergonhado pela derrota, classificar o movimento como de "força incalculável", dando ainda mais fama à Revolta de Trombas e Formoso. E satisfação também.

O movimento era vitorioso.

Uma vitória movida pela organização que Minino encontrou ali, novidade para ele. O movimento havia fundado a Associação dos Trabalhadores e Lavradores Agrícolas de Formoso e Trombas, destinada a coordenar as lutas dos posseiros, organizados em Conselhos de Córrego. Zé Porfírio foi seu primeiro presidente. Cuidavam do assentamento das famílias que chegavam e organizavam mutirões que auxiliavam os camponeses a levantar suas casas e também os que estavam em dificuldades por outras razões. Reuniam os excedentes dos que colhiam bastante e os distribuíam para aqueles cujas plantações ainda não tinham tido tempo de madurar e para aqueles que, por algum motivo, tinham colhido menos do que o necessário para se manter. Cada córrego tinha seu conselho, o que fez Minino ficar todo orgulhoso como se fosse com ele, ao ver que os córregos davam nomes aos conselhos: Ismeril, Corrente, Onça, Trombas, Sapato, Lajinha, Laje Grande. Ia contar para Maria Branca da beleza dessa região com fartura de água como ele nunca vira igual. Ia contar dos mutirões que davam conta de todo o necessário. Ia contar que havia reencontrado ali a coesão e a solidariedade que viveram na Coluna. Ia contar de Zé Porfírio, homem de testa larga, pequenos olhos encovados, lábios finos como se cortados no rosto com a ponta de uma faca, bigode aparado, queixo pontudo, um tipo de liderança rara, nascida ali no meio dos companheiros de terra e de luta, homem forte como os camponeses nascidos e criados na lida. Tinha vindo do Maranhão, seguindo a convocação do governo federal de levar "homens para a terra sem homens". Foi da turma dos primeiros posseiros daquelas terras devolutas e férteis.

A bem da verdade, os fazendeiros e grileiros só se interessaram por aquele fim de mundo quando chegou a notícia de que a Estrada Transbrasiliana ia passar por ali, trazendo grande valorização. Chegaram falando de despejo. Falando que tudo aquilo ali já tinha dono. Falaram e falaram. De falas passaram a ameaças, de ameaças a violências contra os camponeses, que, entendendo muito bem o que se passava, organizaram uma vaquinha para que Zé

Porfírio pudesse ir a Goiânia verificar a situação jurídica de suas posses.

Ao voltar com a confirmação de que eram mesmo devolutas, que pertenciam ao Estado e ficariam com quem lá estivesse morando e trabalhando, Zé Porfírio encontrou sua casa queimada, sua mulher recém-parida e seus filhos aos prantos.

A luta recrudesceu. Soldados da Polícia Militar de Goiás e o juiz da Comarca respaldavam a jagunçada. Fizeram uma jaula de madeira e lá fechavam os posseiros que conseguiam prender, jaula que não tardou a ficar toda ensanguentada com as torturas executadas ali dentro. Até forçá-los a comer fezes e sapos vivos, eles faziam.

Os camponeses reagiam. Tinham a coragem de quem defende o que por direito é seu. Mulheres entraram na luta, armadas. Minino, com sua experiência e a pontaria certeira, treinava homens e mulheres. Era uma guerra que precisava de todo braço disponível. Veio ajuda de Goiânia. Das Ligas Camponesas de Julião e do Partido Comunista. Trouxeram um mimeógrafo e faziam boletins denunciando o que acontecia. Jornais de outros estados divulgavam as notícias. A reforma agrária já era uma reivindicação por todo o país, e até a revista *Cruzeiro*, do Rio de Janeiro e de circulação nacional, fez grande matéria com Zé Porfírio. O apoio aos posseiros de Trombas e Formoso crescia.

— • —

Houve a prisão de três posseiros e a tortura desumana e pública para servir de exemplo, diante de todos os olhos que estivessem no largo onde ficava a jaula ou por lá passassem. Gritos disformes arrancados dos que recebiam os golpes com cassetetes, tinham unhas e dentes extraídos com alicate, espirravam sangue pelas chicotadas aplicadas com empenho por um senhor de jagunços que participava da sangueira pelo simples gosto de fazer jorrar sangue. Tudo isso, cada detalhe de tudo isso, transformava o local em sede brutal de algum inferno.

Informados do perigo de morte que corriam os três companheiros na jaula, o comando dos posseiros decidiu resgatá-los e destruir aquele símbolo insuportável de sofrimentos impingidos sem pejo. Zé Minino foi um dos chamados para participar do grupo encarregado da tarefa, que não seria fácil. Não pela jaula em si, de madeira, que poderia ser serrada, cortada com facão, o que fosse. O difícil seria passar pelos guardas que a vigiavam, fortemente armados e escolhidos entre os mais brutais, mais dispostos a tudo: torturar, matar, qualquer coisa. O grupo de posseiros teria que descobrir, primeiro, em que momento da noite atribulada as circunstâncias que cercavam os guardas os deixariam mais vulneráveis. Essa parte não foi difícil. Com a euforia e a adrenalina do sangue derramado no festim na jaula ainda invadindo as veias inchadas dos guardas, o álcool, embora proibido, foi se espalhando e transformando em bestagem aliviada o que julgavam ser uma vitória da qual tinham que se orgulhar. Muito confiantes em si mesmos e já sonolentos e merecedores, afinal, de algum descanso, esses guardas resolveram deixar apenas dois deles de plantão, em pontos distintos do largo, cada um com uma garrafa na mão para ajudar contra o frio da madrugada. Jamais poderia imaginar, nenhum deles, que aqueles roceiros tivessem a ousadia de atacar o local. A jaula fora montada no meio do largo justamente como demonstração da força e do poderio que agora comemoravam. E nem foi preciso passar muito tempo para que, mesmo os dois que ficaram de plantão, sossegados, também buscassem algum lugar para sentar, esvaziar a garrafa em suas mãos e cochilar melhor.

O que poderia ser difícil, portanto, tornou-se inesperadamente fácil. O comando dos posseiros conseguiu amarrar os dois guardas sem alarde e, depois de tirar os companheiros torturados da jaula, eles a quebraram e fizeram picadinho das madeiras manchadas de sangue.

A vingança da polícia, sem dúvida, viria. Construiriam outra jaula mais resistente. Mas não importava. Por enquanto, cinco companheiros tinham sido libertados, e a jaula destroçada fora deixada aos olhos de todos no largo, como símbolo da força e do poder de quem defende seus direitos. Alguns pedaços dessa madeira brutalmente avermelhada foram levados por eles, que depois passaram a deixá-la plantada no campo de cada enfrentamento e escaramuça do qual saíam vitoriosos.

— • —

O mimeógrafo que haviam conseguido era algo valioso demais e sempre mudado de lugar para não ser rastreado. Uma tarde, Zé Minino foi chamado para ajudar a levar o aparelho de um lugar para outro e eis que ali encontrou Filomeno Dias, seu amigo na Coluna. Os dois homens se abraçaram e riram como duas crianças. Rememoraram a Coluna, rememoraram os dias de amizade. Filomeno contou como foi o recuo de todos eles, não muito depois da partida do comboio que levou Maria Branca e Minino, um recuo que teve de ser muito bem organizado para não atrair vinganças, e cada um deles, em grupo ou solitários, seguiu seu rumo com lágrimas e esperança na volta que nunca aconteceu. Deu notícias dos companheiros com quem manteve contato depois, já que tinha se tornado um incansável revolucionário, indo para todo lugar que dele precisassem. Minino contou de Maria Branca (e Filomeno riu, satisfeito, "Todo mundo sabia que cês dois iam acabar ficando juntos"), dos filhos e da vidinha miúda da roça. E, no mais do tempo, ficou ouvindo, fascinado, Filomeno contar de suas andanças, das Ligas Camponesas, que, do Nordeste, se espalharam por todo canto. Até mesmo ali em Goiás, como eles estavam vendo, posseiros e camponeses se erguiam e, nas cidades, trabalhadores e greves. "Tudo está se movendo, Zé; mais dia, menos dia, este país melhora."

— • —

Com sua experiência e valentia, Minino tornou-se muito útil. Ajudava no que fosse preciso. Vigiava as fronteiras do território, procurava as armadilhas, farejava as emboscadas. Ia de casa em casa conversar com cada um sobre o justo e o correto e o que seria preciso fazer. Fez muitos amigos e se tornou um dos companheiros mais apreciados por Zé Porfírio. Quando as saudades apertavam, ele ia rever Maria Branca e os filhos.

— • —

Minino continuou indo e vindo entre sua terra e a situação em Trombas e Formoso, até que as coisas na região começaram a serenar. Quando pareceu que eles já não precisavam de sua ajuda, Minino despediu-se de Zé Porfírio e dos amigos feitos ali, companheiros de luta, e de Filomeno, que prometeu ir conhecer onde ele morava com Maria Branca. Filomeno queria contar para ela sua experiência com alfabetização de adultos, agora que soubera que ela também alfabetizava os vizinhos.

— • —

E Zé Minino voltou definitivamente para casa.

— • —

Ali, encontrou em Donato um adolescente que começara a beber e aprontar. Queixava-se do pai, que segundo ele dava mais importância aos de fora do que à família. "Que pai é esse que vai pra luta dos outros e se esquece dos filhos? Por que pôs filho no mundo?" Quando Anja erguia a voz para defender Zé Minino, Donato ficava mais indignado e saía sabe-se lá para onde.

Zé mal teve tempo de assentar os pés quando chegou até eles a grande discussão que, de novo, se travava em locais distantes, sobre a escolha do lugar onde levantar a Nova Capital do país. Cogitava-se que seria ali por perto.

Em consequência, para não complicar a posição favorita do estado, o governo de Goiás queria paz. Para consegui-la, o então governador, Mauro Borges, decidiu finalmente distribuir os títulos das posses de regiões onde perigavam continuar os conflitos. Zé Minino, riso aberto no rosto, ficou sabendo que o Exército seguiria para Trombas e Formoso, dessa vez não levando soldados, e sim agrimensores para aferir os lotes.

Capítulo 5

Em casa, o que ele também encontrou, além das birras de Donato, foi a grande novidade da independência de Divina e suas visões. Seu pequeno altar se agigantou no meio do jardim vicejante que ela plantara. Vinham adeptos escutar sua fala e cantar músicas religiosas com nova letra de sua lavra, ainda que Divina nada tivesse a apresentar a não ser suas próprias fantasias. Afirmava que havia uma terra de fartura à beira do Araguaia, um paraíso na Terra para onde viriam, quando chegasse a hora, Nossa Senhora da Conceição e Nosso Senhor Jesus Cristo. Ela fora convocada para construir ali a Comunidade da Chegada, a que estaria pronta para receber a segunda vinda de Jesus para salvar o mundo. Perguntava, em voz clara e alta, "Senhorinha da Conceição, com tantas pessoas mais velhas e melhores, por que me chamou pra cuidar de seu povo?". Abaixava a cabeça, e de seus olhos azulados caíam lágrimas em uma bacia que ela requisitara da cozinha da mãe. Com essas lágrimas, ela regava as flores do jardim que plantara ali com certa arte: amarílis de flores vermelhas, candeias amarelas ou rosadas, jasmins cujo aroma alastrava sua doçura até onde? Até a porteira.

— • —

— Anja, o que está acontecendo aqui? — Minino perguntou à mulher, os dois sentados nos degraus da porta da cozinha.

— E eu sei, Zé? Ter uma Santa Dica em casa? Cê vai ter que arrumar uma sucuri pra ela. — Os dois se entreolharam, rindo, e Anja continuou: — Vi chegando gente pra falar com Divina, e, quando me dei conta, tava assim. Quem veio primeiro foi dona Passidônia, a pegadeira que chamava nossa filha pra ir junto aprender a pegar minino nascendo. Divina aprendeu e agora acha que sabe tudo, que pode formar uma comunidade. Diz que a visão dela é que essa tal terra fica do lado esquerdo do Araguaia, bem mais pro norte, e é pra lá que ela vai. Logo ela, tão fraquinha e miúda, que nunca saiu daqui e num tem nem ideia de onde fica esse rio, que só conhece de nome, Araguaia. Diz que só tá esperando a visão dizer a hora.

— E a gente vai deixar?

— E a gente tem que deixar, Zé? Ela tá crescida, e, se é isso que ela quer fazer, como é que a gente vai brigar com a visão? Vai lá conversar com ela procê ver a força das certezas dessa menina.

— • —

Zé foi conversar com a filha, a mocinha que de repente — de repente, não, desde sempre — tinha aquela coisa de religião, aquele misticismo calado fundo no peito. Quando ele vinha de Trombas ver a família, encontrava a filha mocinha sempre vestida de branco, sempre amorosa, só que cada vez mais reservada, começando a plantar seu jardim, andando pra cá e pra lá com dona Passidônia. E lendo. Conseguia muitos livros com a filha do seu Lourenço (sim, ele sabia muito bem disso), que acabara lhe dando uma Bíblia. Mas ele nunca imaginou aonde isso podia chegar.

A filha foi clara:

— Eu tenho visões, pai. Nossa Senhora da Conceição numa nuvem que nem espuma de leite batido, assim como se desse pra passar a mão por cima, ela chega bem perto e diz que meu destino é preparar a romaria que ela vai me dizer pra onde ir, a terra aonde vai chegar mais o filho pra cuidar do seu povo outra vez. É isso que eu tô preparando, pai.

— Você faz cura, filha?

— Não, esse dom não me foi dado. Até hoje ela num me mandou curar ninguém. Pode ser que mande algum dia. Eu faço o que ela manda, pai.

— Mas, menina, de onde foi que cê tirou essas ideia?

— Num tirei ideia de lugar nenhum, pai. Foi Nossa Senhora que começou a vir me ver, a mandar em mim. Foi ela, não eu. É um legado. Eu só posso dizer "sim".

E, fora os momentos das rezas e das preparações com Passidônia, Divina era a mesma mocinha alegre e cordata, amiga dos irmãos, boa para catar feijão, preparar pamonha e curau, fazer as compras na vila, tirar a dança nos dias de festa, até catira, que é dança de homem, sozinha em casa ela dançava, boa para acompanhar a bandeira do Divino Espírito Santo nas visitas aos vizinhos, boa para ajudar no que fosse preciso. Era ela quem cuidava de fazer a farinhada com a mandioca cozida e ralada, os torrões brancos se juntando na peneira para serem amassados, a pura brancura se estendendo, com cheiro adocicado e úmido, pela casa.

— • —

Zé Minino, como Anja, desistiu de entender o que parecia destino da filha e aceitou suas coisas, de olho naquele povo que ia aumentando em seu quintal.

— • —

Depois que a casa sossegava, Anja em seu banco com os pés na bacia do banho de ervas, Zé nos degraus da cozinha, os dois conversavam sobre os filhos.

— Donato tá outra vez com amizade com aquele tal de Jaime, o filho do seu Lourenço. Aquele mesmo que queimou a mão dele, Zé! Aquele que, depois, quase perdeu o braço e a perna. Mas foi nosso filho que perdeu a vergonha na cara. Vira e mexe, acaba dormindo lá. Eu perguntei: "Onde cê dorme, filho? Junto com as vacas? Porque se esse tal de Jaime estiver tratando um filho meu como se fosse inferior... Num quero que cê durma lá". "Aquieta, mãe", foi o que ele me disse, "eu durmo na outra cama que tem no quarto dele, a cama do irmão mais velho que estuda no Rio de Janeiro, a cidade mais bonita do Brasil, como ele mostra nas revistas, e eu acredito. É tão bonito lá que esse irmão quase nem vem pra fazenda. E todo mundo me trata bem quando eu tô com eles, mãe, ninguém me maltrata nem humilha, que isso eu num ia deixar acontecer, a senhora me conhece. Num ia deixar mesmo. E a mãe do Jaime, a dona Francisca, mulher toda mandachuva, que fala baixim mas é quem dá conta de tudo lá, pois ela até me disse que eu posso morar lá com Jaime, se quiser, e seu Lourenço conversa comigo assim de igual pra igual, como conversa com o Jaime. Diz que sou como filho pra ele. Diz que vai me dar duas vacas e um boi." Claro que vi que isso era mentira dele, Zé, mas deixei de implicar. Ele jurou que num ia se deixar ser humilhado, e nisso eu tenho que acreditar nele. Mas digo procê que num gosto dessa amizade. Eles são muito diferentes, os dois. Donato pode começar a querer coisas que num tem no mundo dele, e aí quero ver. Mas agora é bem verdade que, desde que cê voltou de vez, ele num bebe mais. Cê fez ele prometer, e até agora ele cumpriu.

"Nestor é que dá gosto ver na enxada. Vai lá todo dia ver a roça crescer, fica feliz com as colheitas, anda por tudo aí, vai pro rio, cuida das nascentes, tá parecendo com cê, filho de peixe.

"E Doroteia e Umberto, cê viu quando eles contaram que descobriram umas pedras pintadas lá pro lado da serra? Gostam de andar, esses dois. Vira e mexe vão por aí, pras cachoeiras. Sempre garrados um no outro, parece até que ainda estão dentro da minha barriga. Já falei que acho isso exagerado, e tudo que é exagerado num presta.

"Valdelice enviou outra carta bonita, só com notícias boas. Cê tava no campo quando a carta chegou. Já-já pego procê ler. Depois que ela se formou de normalista, foi contratada como professora. Jeovaldo deixou o emprego de caminhoneiro e agora é porteiro de prédio na cidade, e eles mudaram pra uma casinha boa, com um quintalzim onde ela começou a plantar umas coisinhas. Toda vez ela me diz que tá muito bem, que eu preciso ir ver quando ela tirar o diploma de professora, e também agora deu pra dizer que eles tão preparado pra começar a ter filhos. *Já?*, pensei cá comigo. O tempo nem parece que passou e me vem esse espanto: minha filha pensando em ter filho."

Zé Minino escutava, matutando por dentro.

— • —

As cartas de Valdelice transmitiam muita alegria de viver. Talvez Anja e Zé acreditassem mesmo que a filha estivesse bem. Tendo eles mesmos encontrado no outro a parceria da vida, talvez pensassem que o mesmo estivesse acontecendo com a filha. Não podiam adivinhar como sua vida em Anápolis era dura. Na época em que Nego Ronca ainda era caminhoneiro, ou ela estava só, esperando o marido voltar, ou ele, quando passava os dias em casa, reclamava o tempo todo do esforço de Valdelice para estudar e trabalhar. Ela não se intimidava: "Quando casamos, você sabia que eu queria estudar e trabalhar", dizia. Nego Ronca respondia: "Mas não sabia que nunca teria comida quente na minha própria casa". "Pois olhe antes de falar e veja que a sua tá pelando!", respondia Valdelice, olhos já marejando. Mas ele insistia: "Não casei pra chegar em casa e mal ver a mulher". "E, quando vê, é só pra implicar e brigar", retrucava ela, lágrimas começando a cair. Brigavam muito. Foi só com dura determinação que Valdelice conseguiu se formar. E acreditava que agora, exercendo a profissão com que sempre sonhara e tendo convencido Jeovaldo a se fixar em um emprego na cidade para que pudessem ter filhos, as coisas poderiam melhorar. Será? Por sorte, ela aprendera a gostar daquela cidade feia, desenxabida, onde fizera amizade com as colegas e imaginara que Jeovaldo também logo começaria a gostar do trabalho como porteiro e fazer amigos. Pois, se ele estava chateado com a vida que levava, ela também estava. Se não melhorasse com os filhos, ela faria... o quê? Voltaria para a roça? Não, depois que conseguiu o emprego que tanto queria, não seria hora de voltar. "Com certeza os filhos vão me ajudar a fazer Jeovaldo também criar raízes aqui, onde está nossa casa."

Nego Ronca de fato aceitou tentar a temida vida de gente fixa num emprego, em uma única cidade. Desde rapazinho estava na estrada, e era na estrada que se sentia dono de si mesmo e de seu destino, varando pelo país até onde desse. Amava aquela vida, sua amplitude, as paisagens, o companheirismo dos caminhos. A vida que, com muito custo, alcançou. Mas também amava Valdelice e, apesar das tantas brigas, orgulhava-se daquela morena de olhos radiantes que o havia conquistado de um jeito que ele nem sabia existir. Orgulhava-se daquela teimosia capaz de vencer qualquer dificuldade, pois sabia que ela também teve que batalhar dia e noite pra conseguir o que queria. Orgulhava-se de ser esposo dela, "Que diabo!". Então aceitou ficar preso na cidade, mas o temor de não dar conta o perturbava. "Ia aguentar ficar longe da estrada?" Seja como for, não venderia o caminhão que conseguira comprar sabe Deus com quanto esforço. Só se precisasse muito do dinheiro. O jeito era arrumar logo esses filhos, e que Deus o fizesse escolher o melhor para todos. Tendo filhos para criar, tudo seria mais fácil. Tendo quem de fato precisasse dele. Valdelice não precisava. Antes precisou, agora não precisava mais. Era capaz até de começar a ganhar mais que ele, e isso ele não seria capaz de admitir. Trabalhar para ajudar nas despesas, tá certo. Ganhar mais que o homem, não. Nunca. Tudo tinha seus limites. E, sim, ele teve que aceitar trabalhar de porteiro, que jeito! Deixar de ser Nego Ronca para ser apenas Jeovaldo, marido cordato e pai amoroso. "Mas cês vão ver, diabo! Cês vão ver que vou conseguir."

E pareceu mesmo ter sido a decisão certa. As brigas domésticas terminaram, e Valdelice, com seu contentamento, alegrava o ambiente. Nos finais de semana, quando dava, pegavam a estrada com o caminhão e iam atrás de algum lugar bonito pelo Cerrado. Catavam gabiroba em suas moitinhas verdes, cajuzinhos do mato, pequi, curtiam cachoeiras e nascentes. Nego Ronca sentia o gosto saudoso do horizonte nas estradas. Fazia bem para os dois.

Capítulo 6

Não tardou, Zé Minino pediu para Umberto lhe mostrar onde estavam as pedras pintadas de que ele e Doroteia tanto falavam.

— É bonito demais, pai. O senhor vai gostar.

Dessa vez, Divina quis ir. E a Véia também foi junto, que ela sempre ia até as pedras, mesmo antes dos meninos, só que nunca tinha contado.

Desde que Umberto e Téia descobriram a gruta, a vó tinha longas conversas com os dois. *Que conversas seriam essas?*, Anja se perguntava. Só intuía: *Deviam ser as histórias do povo indígena e das pinturas nas pedras*. Mas a própria Anja, ainda que achando curiosas ou bonitas essas histórias, nem sempre tinha paciência de ficar escutando, menos ainda agora, que a Véia andava falando muito mais e nem parecia a Véia calada de antes.

— • —

As pedras que formavam a gruta das aves pintadas não eram muito altas. Erguiam-se no meio das árvores as mais diversas, mas não se viam de longe. Eram brancas ou de cor cinza, com pontos empretecidos pelo tempo. Pareciam recortadas pelos milhares de anos em formações impensáveis. Os desenhos começavam pouco a pouco. Traços, riscos, círculos compondo conjuntos geométricos feitos por quais mãos? De homens, de mulheres? Em cores vermelhas, amarronzadas, pretas. Losangos unidos uns aos outros, retângulos com traços dentro, círculos maiores envolvendo círculos menores, ligados por linhas retas, o que queriam dizer? Figuras de animais como lagartos, cobras, macacos pendurados de cabeça para baixo. Figuras que deviam ser humanas. Traços e mais traços, passos, pés, mãos. E, de repente, as aves. Muitas. De asas e caudas abertas, plumagem toda em vermelho vivo. Em pleno voo. Subindo.

— Quem pintou essa lindeza? — ecoou, extasiada, a voz de Zé Minino.

— Nossos parentes de muito, muito antes, meu neto — respondeu a Véia, emocionada também, como sempre ficava e haveria de ficar ao visitar as grutas sagradas de seu povo.

— • —

Maria Branca

A tal gruta das aves pintadas é longe pros meus passo manco. Mas, de tanto que eles falam dela, de tanto que me explicam e do desenho bonito que Téia fez pra eu poder meio que ver também, então eu vi. Só que aí Zé inventou de me falar pra deitar na cama, e eles todos, até a Véia, fizeram que eram as ave, e me mandaram fingir que tavam todos de vermelho, e abriram as asas, que eram os braço por cima de mim, no alto, mas aí eu não vi, só ri tanto que todo mundo cabou rindo também. E daí que entendi o tanto mesmo que deve ser bonito aquele lugar e guardei o desenho que Téia fez pra mim. E, toda vez que eles vão, voltam contando mais coisas bonitas. Tanto que achei que era mesmo muito bom morar perto de um lugar assim.

Parte V

Grandes transformações II
Anos 1960 e 1970

"O céu é o mar de Brasília."
Lúcio Costa

Capítulo 1

Nestor, uma manhã, surpreendeu os pais dizendo que iria para Brasília participar do acontecimento extraordinário que estava na boca de todos, a construção da Nova Capital. Achava que algo tão perto e tão falado merecia sua participação. Isso deixou Zé Minino mais atiçado ainda para também ver o que tanto se falava daquele levantar de uma cidade, a toque de caixa, no coração do país, ali pertinho deles. Anja deu um suspiro, olhou pros pés e disse: "Vai de uma vez, homi. Vai com seu filho, aproveita a companhia".

— • —

Na enormidade daquele canteiro de obras jamais visto, imediatamente foram contratados pai e filho, como eram contratados todos os que chegavam em levas e levas de caminhões. Não respeitavam a noite, Zé Minino se assombrava, grandes holofotes iluminando as obras e os operários trabalhando em turnos. Nunca tinha visto nada parecido. Ninguém nunca tinha visto nada parecido. Era um formigueiro humano. Era participar de algo a ser falado e comentado enquanto vivessem. Sentia ali, mais uma vez, apesar das largas horas de um trabalho duro que nunca tinham feito antes, a união solidária de quem construía algo cuja importância não se podia negar e cuja beleza lhes enchia a vista ao ver, de cima do andaime, a cidade que o trabalho deles fazia crescer como planta desconhecida e bela nascendo naquela imensa terra vermelha.

— • —

E o céu? Do andaime mais alto, como era se aproximar daquele céu tão azul que quase doía?

— • —

Nestor foi um apaixonado pelo que fazia desde o momento em que chegou e sentiu o cheiro da poeira de cor encarnada se levantar atrás do caminhão e cobri-lo da cabeça aos pés. Achou graça. Riu da terra.

Já seu pai achou o ritmo do trabalho intenso demais. Quase escorchante. "Até pra construir obra tão importante, o pobre é que tinha de se sujigar ao que vem de cima. E a quantidade de acidente, Deus que me livre! Parecido com o tempo da rasgação de estrada. Ontem mesmo, caiu um colega lá de cima do andaime, Nestor. Não morreu, mas se quebrou todo. Não conhecia direito o serviço. Como a gente, filho. Nunca fizemos esse tipo de trabalho de peão de obra, num temos experiência disso. É preciso redobrar o cuidado. Já avisei aqui que não sou de subir em andaime muito alto. Que me dessem serviço no chão, que é onde sei como piso. Cê que é novo ainda pode aprender, Nestor. Mas toma tento. Vai com calma. Aprenda primeiro."

— • —

E sucedeu que não deu nem um mês e lhe chegou o aviso de Anja para que voltasse, porque a Véia estava desenganada pelo doutor que agora clinicava pela região. Ela queria muito ver pela última vez "esse minino", queria que ele lhe perguntasse tudo o que gostaria de saber antes que ela morresse.

No primeiro caminhão que passou naquela direção, ele embarcou e foi pensando no que gostaria de perguntar para a avó, o que gostaria de saber sobre seus pais e sobre ela.

Viveu a vida toda sabendo tão pouco deles, o que poderia mudar agora que a Véia tinha esperado estar morrendo para contar? O que seria? Por que não contou antes, Deus do Céu! Que mulher sigilosa ela fora a vida toda — à exceção das histórias que contava para as crianças —, e agora essa! Gostava muito dela e de sua força, sua disposição para o trabalho, mesmo quando Anja e ele lhe disseram que já era hora de largar mão do mais pesado e ficar descansando no seu canto. Qual! Véia danada! Também custosa, queria sempre fazer as coisas do jeito dela, do jeito que os antepassados lhe ensinaram, e num é que dava certo?! A fartura da plantação deles com certeza tinha o dedo da sapiência dela. Mas isso, e os chazinhos todos de mato e graveto que ela usava para qualquer tosse, congestão ou estado febril, ela já ensinara a eles. Então o que faltava? Que mistério seria aquele? Contar dos antepassados? Deles, ela não falava muito, tampouco como veio parar ali com os pais dele. Devia ser isso que ela queria contar, mais não haveria de ser. E foi assim, escarafunchando o miolo, que Zé Minino chegou lá.

Em parte, acertou; em parte, não.

Cercada por Anja e os filhos em torno da esteira de embira trançada no chão que ela mesma colheu, surrou e tratou, a esteira onde dormia, não foi o neto quem falou primeiro, mas a velha quem perguntou o que ele queria saber.

— Dos meus pais, então. Conta mais dos meus pais.

— Conto da sua mãe primeiro. A filha minha que vingou depois do massacre que destruiu nosso povo. Nossa terra ficava bem pra lá das pedra pintadas e...

— A senhora conhecia as pedras das aves pintadas desde antes?

— Como não havera de conhecer se era lugar sagrado do meu povo? Dos antepassados de antes, muito antes, bem de muito antes.

— Continua a contar, vó.

— Vou, sim. Vou contar. Os homem chegaram e queimaram nossa moradia de palha, tudim, e mataram nossos guerreiro, tudim. Sobrou pouco. Viemo pra rua. Na rua, eles não iam queimar nem matar, só olhar torto, mas sua mãe cresceu nesse medo. É que branco num gosta de índio. Tem medo ou vergonha, desprezo, culpa, tudo junto. Num sei direito, mas é desse jeito que tô contando. O olho com que olham pra gente só quer escorraçar. Seu pai, não. Seu pai era homem branco. Branco, mas bom. Trabalhador demais. Quis casar com sua mãe, casou. Levou a gente pra morar no rancho dele. Era um canto de fartura pra cultivar. Ficamo lá. Cultivamo. Cê nasceu lá. Até que veio os homi, outra vez dizendo que eram dono do que era nosso. Falsidade. A gente sabia, mas num teve jeito. Cabou que tivemo que sair. Seu pai tinha guardado uns teréns. Achou isto aqui pra comprar. Viemo. Mas eles já tinham a doença, isso cê sabe.

— Sei, vó.

— Agora, seus ancestrais, meus filhos, tenha amor por eles. Honra eles. Foram gente que tava aqui desde o começo do mundo. Tava aqui os Xavante, Goyá, Kayapó, Bilreiro, Karajá, Akroá, Xakriabá, Xerente, Crixá, Tapuia, Apinajé, Aricobé, Tupinambá, Temiminó, Carajapitanguá, Araxá, Quirixá, Bareri, Garajaúna, e mais até, que eu num sei dizer, todos vivendo por esses cantos. Isso cê tem que saber. Nunca ofenderam os branco. Só queriam viver na terra que era deles, com seus vivos, seus mortos, as pedras e contando sua história. Era isso que eu queria que cê soubesse da minha boca. Que nunca esqueça que cê também é um deles.

— • —

Qual seria o povo da Véia? Ela falou? Não falou? Capaz que Doroteia e Umberto, que escutavam as histórias dela, pudessem saber. Não sabiam. Será que tinha esquecido ou já se considerava só indígena, perdida do seu povo como se perdeu?

— • —

Mas não foi só isso que a Véia contou. Naqueles dias de vai não vai, ela falava muito. Tinha uma precisão de compartilhar tudo que estava dentro dela. Dizia que ainda não estava pronta para a partida, que era preciso dividir com eles o que sabia. Sim, ela já havia contado muita coisa, só que ainda havia mais para contar. Sua boca murcha já quase sem dentes, fora dois em cima e três embaixo, que pareciam bater na língua e nos lábios praticamente inexistentes, tomados pelas gengivas, contava dos tempos em sua aldeia, contava das muitas pinturas que existiam nas grutas e nos abrigos entre as pedras escondidas pelas matas, contava das vezes que iam a essas pedras sagradas para homenagear os antepassados, contava das enormes fogueiras que faziam para que delas crescessem labaredas que, por pouco, não chegariam aos céus abrindo o caminho que viria, contava histórias de seus espíritos e suas bênçãos. Contava do começo do começo de tudo, contava do céu sustentado pelos espíritos benfazejos que um dia poderiam se enfezar com as maldades dos homens e deixá-lo cair, para acabar com o mundo. "Num deixa isso acontecer, neto. Segura o céu. Protege este chão." E abençoava toda a sua família, segurava com firmeza inesperada as mãos de todos e os bendizia. Então fechava os olhos e adormecia, para acordar no dia seguinte e continuar contando e recontando tudo o que sabia da memória dos seus e de sua ancestralidade. Falou da terra, nossa imensa e portentosa mãe; falou dos rios e das florestas, rochas, pedras e montanhas; falou dos bichos, os grandes e os pequenos, falou das aves. Falou e falou. Por fim, começou a falar em sua língua. E foi falando em sua língua que ela fechou os olhos e não mais os abriu.

Todos os que a escutaram por um bom tempo ficaram mudos. Ensimesmados. Os gêmeos, consternados, se refugiaram nas pedras; Divina, em seu altar. Era como se as palavras, todas elas, já tivessem sido ditas e a eles restasse apenas o silêncio para entendê-las com toda a sua crueza e verdade.

— • —

Não passou muito tempo, Divina se aproximou para se despedir dos pais e dos irmãos. Seu povo — seu, não, de Nossa Senhora da Conceição, que ela mui humildemente representava — ia partir com ela em romaria até a nova terra, na margem esquerda do Araguaia, bem mais pro norte. Nossa Senhora lhe diria quando chegasse ao lugar.

Armou-se um chororô danado nessa despedida, Zé Minino e Anja sofrendo para aceitar o destino tão desparramado dessa filha.

— Eu tô bem e feliz, pai e mãe. Nada de preocupação comigo, que é Nossa Senhora da Conceição quem me guia. Ela também vai tomar conta de vocês por mim. Fiquem com ela e Deus.

Pegaram a estrada em romaria a pé e demoraram mais de dois meses para chegar aonde Nossa Senhora da Conceição, em sua visão de luz, indicou à Divina ser o lugar sagrado para onde viria quando fosse a hora.

Havia sido uma andança de gastar sandália, sapato, pé e corpo por aquele Cerrado que não acabava. Passaram por riachos, rios, cachoeiras, paragens floridas, campos verdes e campos já lavrados. Passaram por povoados, vilas, cidadezinhas, onde, no mais das vezes, eram recebidos com compaixão. Davam-lhes comida, escutavam Divina, e teve até desgarrados que resolveram segui-la, convencidos por suas palavras e fé. O pior que passaram foi por uma turma de moleques que os seguiram jogando pedras, o que aconteceu uma vez. E o melhor foi em uma cidadezinha onde Divina conheceu seu futuro marido, um vendedor de bíblias que se aproximou da caravana. Homem alto, preto, bem-apessoado, de alvíssimo terno branco, sapatos bons, brilhantina reluzindo no cabelo preto. Apresentou-se: "Meu nome é Jefferson da Cunha Teles, encantado em conhecê-la, dona Divina, pois a mim já me disseram sua graça e suas graças". E ali mesmo estabeleceram uma prosa de não se acabar. Jefferson vagava pelo mundo vendendo bíblias, ainda que sem gosto pelo ofício herdado do pai, de quem, no entanto, não herdara a lábia necessária para ser bom vendedor nem a crença de quem fora pastor e chegara até a lhe deixar alguma herança. Era filho único, mãe havia muito falecida. Daí porque perambulava com sua maleta de bíblias e a vontade de encontrar algo que tivesse o poder de mudar sua vida. Foi o que encontrou em Divina. A mulherzinha magricela mas com essa força desconhecida, capaz de liderar uma marcha como aquela, derramou sobre ele uma torrente de amor e fé. Jefferson sentiu que encontrara o que sempre buscara. Ofereceu-se para ajudá-la no que fosse. Seria, para sempre, seu vassalo. Tocada também, de uma maneira que nunca imaginara, Divina aceitou-o com o coração aos pulos. Deu-lhe sua mãozinha branca, que, envolvida pelo pretume da mão dele, marcou para sempre a união dos dois.

A partir daí, com a animação e o sangue novo de Jefferson, a marcha adquiriu outro ritmo, outro arejamento, e não tardaram a encontrar um descampado no morro do qual se apossaram a distância razoável de um pequeno arruado, que aos poucos os aceitou como pessoas de Deus. Ali, também, Divina assumiu com plenitude uma autoridade jamais contestada. Construíram uma igrejinha no alto do morro, pintaram-na de branco com portas e janelas azuis, e dali viam as compridas praias de areia branquíssima de uma parte do grande rio.

Divina construiu sua comunidade em torno da igreja que ergueu. Tinha as visões com Nossa Senhora da Conceição e o respeito dos que a seguiam, um povo sofrido que desejava apenas um canto para viver em paz, uma terra para cultivar e poder comer todo dia, até que o céu baixasse sobre eles. A liderança de Divina dava-lhes segurança e o sentimento de que não estavam sozinhos. Era um grupo pequeno, que não temia o trabalho. Ajeitaram-se naquela terra, distante de qualquer estrada, e ali ficariam até que as profecias se realizassem.

Quando havia portador, ela escrevia para casa:

Meu sagrado pai, minha sagrada mãe, a bênção!

Envio esta mal traçada pra lhes dizer que estou bem, com minha Nossa Senhora da Conceição sempre puxando a correia dos meus passos, e vejo daqui a sagrada igrejinha que construímos com meu povo, vejo a procissão com todos vestidos de branco, adultos e crianças, e meus olhos se enchem de lágrimas e esperança em um mundo em que Deus seja mais bem servido, pois Nossa Senhora aqui chegará com seu honrado Filho, e estaremos à sua espera, como nos foi decretado. Ainda não faço cura, meu pai, mas sou a pegadeira que as mulheres querem. Passidônia não pega mais, diz que tá velha e gemente dos ossos pra executar essa missão, diz que não enxerga direito, então sou eu que vou a pé debaixo de chuva molhando ou de sol escaldando pra onde os maridos me chamam. Faço as rezas pra cortar umbigo, e minha mão nunca perdeu menino nenhum, porque é mão puxada por Nossa Perfeitíssima Senhora Dona dos Céus, da Terra e de Todas as Coisas, cada um deles que nasce em minhas mãos é dela.

Quero lhes contar também que me casei com um homem muito bom, Jefferson da Cunha Teles, assim com dois efes mesmo é que escreve o nome dele, mãe, que foi escolhido em minhas visões pra me ajudar na minha missão.

Meu coração só murcha um tanto ao pensar que os senhores, meu pai, minha mãe, e também meus irmãos, com quem fui tão bem-criada, estão tão longe daqui. O lugar é bonito e de tempo bom, mas é difícil de chegar. Não fosse isso, eu os chamaria pra vir conhecer minha moradia. Quem sabe um dia, quando eu receber aviso de que a Grande Chegada está perto?

Envio aos dois meu abraço com amor e gratidão de filha. Envio igualmente abraços para meus irmãos, que rezo para que estejam todos bem, com saúde e esperanças. Fiquem com Deus e sua Santa Mãe. A bênção,

Divina
Jefferson igualmente lhes pede a bênção, como novo filho que é.

— • —

Com a morte da Véia e a ausência de Nestor, que continuava erguendo a Nova Capital, Zé Minino houve por bem ficar em sua terra para ajudar Donato e Umberto na lavoura. Anja dava sinais de não ter a mesma sacudida de antes. Doroteia começava a se responsabilizar pelas coisas da casa e do quintal, cozinhando melhor que a mãe. Era mocinha brejeira, bonita de arder corações. Umberto e ela sempre um com o outro, e era no prato dele que ela colocava o que havia de melhor na comida: a moela e o pescoço do frango, as partes favoritas dele; o melhor pedaço do porco na lata; o milho mais molinho; o curau quente, feito na hora, como ele gostava. Anja via aquilo mas se calava, sem saber o que dizer. E eram também Téia e Umberto que cuidavam do jardim de Divina, mas cujo altar eles tinham desfeito assim que tiveram a certeza de que ela não voltaria mais.

— • —

"Lá vem um toró", gritava Zé Minino. "Ô trem bão!" Largava o que estava fazendo e ia pro terreiro esperar a chuva. Téia era a primeira a sair correndo atrás dele. Donato ia para fazer palhaçada e jogar lama em Téia. Umberto já não ia. Anja, dependia do dia e da hora. Se a chuva fosse forte a ponto de formar pequenas cachoeiras pelas calhas, aí ela ia.

— • —

Na venda, agora, só se falava de reforma agrária. Uma conversa ardorosa, cada um querendo saber mais que o outro. A região tinha poucos posseiros, mas todos sabiam que por todo Goiás havia muitos, aos montes. Gente que trabalhava nos latifúndios de gado ou de roças, em condições escorchantes, por não ter onde cair morta. "O mundo vai ficar mais feliz", falava Zé Minino, entusiasmado. "Com terra boa para cultivar seu roçado, ninguém vai passar fome. Tanta gente que num tem o que comer porque num tem onde plantar. Aí, vai poder plantar e comer, e ainda vender e ter uma renda. Essa terra vai florir, a beleza que vai ser. É disso que nosso povo precisa."

Capítulo 2

Mas eis que chegou o dia das notícias assombrosas: os militares tinham deposto o presidente Jango e agora eram eles que mandavam no país. O povo dali não sabia o que pensar. Não havia ninguém para explicar direito o que significava aquilo. "Uma Revolução Redentora", diziam. "Por quê?" Era grande a desconfiança de todos. Zé procurava entender se eram militares como os tenentes da Coluna ou aqueles que só perseguiam, aliados dos fazendeiros e grileiros. Ele gostava do presidente Jango. Acreditava mesmo que com ele a reforma agrária por fim chegaria aos que tanto precisavam dela e não entendia que anarquia era aquela que os militares diziam que tomaria conta do país. "Que anarquia?" Ele não via anarquia nenhuma por ali. "E por que a notícia fez seu Lourenço soltar um foguetório lá na sua fazenda?", perguntou Anja. "Vai saber!", respondeu ele, o cenho franzido. "Vai lá saber!"

— • —

Zé Minino ia sentar na beira do seu rio para desanuviar a cabeça e tentar entender o que estava acontecendo, mas agora as águas, que estavam mudas, mudas ficaram. Pela primeira vez, Minino saiu dali mais desenxabido do que chegou.

— • —

Na distância em que viviam, a vida da região continuou como era, a tranquilidade rompida por carroças, cavalos, alguns carros, caminhões, poucos ônibus e agora, de vez em quando, batalhões de soldados de passagem. Essa era a mudança. Um estranho medo obscuro, um ar que já não se deixava respirar como se nada fosse. Um medo de quem nada deve e, no entanto, pressente que pode ser cobrado do que não era de sua alçada dar conta.

Ainda que não se soubesse bem a razão, quem ia à venda ia com cautela. Não se falava mais em reforma nenhuma. Quem espiava o movimento da estrada espiava com cautela. Quem contasse alguma notícia contava com cautela. Quem ouvia alguma coisa ouvia com cautela.

A sombra de algo muito maior que eles passou a acompanhar a vida de cada um.

— • —

Zé Minino ia para a roça com Donato e Umberto. Ia menos à venda, mas não perdia noticiários do rádio. Antes, gostava de escutar *A Hora do Brasil*. Agora, não, eram só notícias do governo militar, cuja onipotência temia. Ficou ensimesmado como nunca, sem atinar com o que deveria ser seu dever fazer. Isolou-se em seu canto, só indo à rua no fim de semana. O pessoal reclamava sua presença. Ele, com suas histórias e seu conhecimento de tantas coisas, havia se tornado quase uma unanimidade na vila, que crescia com nova gente chegando. Mas agora, quando alguém queria achar logo um poço, tinha que ir perguntar por ele em sua própria casa.

— • —

Acabaram-se as eleições, o novo governo decretou, e, junto com elas, a esperança.

— • —

Anja e Zé Minino se perguntavam onde estaria o povo da Coluna. Tudo espalhado por aí. Teriam sido presos? Teriam se exilado?

— • —

Uma tarde, Zé Minino chegou pálido na porteira, olhos parados, andar alquebrado.

— Que foi, Zé? — Anja se aproximou, receando que ele caísse.

Ele se segurou nela e sentou no banco encostado na porta, como se não pudesse sentar sozinho. Então disse, a voz rouca e baixa:

— Essa coisa que eles querem chamar de "Revolução Redentora" chegou lá em Trombas. O Exército com seus soldados. Mataram muita gente, Anja. Mataram gente que eu conheci, que era da minha estima e amizade. Zé Porfírio conseguiu fugir, mas Dinardo, Nego Carreiro, Medalhão, tudo morto. Até Filomeno, Anja, que só queria ajudar. Não encontraram o corpo, mas acharam o mimeógrafo quebrado e coberto de sangue. Um conhecido de lá que passou na venda contou, com medo de estar contando, que torturaram muita gente. Queriam os líderes, mas queriam também castigar todo mundo. Pegavam um ou outro que passasse perto com cara de subversivo, que era o nome que eles davam. Punham o disco do Roberto Carlos bem alto, altíssimo, e todo mundo sabia que tavam torturando. Tinham montado a jaula de novo. A maldade chegou de vez, Anja. A besta-fera. Quem sabe o que vai ser desta terra!

E Zé Minino chorou como chora um homem a perda de algo profundo dentro de si mesmo. A crença em algo bom. A luta de sua vida.

Anja chorou junto.

Capítulo 3

Nestor havia tempos tinha voltado de Brasília casado com Janice, moça quieta de Minas que conheceu na vila dos candangos, a Cidade Livre. Tinham pensado em continuar morando na capital, mas, em certo momento, chegaram à conclusão de que seria melhor voltar para a lavoura. Estava cansado de trabalhar em construção, atividade que esfola um ser humano. Além disso, a cidade, embora inacabada, como seria por muitos anos afora, não estava mais tão necessitada de mão de obra. A urgência daqueles anos das primeiras edificações já não existia como antes. Muita coisa continuava sendo construída, é certo, mas não como quando ninguém ficava um dia sequer sem trabalho. Ele tinha umas economias. Sua ideia era comprar uma terra perto da terra do pai. Janice, amorosa, o seguiu sem pestanejar.

Essa foi a parte que contou aos pais. O que não contou foi que namoraram, casaram e vieram fugidos. Eles se conheceram em um domingo, na churrascada no quintal do barraco de um colega peão de obra, como Nestor. Janice estava lá com o noivo, dono de armazém que, embora muito mais velho, se engraçara com ela e foi prontamente aceito pelo futuro sogro, que viu nesse casamento um excelente negócio. Esse noivo, que havia providenciado bebida para todos, felizmente a deixara sentada sozinha, enquanto bebia cerveja e comia carne com os amigos. Nestor não tardou a ver a moça sozinha, delicada e triste, e perguntou se podia sentar em um caixote virado perto de onde ela estava sentada na única cadeira que se via por ali. Janice não disse sim nem não, mas ele entendeu que isso era um "sim". Puxou prosa, e os dois conversaram. A partir desse dia começou a procurá-la e acabou sabendo do motivo de sua tristeza, o casamento arranjado com um sujeito por quem ela só sentia raiva e nojo. No meio da incansável nuvem de poeira vermelha levantada pelos caminhões que passavam o dia inteiro pela estrada, uma das principais vias de acesso ao Plano Piloto da Nova Capital, ela chorou ao contar como tinha sido forçada pelo pai a aceitar tal casamento. Contou da sua orfandade de mãe e de como, apesar de sentir o afeto de filha pelo pai, sofria devido a algumas atitudes dele, cuja palavra sempre fora a lei. Só que dessa vez estava pronta a fazer qualquer loucura para não se casar com o velho nojento, que, só de olhar para ela, fazia seu estômago revirar em revolta profunda. Nestor ficou indignado; disse-lhe que se acalmasse porque ele ia sem demora se encontrar com o senhor seu pai e lhe dizer da sua intenção de casar com a filha. Janice não sabia se ficava feliz com o que entendeu ser um pedido de casamento ou se se deixava dominar pelo medo do pai, que, com certeza, diria um NÃO redondo e se tornaria para sempre inimigo do rapaz com quem sonhava desde aquele dia de domingo, quando o conheceu, amor de olho à primeira vista. Convenceu-o de que, se tomasse essa atitude, seu pai a prenderia em casa e nunca mais os dois se encontrariam. "Mas, se o que cê tá dizendo é mesmo um pedido de casamento, tem uma coisa que podemos fazer. Fugir daqui." Pego de surpresa, mas já preso de amor por ela, Nestor não titubeou. Era uma solução boa. Voltaria para sua terra e a levaria consigo. Nada melhor, na verdade. E começaram a fazer os planos. Na cidade dos candangos, tão agitada o dia todo, e mais ainda de manhã cedo e de noite, caminhões e ônibus passando a toda hora para um lado e para o outro, era só escolher a direção para onde ir, o que Nestor já sabia qual seria. E quietos ficaram sobre tudo isso ao contar a história deles para Zé Minino e Anja, certos de que tais detalhes só eram de interesse deles dois.

— • —

A melhoria na estrada e a chegada de mais gente — a Marcha para o Oeste parecia não ter fim — tinham aumentado o preço de tudo, mais ainda da terra. Não deu para Nestor comprar o que pretendia, mas deu para aumentar um pouco que fosse a terra da família com a de um vizinho que estava de mudança para ficar com o filho em Goiânia. A terra de seus pais era uma terra que, por tradição, e como ele estava vendo acontecer com a saída dos irmãos mais novos, acabaria sendo mesmo dele, o filho mais velho e quem de fato gostava da lavoura. Donato, além de lento e preguiçoso, vivia dizendo que ia embora dali; Umberto era esquisitão e gostava mais de zanzar que de cuidar da lavoura; as irmãs tinham o destino de casar e seguir com o marido, como Valdelice tinha feito. Mesmo Divina, a que ninguém entendia, nunca foi de pegar na enxada. Ele, então, usaria o restante do dinheiro para construir uma boa casa para ele e Janice e os filhos que desejavam ter.

— • —

Donato agora era quem mais ia à rua. Anja dizia: "Esse vai ser o próximo a sair daqui, Zé". Rapaz bonito, rosto harmonioso, cabelos aloirados pelo sol da roça, jeito risonho de quem crê que o mundo tem muito a lhe oferecer. Reaproximou-se do pai, mas à noite e aos domingos sempre estava com outros rapazes, Jaime inclusive, e Anja imaginava quais histórias inventadas ele estaria lhes contando.

— • —

Doroteia e Umberto continuavam vivendo como se, já que nasceram juntos, tivessem que permanecer juntos a vida inteira. Juntos iam às aulas (a vila já tinha escola e professores), faziam as tarefas, estendiam e tiravam as roupas do varal, varriam o terreiro. Na época de colher o milho ou o arroz, iam para a colheita. Quando se viam livres, o mais das vezes corriam para a gruta das pedras pintadas. Brincavam com elas, chamando-as de antepassadas, pois já não eram humanos, eles, e sim filhos das aves da pedra, erguiam os braços como se voassem e entravam nas cavernas ou tentavam desenhar outras figuras, felizmente só com um graveto, na poeira acumulada no chão.

— • —

A vila crescia e virava cidadezinha. Com a construção de Brasília, parecia que o Brasil inteiro queria mudar para Goiás. Gente do Nordeste, do Norte, do Sul. Até de Minas, ali vizinha, também vinha muita. Anja, que saía pouco do seu terreno — com a idade, seus pés adquiriram outras dores —, quando ia à vila já não conhecia todo mundo, já não conhecia todas as casas, às vezes nem mesmo se situava com precisão.

Zé Minino ria.

— Aposto que você nem sabe onde é a igreja nova.

— E daí? — respondia Anja. — Se tem uma coisa que nem carregada eu pensaria em ir é visitar igreja nova.

Ele ria e quase a carregava, como fazia quando estavam na roça, mas em público ela não gostava, não queria que passasse pela cabeça de ninguém que tinha dificuldades com alguma coisa do seu corpo. Ninguém sabia dos seus pés, a não ser a família e os vizinhos mais próximos, e Anja queria que permanecesse assim. Se alguém perguntasse por que ela mancava, dizia que era seu jeito de andar e mudava o rumo da prosa.

— • —

Se tinha uma coisa que Anja, Zé Minino e seus filhos não perdiam eram as festas de junho, na pracinha em frente à venda de seu Joaquim ou na casa de um ou outro vizinho que tinham feito promessas para comemorar o dia de São João ou de Santo Antônio. Todos ajudavam, fazendo bandeirolas e pé de moleque, um; cocada, outro; canjica, outro ainda; bolo de milho, mais outro; e assim ia. Faziam fogueira, e adultos e jovens dançavam quadrilha com as músicas de sanfona. Era um mês de alegrias. Quebrava a pasmaceira.

— • —

Umberto crescia, sério e calado, como se esperasse algo acontecer que não sabia se seria bom ou ruim. O oposto de Doroteia, alegre, efusiva, que parecia falar pelos dois. Anja comentava: "Minha barriga tava mal dividida, de um lado os barulhos da vida, de outro os silêncios. Se Umberto fosse um rio que corre lento e fundo, Doroteia seria a cachoeira que cai solta, proseando com as pedras".

Os dois eram então os responsáveis por levar a produção da roça para a pequena feira no domingo. Era dia de descanso para o pai e Nestor, que iam à venda saber das novidades. Anja e Janice cuidavam do almoço, que nos dias de folga queriam mais avantajado: frango assado com recheio, curau e biscoito de queijo na hora do lanche.

— • —

Na época da colheita do milho-verde, tinha pamonhada. Vinha a vizinhança participar. Homens colhiam o milho-verde, descascavam, e mulheres tiravam os cabelinhos grudados nos grãos, que depois ralavam e coavam, a massa cheirosa e amarelada ganhando sal e um pouco de óleo bem misturado; ao lado, a palha do milho já limpinha para acolher aos punhados a massa temperada, que depois era dobrada em quatro, amarrada com cordões cortados na própria palha do milho e colocada na água, que já estaria fervendo no tacho de cobre, onde cozinhavam.

O pessoal sentia o cheiro de longe e era guiado por ele até a cozinha, chamados também por Anja ou Janice: "Tá saindo a pamonha!".

— • —

Nestor, no entanto, já não se animava nem com a pamonhada. Vinha devagar, como se indiferente ao cheiro que sempre fora um de seus contentamentos. Desde algum tempo, cismava em grande tristeza, e todos sabiam a causa. Janice tivera três abortos e precisou ligar as trompas para não engravidar novamente e correr o risco de morrer. Sem filhos, Nestor sentia-se um homem incompleto. Um incapaz de botar menino ou menina no mundo. Inútil. Para quem deixaria a terra quando morresse, quem habitaria a casa boa que construíra com suas economias?, para quem economizar?, que seria dele sem um braço que o sustentasse na velhice?, o que é um homem sem filhos, só meio homem? Vergonha. Culpa. Deu para beber. Todo dia, terminado o serviço, ia acabrunhado para a venda de seu Joaquim e voltava só quando ela fechava. Chegava bêbado, caía duro na cama e só levantava com o raiar do dia, a roça à sua espera. Janice, também envergonhada, encarnação da culpa, chorava e suspirava, os olhos vermelhos, inchados. Não comia direito. Emagrecia. Anja lhe dizia: "Fia, isso também não é assim, tão fim do mundo. Carece de aceitar o que a vida põe na nossa porta. Com o tempo, Nestor também se ajeita". No fundo do coração, no entanto, Anja matutava. Um casal sem filhos no campo está fora do lugar. A terra pequena é a família que faz produzir. Sem família, não há produção. A própria terra se torna inútil. Mesmo assim, consolava a nora: "Se aquieta, fia. Cês terão os sobrinhos que vão chegar, tu vai ver. Nossa família é grande e é a mesma família. Cês vão estar amparados na velhice. Mesmo porque ninguém tem mais garantia de que os filhos ficarão pra cultivar a terra, como parece ter sido no tempo de antes. A cidade agora atrai demais. Os estudos. Vigia nosso caso. Fora Nestor, os outros estão tomando novos rumos". Janice enxugava os olhos, fungava, pegava a vassoura e ia varrer o terreiro. Ficava horas lá, deixando o chão mais limpo que o de dentro de casa.

Donato, mais e mais inquieto, cheio de ideias que causavam espanto, da noite para o dia surgiu com a notícia de que iria para os Estados Unidos, um lugar do qual só se ouvia falar bem. Naquela noite, ele chegou bem mais cedo que de costume, passou apressado pelos pais e foi direto para a cama, onde se cobriu todo, apesar do calor. De manhãzinha, foi atrás de Nestor antes que ele saísse para a roça e pediu sua mala menor emprestada. Nestor tinha voltado de Brasília com uma mala grande, de tela preta, que comprou lá, e a menor, de couro duro e marrom, que adquirira ali mesmo, para levar suas poucas coisas quando partiu. Donato voltou para o quarto com a malinha marrom, colocou dentro o que podia levar, tudo às pressas, suando como se ardesse em febre, e foi para a cozinha falar com os pais, que tomavam café e observavam estranhados a movimentação do filho. Com ares de quem não queria discussão, disse que ia para Goiânia conseguir um emprego e de lá, quando tivesse dinheiro suficiente, pegaria o avião para os Estados Unidos.

— Quero conhecer outro mundo, ficar rico, quem sabe, e aí vou mandar buscar pai e mãe e irmãos para morarem num país onde as coisas são muito melhores e mais fáceis. Vocês vão ver.

— Pode até ser, meu filho, mas nosso lugar é aqui — respondeu Zé Minino. — Nunca imaginei filho nosso partindo pra esse mundão desparramado do estrangeiro. — Pausou, sem saber o que pensar, muito menos dizer. Poderia falar: "Não, rapaz, que armação é essa agora?". Exigir explicações, dizer que parecia decisão de uma cabeça maluca e sem propósito, mas esperou que Anja se erguesse e dissesse: "Nem pense nisso, filho. Que cobra te picou?". Mas viu que ela estava até mais estatelada do que ele. Então, olhou bem para Donato e perguntou: — Por que isso? De onde veio essa ideia?

Ainda sem sentar, como se tivesse fogo nas ventas, Donato apenas respondeu:

— Cês já sabiam que um dia eu ia viajar pra longe, agora chegou a hora, e é hoje mesmo, num quero enrolação, pai. Preciso ir. Quero ir, e tem de ser hoje.

Os olhos de Anja se marejaram ao perceber a seriedade do filho.

— Mas seus anos são poucos pra tão grande decisão, Donato — ela conseguiu dizer.

— São e não são, mãe. Eu tenho o direito de fazer o que desejo com a minha vida e vou com ou sem a bênção de vocês. Se num der certo, eu volto.

Zé também, percebendo que a incompreensível decisão do filho era para valer, ainda ficou um tempo mudo, ele e Anja mudos, até que por fim ergueu de novo a voz:

— Sim, direito você tem, filho, e, se é esse mesmo o seu camim, que vá com minha bênção e a de sua mãe.

Anja custou a responder, mas disse:

— Sim, filho, se é mesmo viver nessa aventura que cê quer, tem nossa bênção. Mas prometa que terá muito cuidado, vai diferenciar o bom do que num presta, vai ser cauteloso com o que cê num conhece, vai pisar direito por onde cê for.

Doroteia, que tinha vindo do quarto ao escutar o rumor inesperado da conversa, abraçou forte Donato, que se despediu dos três e foi atrás de Umberto, Nestor e Janice para dizer que partia. A surpresa dos irmãos também foi grande, e foram todos acompanhá-lo até a porteira. Umberto e Zé Minino aguardaram com ele o ônibus para Goiânia. Ele subiu e acenou quando o veículo partiu.

Na volta para casa, Umberto e o pai tiveram que abrir caminho para os capangas de seu Lourenço passar, danados com os cavalos pisando pedras e fazendo um barulhão de cascos, chicotadas e poeira levantada.

Quem ouvia dizia baixinho: "Deus nos acuda!".

Anja, Téia e Janice, ainda na porteira, também se espantaram com a cavalhada passando naquele descompasso, àquela hora da manhã. "Que fim de mundo é esse?" E Téia só fez se encolher, toda pressentida.

— • —

Aquele dia espalhou um manto de tristeza sobre a casa dos angicos.

Téia, preocupada, falou:

— Aí tem coisa, mãe.

— Que coisa, menina?

— Num sei. Mas nunca vi meu irmão assim. Alguma coisa aconteceu pra essa precipitação.

Anja, de coração carregado e ardência nos olhos, aproveitou a deixa da filha para extravasar um choro manso que a aliviasse um pouco da já imensa saudade e da preocupação.

A noite chegou, também pesarosa, tornando ainda mais pesada a sombra da tristeza sobre a casa. Mesmo antes, quando Donato começara a falar dessa ideia, daquele jeito ambicioso dele, contando e exagerando o que o filho do seu Lourenço lhe falava do que tinha visto nos Estados Unidos quando para lá foi em viagem com os pais, Anja e Zé Minino ficaram desnorteados. Agora, então!

— O que vai ser desse filho? — perguntou Anja a Zé, os dois sentados nos degraus da cozinha à noite, os pés dela no escalda-pés de ervas olorosas preparado por ele, os dois pitando, a brasa vermelha alumiando junto com o pingo de estrelas e a lua minguando. — Fico pensando que nunca mais vamos vê-lo, que tudo é tão perigoso por esse mundo afora e ele num sabe nem o beabá.

— Donato é esperto, Anja — disse Zé. — O problema dele é a tentação da preguiça e essa vontade de grandeza que desde miudim ele tem. Mas vai que é fogo de palha, essa ideia de agora, vamo ver se pega mesmo ou não. Ele vai ter que primeiro conseguir dinheiro pra passagem, que deve ser cara demais. Quem sabe nem consiga. Vamo ficar na espera. Porque também o que a gente num pode, com nenhum dos nossos filho, é proibir a querência deles. Crescemos os dois sem saber o que era proibição, e não quero que justo nossos filho conheçam esse freio. Menos ainda Donato, que iria mesmo sem nossa bênção. E Deus me livre de largar filho no mundo sem bênção de pai e mãe. Foi a única coisa que faltou pra nós, Anja, bênção de pai e mãe. Se bem que cê teve a sua, quando ela mandou cê correr. E eu, pensando bem, também devo ter tido a minha antes da morte dos meus pais. Devem ter pensado em mim. Devem ter me abençoado. Não foi à toa que me deixaram esta terra, mesmo sem saber se eu voltaria pra cá, mesmo sem saber nada de mim, aquele tico de gente que a morte deles deixou sozinho. Quer dizer, com minha vó, que eu ainda nem suspeitava que era minha vó.

E os dois ficaram ali, o peito inchado de tristeza, vendo o luão pesado subir e cobrir de luz finíssima tudo que os olhos deles enxergavam na imensidão daquele chão, que, visto assim, parecia nunca mais acabar. "Pra que sair daqui, gente?"

— • —

Quando os homens do seu Lourenço passaram de volta, ainda danados com os cavalos pisando pedras e fazendo o mesmo barulhão de cascos e poeira levantada como antes, a casa dos angicos de casca branca já estava mergulhada na escuridão, nenhum lampião aceso. Anja se mexeu em sua insônia: "O que andaram fazendo esse jagunços?".

Nada. Não fizeram nada. A caça que procuravam já não estava lá.

Capítulo 4

Em Goiânia, Donato logo entendeu que não seria fácil conseguir dinheiro para comprar a passagem que pretendia. Como operário de construção, único emprego que conseguiu, teria que passar anos antes de economizar grana suficiente. Cada dia mais raivoso e frustrado, viu-se tentado a entrar no mundo das drogas, cujo fascínio até então tinha evitado. Bebida, sim. Droga, não. Jaime, seu amigo do peito, filho de seu Lourenço, não se dava com droga, e para Donato, naqueles tempos, o que Jaime fazia é que era o certo. Sem o amigo na cidade estranha, no entanto, e cada vez mais angustiado, ele se uniu a um sujeito que passava na obra para vender o que o trabalhador esgotado quisesse comprar. Ele mesmo não comprava, mas, assim como quem não quer nada, ajudava o outro a vender. Grudou nesse sujeito, que acabou apresentando-o a outro que vendia em outra área, e depois a outro e outro. Quando viu, tinha virado amigo do traficante da região, com quem urdiu novas ideias de venda. Com sua lábia e sua ambição, as portas lhe foram sendo abertas, até que se fez de voluntário para ir para os Estados Unidos feito "mula", como se dizia. Conseguiria um passaporte, como de fato conseguiu. Aprendeu um beabá de inglês macarrônico com um dicionário velho que encontrou na primeira e talvez única livraria que entrou na vida. E lá se foi, quase como se trotasse em um cavalinho bom.

Nos Estados Unidos, a intenção de Donato era abandonar o negócio das drogas, mas ele não conseguiu cumpri-la. Seus contatos em Miami, onde, por pura sorte, aportou sem incidentes, eram todos da droga. Colombianos, mexicanos. Seu inglês não melhorou muito, seu espanhol, sim. Queria ficar rico e logo; não lhe apresentaram outra maneira a não ser com *los hombres*.

Assim que chegou, foi enviado a um hotel de luxo para encontrar um cliente. Ficou embasbacado com o hall, que lhe pareceu a maior beleza do mundo. Pegou um cartão-postal com a foto do local e escreveu para os pais contando que estava muito bem trabalhando como porteiro desse hotel, que era como um imenso casarão, algo que nunca tinha visto. Colocou o cartão e uma carta em um envelope, com notas novas de dólar escondidas entre as folhas escritas, como um *compañero* havia lhe ensinado. Nessas cartas longas, elaborava com detalhes sua ascensão no mundo americano. "As lâmpadas na entrada do hotel", escrevia, "parecem um cacho gigante de frutas brilhantes, e no chão não se pisa, mãe, no que a gente pisa é num tapete maior que nossa casa inteira, só um tapete, mas eles são vários, mãe, a senhora nem sentiria o chão se pisasse num deles. Deixaria de mancar, que nesses tapetes ninguém manca, de tão macios que são." E mais contava do mar, dos flamingos rosados e dos sorvetes.

Zé Minino e Anja recebiam as notícias tentando extrair dali o pouco que pudesse ser verdadeiro; esforço inútil. Que ele recebia ótimo salário e gorjetas gordas dos hóspedes ricaços; que um dia seria ele a dar essas gorjetas boas para quem estivesse por perto; que alugara uma casa com quintal e árvores que só existiam lá e que, em vez de frutas, era neve branquinha que se dependurava delas (como os pais iriam saber que em Miami não nevava?) — "Neve é qual uma chuva boa de espuma do leite ordenhado saindo da vaca, só que geladim. Cai e cai e deixa tudo branco de arder na vista. Um dia quero ver meu pai dançar na neve como ele dança na chuva. E o sanduíche que os americanos fazem é de lamber os beiços, nem precisa ser sanduíche mesmo, é só botar uma manteiga de amendoim no pão, mãe, uma coisa de deixar louco quem come". ("Manteiga de amendoim, Zé, imagina!", sorria Anja.)

Que a vida dele estava ótima e não tardaria muito a lhes enviar a passagem. "E se preparem porque aqui, quando faz frio, é frio mesmo, tenho que botar cinco roupas, mãe, uma por cima da outra, e, por cima ainda, um casacão grosso que pesa nem sei calcular quantos quilos, e, no pé, coloco três meias de lã grossa e enfio numa bota de couro forrada de lã, nem sei como consigo andar assim, pai, mas é bom demais, a neve caindo na gente, dá vontade de rir e de lamber, e a neve pode ter gosto diferente, dependendo do lugar de onde ela vem, é tudo mágico, verdade, cês precisam vir" (embora não dissesse que só tinha visto neve pela televisão, ficara obcecado e jurou que um dia iria para Nova York só para se afundar no chão coberto daquela espuma macia e branca). Zé e Anja acabavam se deixando levar pelas palavras promissoras descrevendo coisas mirabolantes e desconhecidas. Nelas fingiam acreditar para que a preocupação não encontrasse neles um lugar maior que a própria falta que sentiam do filho. Com a ponta da manga do vestido ou da saia, Anja enxugava lágrimas de saudade, e Zé enrolava as notas do estranho verde que nada lhes diziam, enrolava-as bem enroladinhas e as colocava em uma lata vazia de biscoitos.

— • —

— Sabe, mãe? Acabei nem contando pra senhora que, pouco depois que Donato foi embora, Quinzinha, a filha do seu Lourenço, veio aqui no portão saber notícias dele. Queria saber onde ele estava. Eu disse que era em Goiânia, ela agradeceu e foi embora. Ontem, ela voltou e perguntou o endereço dele. Eu disse que ele estava no estrangeiro. Ela se espantou e perguntou em que lugar, e, quando eu disse que era nos Estados Unidos, o olho dela arregalou. Achei até que ela ficou meio nervosa, mas não entendi por quê. Perguntou se a gente podia dar o endereço dele. Eu disse que ia perguntar pra senhora, que era quem guardava as cartas — disse Téia certo dia.

— A filha do seu Lourenço? Pra que ela quer saber o endereço dele?

— Isso ela num disse.

— Pois lhe responda que ele não tem endereço. A cada hora, muda. — O que era verdade e muito intrigava Anja. Mesmo porque ela não entendia o que poderia ser o endereço. Pegava os envelopes e falava para Zé: "Repara. Será que é esse o endereço? É diferente do outro". Minino também encucava, mas não sabia responder.

A partir daí, Anja começou a ter sonhos esquisitos, as cartas dela indo de casa em casa atrás dele, e na porta diziam que ninguém conhecia Donato nenhum; as cartas dela espalhadas pelo chão; um carteiro muito louro abrindo-as, lendo, rindo e jogando tudo nas ruínas de uma casa abandonada. Acordava suando gelado e não conseguia mais dormir. Tinha vontade de acordar Zé, a seu lado, e pedir que ele dissesse que tudo aquilo era bobagem, nervosismo de mãe, mas tinha dó de estragar o sono do marido e se levantava, abria a porta da cozinha, fazia um cafezinho e ficava olhando o sol romper com muita lentidão ao longe, com aquela beleza toda, como é da natureza do sol.

— • —

Em uma de suas cartas, Donato lhes enviou quatro fotos "tiradas em uma máquina como uma caixa que dá pra ficar sentado e é só entrar", escreveu, "colocar uma moeda e esperar a máquina tirar a foto, que logo ela cospe prontinha de uma boca que tem por fora". Anja se encantou com o mesmo rosto do filho em quatro expressões diferentes. Sério, sorriso aberto, sorriso de boca fechada e de perfil. Analisava--as atenta para se certificar de que ele não estaria passando fome e via que estava ainda mais bonito, o cabelo parecendo mais claro, o rosto iluminado pela mesma voracidade de sempre. Zé ficou fascinado com a modernidade de uma máquina dessas de tirar fotografias, coisa que ele nunca tinha imaginado. Queria que Donato tivesse dito quantas moedas teve que pagar, pois devia ser muito cara uma coisa dessas.

Quando Valdelice veio passar uns dias com eles, também ela se encantou com o rosto do irmão, e Nego Ronca, como Zé Minino, se embasbacou com a modernidade. Um orgulho mal disfarçado pelos feitos de Donato preenchia a casa, enquanto os dois filhos de Valdelice, perseguindo galinhas e porcos, enchiam outra vez de alegrias o terreiro onde agora só havia cacarejar e grunhidos.

Naqueles dias, Doroteia caprichou no fogão para receber elogios da irmã. Fez gueroba, jiló, chuchu picadinho no alho e cebola. Fez pamonha frita. Fez um arroz carreteiro que Valdelice não disse, mas quase achou melhor que o da mãe. No almoço de despedida das visitas, como se de repente tivesse lhe ocorrido uma grande ideia, Valdelice ergueu a voz para dizer: "Téia-Teteia, sabe o que tô pensando? Cê não teria dificuldade em achar um emprego de cozinheira em Anápolis. E poderia estudar à noite, que acha? Não seria bom?". Doroteia procurou os olhos de Umberto e respondeu: "Que nada! Num tô pensando em ir pra lugar nenhum, não. Se for pra sair daqui, a gente vai é pra Brasília, não é, Berto?". O irmão assentiu com a cabeça, os olhos assustados, talvez pelo temor de a irmã ir para Anápolis sem ele ou pela insegurança de ouvir seus planos a dois serem revelados assim, no susto. Valdelice trocou olhares com a mãe e perguntou: "Fazer o que lá, menina, onde cê num teria ninguém? Se quiser ir pra Anápolis, tem minha casa, mas só a senhorita, porque já tá passando da hora de cês dois deixarem esse grude", e a irmã mais velha olhou para Umberto, enquanto Doroteia arredava a cadeira e se levantava para começar a tirar a mesa, não sem antes dizer, tentando minimizar a revelação feita fora de hora: "Num tô pensando em sair daqui, não. Aqui tá bom", e foi risonha para a cozinha. Umberto, sério e calado estava, sério e calado ficou.

— • —

Doroteia e Umberto de fato faziam seus planos. Não queriam sair do país como o maluco do Donato, mas sonhavam com Brasília. Ficava perto, poderiam encontrar trabalho e estudar o que fosse. Os dois pensavam nisto: estudar até, quem sabe, chegar à universidade que Nestor ajudou a levantar do chão e gostava de contar como tinha sido e que seria de graça para os estudantes. Os prédios modernos das salas de aula; o prédio do anfiteatro chamado Dois Candangos em homenagem aos trabalhadores que, como ele, ergueram a cidade; a distância do gramado grande separando os prédios; tamanha beleza. Não era uma ambição natural para quem fora criado junto à terra, mas, sendo filhos de quem eram, da mãe que fez uma escola na própria casa e do pai que se orgulhava da filha mais velha professora, além de terem um irmão que ajudou a construir uma universidade, "Quem sabe a gente não poderia, sei lá, estudar ali até virar alguma coisa diferente?", perguntava Umberto, e Téia concordava, sem saber bem, nenhum dos dois, o que estudar e o que uma universidade de fato significava. Mas sonhavam que daria certo. Sonhavam. Eles gostavam de sonhar.

Umberto catava as flores mais brancas para colocar no cabelo de Doroteia, e ela catava as amarelas de tom mais forte para prender na orelha dele. Iam para a gruta das aves pintadas. Entravam e se deitavam no chão áspero, olhando para os desenhos vermelhos, e tudo parecia possível, tudo poderiam abarcar suas mãos tateantes.

Já não voavam com as aves vermelhas, que agora suspendiam sobre eles um finíssimo ar de íntegra pureza que os isolava dentro da gruta e dentro de si mesmos, enquanto as horas passavam sem fazer ruído.

— • —

— Tô de olho nesses dois, Zé — dizia Anja a Zé Minino.

Nem precisava explicar que dois eram esses, porque ele sabia mas nada sabia dizer, ainda que assim mesmo dissesse:

— Se aquieta, a natureza é maior do que nós, Maria Branca. — (Com o passar do tempo, ele às vezes voltava a chamá-la de Maria Branca, Branca, Branquinha.)

— Se a Véia estivesse viva, quem sabe ela num teria algum ensinamento pra gente? Será que criamos direito esses dois, Zé?

— Isso é coisa que num sei dizer, Anja. A gente num teve pai nem mãe pra ver como criar filhos que nascem juntos. Pode ser que tenha faltado a gente aprender.

— E, Zé, será que com gêmeos tinha de ser diferente? Cê conheceu algum gêmeo?

— Acho que não, nunca conheci, Anja.

— Será que a gente tinha que ter falado pra eles como são as coisas?

— Sei, não, Branca, tem muita coisa que a gente aprende é vendo acontecer.

— • —

O dia em que chegava carta de Donato virava festa. Não pelos dólares que sempre vinham escondidos entre as folhas, que deixavam um não sei quê travoso na boca do pai e da mãe, mas pelas novidades que ele contava. Dizia que sua situação tinha melhorado muito, que agora trabalhava como chefe de muitos empregados, que era um trabalho importante no qual estava se saindo muito bem. Era chefe de bem uns cem homens ("Cem homens, Zé!", exclamava Anja, "isso num pode ser verdade!". "E não é, Branca, claro que não é."), todos uniformizados, que ele gostava de ordem e era bom com seus empregados, mas, se algum saísse da linha, aí se arrependia, que ele não era homem de ver quieto uma desobediência. "Logo vou comprar uma casa e, mesmo se não for do seu gosto vir pra morar, que venham pra ver como é a vida na América." Tinha um carrão chique (junto veio a foto colorida de um carro esporte amarelo, com ele na porta, de pulôver azul). Estava namorando "uma americana de cabelos tão louros e curtos que pareciam as flores amarelinhas do ipê antes de cair". Já estava lhe ensinando o português para que ela pudesse conversar com eles. ("Ele vai casar com uma americana, Zé!" "Só vendo pra acreditar, Branca, só vendo!") Sentia muitas saudades, mas não podia se queixar da falta de amigos e diversões. Continuava gostando muito dos sanduíches americanos (pela foto se via que havia engordado) e, finalmente, aprendera a gostar do café aguado que eles faziam. "É um povo que sabe se alimentar da maneira mais prática possível, pai. Dá pra almoçar de pé mesmo, e não agachado. E é assim que faço agora, como de pé como verdadeiro americano. Sanduíches, e nada de arroz e feijão, que não é comida de gente rica desse jeito."

A carta era passada de mão em mão, lida e relida com olhos faiscando de admiração, tanto pelos pais (ainda que com o gosto travoso) como pelos irmãos.

— • —

— Anja, num tô gostando nadinha de ver as cartas de Donato com as notas de dólar. Que dinheiro fácil é esse? Quem disse que lá na América do Norte chove nota verde?

— Também tô achando a mesma coisa, Zé. O que será que esse menino anda aprontando?

Parte VI

O *mundo de fora*
Ainda nos anos 1970 e 1980

"Eu inauguro o monumento
no Planalto Central do país.
Viva a Bossa, sa, sa
Viva a Palhoça, ça, ça, ça, ça."
Caetano Veloso, "Tropicália"

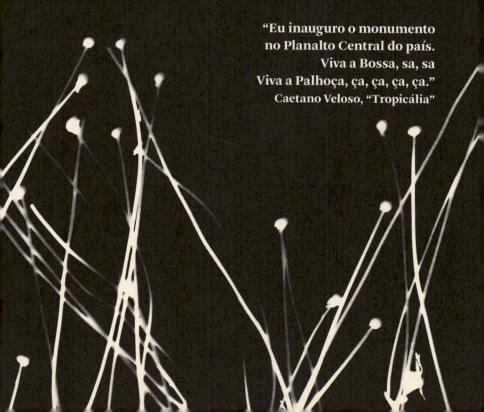

Capítulo 1

— Mãe, cê viu Téia? — perguntou Umberto certa tarde.

— Num tá na roça com seu pai e Nestor?

— Não, já fui lá. Já procurei por todo lado e num vi.

— Deve tá por aí, já-já aparece.

A hora da janta chegou, e nada de Doroteia. Não era só Umberto procurando por ela. Era todo mundo agora, o coração queimando. "Cadê essa menina?" Umberto sabia que ela não iria às pedras pintadas sem ele, mesmo assim acabava de voltar de lá: ninguém.

A busca seguiu noite adentro, tensão tão forte que explodia em choro de um ou outro. Ninguém via Umberto. Nem foi ele o primeiro a vê-la chegar na porteira, na manhãzinha cruenta, de sol infecto, de horripilância; o vestido todo rasgado, as feridas como chagas, o sangue coagulado de um grande corte de orelha a orelha atravessando o rosto antes tão límpido.

— É Téia! — uivou a mãe. Umberto ouviu o grito e correu para erguer a irmã nos braços e levá-la até a sala da casa. Segurou-a no colo enquanto a mãe, com um pano umedecido, limpava com ternura e dor suas feridas e o sangue coagulado em seu rosto. Téia nada disse, nada explicou, fechou os olhos e se deixou limpar.

Para Maria Branca e Zé Minino, não era preciso explicação. Para Umberto, tampouco. A mãe só queria cuidar da filha. O pai e Umberto queriam isto, sim, se possível: saber o nome do criminoso. Ela, deitada na cama com um emplastro de ervas no local da ferida aberta, só moveu a boca para pedir que a deixassem só.

— • —

Crime assim mexia com todo mundo da região.

Vizinhos vieram oferecer todo tipo de ajuda. Iriam à procura do criminoso, os homens; trariam comida, as mulheres, para que o pessoal da família não se preocupasse com isso.

Até seu Lourenço apareceu na porteira com três jagunços, os cavalos bufando. Desmontou do seu alazão castanho-dourado e se pôs à disposição de Zé Minino e sua família. Poderia mandar vasculhar a região. O que fosse que ele e sua família precisassem. Zé Minino apreciou o gesto, mas nem soube ao certo o que dizer. Agradeceu e falou que, se precisasse, pediria ajuda, avisaria, muito obrigado.

— • —

Do criminoso, ninguém nunca soube. Soldados, migrantes, gente dali mesmo, podia ser qualquer um. Saber não calaria a dor de Téia. Depois da visita de seu Lourenço, Zé Minino e Umberto foram à delegacia da cidadezinha mais próxima. Um policial registrou a queixa e comentou que eles tinham tido sorte. "O dito-cujo podia ter matado a moça. E deve ser gente de fora passando por aqui, caso difícil demais de ter conclusão." Se conseguissem notícias, avisariam. Umberto bateu a mão na mesa, queria gritar, exigir, não sairia dali até que eles tomassem alguma providência antes que o criminoso covarde, o canalha, o filho de um demônio se perdesse no mundo. O policial avisou que o prenderia por desacato à autoridade, e Zé Minino, a custo, conseguiu tirá-lo de lá. Voltaram os dois furiosos para casa, sabendo que nada seria feito, justiça nenhuma haveria e que a família se conformasse: mais dia, menos dia, Téia voltaria a ser como antes.

Não voltou.

Nos meses seguintes, Doroteia calou-se. Não sorria, mal abria a boca para falar alguma coisa, não desejava a companhia de Umberto. Se ele se aproximava, ela se afastava de modo ostensivo. A mãe dizia a ele: "Ali onde não nos cabe entrar, fii, só o tempo será capaz de tentar sua cura". Mas faltava convicção em sua voz ao dizer isso. A mãe temia que a violência pudesse ter matado sua filha por dentro.

— • —

O corte à faca no belo rosto de Téia cicatrizava em uma grossa linha vermelha que ia de uma face à outra, como pintura indígena. Só que indelével. Para sempre, sempre. Até quando ela fosse colocada em seu caixão.

— • —

Umberto tentava como podia reconectar o vínculo que unia os dois. Em vão. Nem as palavras. Nem a aproximação, que ela recusava terminantemente.

— Vem comigo, Téia, banhar na cachoeira.

Mas só via suas costas, vestido velho de chita, pés na sandália de dedo muito gasta, cabelo preso feito um nó, se distanciando na direção contrária.

— • —

Maria Branca

Tem vez que sinto tanto que me falta sabedoria. Que, se mãe tivesse continuado a me criar, eu saberia muito mais hoje. Ela era tão segura de suas coisa. O jeito que dominava aquela cozinha e enfrentava o patrão e a patroa que mal falava com ela. Só passava rente até o fogão e dizia: "Quero isso assim, aquilo assado". Era como se odiasse o próprio olho se eles vissem sequer a sombra da mãe. Mal entrava na cozinha. O oposto do patrão, que entrava lá toda hora pra arreliar. Queria isso, isso e aquilo. Mas o olho dele olhava muito bem olhado era pra mãe. Um dia eu vi, ou achei que vi, ou num vi nada e só pensei que vi, ele agarrando a bunda dela por trás. Acho que num vi nada e só pensei que vi porque, se ele tivesse agarrado mesmo a bunda dela, do jeito que ela era, sentava a colher cheia de feijão fervendo na cara dele, ah se sentava! A mãe era uma fera com ele, nem parecia que era ela a empregada. Mas tô pensando nela e nos conhecimento dela hoje nem é por ela, mas por causa da Téia. Como ajudar essa filha com seu tormento? Agora, até do Umberto ela se apartou. Do grude passou para um desgrude tão desgrudado que acho que foi pior, porque agora os dois estão murchos de tristeza. A mãe ia saber se no caso de gêmeos é mesmo assim. Ou não. Ia mandar eu me aquietar ou não. É capaz que agora que estudou tanta coisa Valdelice também saiba. Da vez que ela vier de novo aqui, vou querer saber.

— • —

Na Semana Santa, Valdelice veio só com as crianças. Chamou o pai e a mãe para conversar mais perto da roça. Não queria que os filhos escutassem.

— Vou me separar do Jeovaldo — disse. — Ele mudou muito, pai. Perdeu o emprego, começou a beber toda noite e agora deu de me bater, não todo dia, mas bate. O senhor nunca levantou a mão pra mim, não vou aceitar marido que me bata.

— Eu mato esse miserável! — explodiu Zé Minino.

— Mata, não, pai. Já acertamos tudo. Ele diz que a vida em Anápolis acabou com ele, que é homem que nasceu pra ser livre, não sabe que feitiço eu fiz pra ele casar e aceitar a prisão que é ter que sustentar uma família e precisar de emprego fixo. Que se sentia como um acossado. Que eu ficasse com a casa e tudo que tinha ali, que ele ia sumir no mundo e nunca mais iríamos saber nem de rastro dele. Nem rastro, ele repetiu, batendo a porta. Nem se despediu dos filhos. Mas isso eu até entendo. Ele era muito grudado com esses meninos, não ia conseguir dizer a eles que estava indo embora.

— O que tem de ser será — disse Anja.

Zé foi mais enfático:

— Num botei filha no mundo pra apanhar de ninguém. Se cê tivesse me contado antes, eu ia lá ter um arrazoado com ele.

— Ainda bem que não contei, pai.

E Anja completou, enquanto Zé balançava a cabeça, concordando:

— Vamos ajudar no que cê precisar. Tem o dinheiro que Donato enviou e que a gente num tem como gastar. Agora aquelas notas verdes vão ter serventia.

— • —

— Zé, eu gostava do Nego Ronca, achava que era um homem bom, que saberia viver com nossa filha. Como foi que ele mudou tanto?

— Sabe o que é isso, Anja? Sabe o que muda um homem? Ficar sem trabalho no mundo, perder o lugar que tem pra saber quem ele é e não ter de onde tirar o arroz-feijão pra família. Isso só num acaba com bicho.

— • —

Aos domingos, Janice ia à missa com Nestor. Quando voltava, gostava de comentar como dona Francisca chegava no Fordinho preto, dirigido por um dos homens da fazenda. Seu Lourenço só aparecia nos dias santos mais importantes. Dona Francisca, altaneira, entrava por uma portinha lateral, já direto para o primeiro banco da direita, que, por algum tipo de comunicação coletiva inconsciente, todos sabiam que era dela e de sua família. Era a primeira a comungar e, missa celebrada, a primeira a entrar na sacristia para cumprimentar o padre. Só depois que ela saía, os demais interessados entravam.

— Por que o povo trata essa mulher como se fosse diferente de todos? — Anja provocava Janice.

— Ah, don'Anja, porque ela é diferente mesmo, dona de tanta coisa por aqui, pode-se dizer que também manda no padre, que num começa a missa enquanto ela num chega.

— Que trem mais errado, Janice! Desde quando o padre é mandado por uma pessoa que nada tem a ver com a igreja?

— Mas tem, don'Anja! Ela é quem mais dá mais dinheiro pra igreja, todo mundo sabe, até a senhora sabe.

— Sei, e isso tá nos conformes. Se ela tem mais dinheiro, tem que dar mais mesmo, só que nem por isso padre nenhum devia tratar rico de jeito diferente. Num tá certo. É por isso que eu num gosto nem de igreja, nem de padre. Nem de mulher de fazendeiro, nem de fazendeiro que acha que é melhor que a gente. É nada! Num se deixe engabelar, Janice!

Quem estivesse por ali e escutasse as duas ria. Todo domingo era essa mesma ladainha quando Janice voltava da missa. E nenhuma arredava um dedo sequer do modo como pensava.

Capítulo 2

Havia dias em que, quando Anja ou Zé Minino acordavam, Doroteia já tinha saído. Da primeira vez que isso aconteceu, o pai, preocupado, sem nem mesmo tomar seu café, saiu no rumo da serra procurando a filha. Gritou seu nome, esbaforido, na busca inútil. Voltou para casa, angustiado, e só sossegou quando a distância viu o vulto fugidio e respirou.

— Onde cê tava, filha? Eu já ia chamar ajuda pra sair gritando seu nome pelos matos.

— Deixa disso, pai, deixa de se preocupar comigo. O que tinha de me acontecer de ruim já aconteceu. Eu tava só andando pro lado da cachoeira. O senhor e a mãe têm de se acostumar com isso. É uma das poucas coisas que ainda me apraz fazer. Sair por aí caminhando.

O pai preferiu não discutir. Queria compreender melhor o sofrimento da filha, que se tornara impenetrável para ele. E para Anja, e para o irmão. Como poderiam ajudá-la, se ela não queria ajuda?

— • —

Doroteia andava pelos campos e ia até a cachoeira escutar o murmúrio das águas despencando, mas era como se não estivesse ali. Não via o que estava fora. Queria mesmo era o espaço a cercá-la, porque dele precisava. O horizonte, a água, o ar livre. Inspirava, soltava. E revia a mão bruta em seu braço, atravessando um lenço áspero como venda em seus olhos, amarrando suas mãos para trás e puxando-a como se puxasse uma vaca, ela esperneando, colocando toda a sua força para se livrar dos braços e das mãos que a apertavam como brasa. Não sentiu medo, só fúria, a fúria que dá uma força desconhecida, e quase conseguiu escapar. Se o homem não fosse tão forte, conseguiria, mas ele a jogou no chão e montou em cima dela e de seus braços amarrados para trás, a dor impensável, até que ele se arrastou mais para baixo e jogou seu peso sobre o ventre dela. E então a rasgou, ela não entendeu onde, a dor incompreensível, e sentiu a mão desumana apertar sua boca e lhe fazer um corte caprichado de um lado a outro do rosto, outra dor desnaturada, e foi quando desmaiou. Ao voltar a si, estava sem venda, braços desamarrados, sangue morno em suas pernas e, no rosto, a boca sentindo o gosto que escorrera do nariz aos lábios, e um cheiro de suor e saliva, nauseabundo, que nunca fora o dela. Esfregou-se envergonhada com folhas e pedrinhas e chorou tanto, tanto, até seus olhos secarem e verem apenas o caminho para casa. Tantas vezes viu e reviu essa cena que seu peso e sua dor foram se tornando não mais leves, porém menos cortantes, menos capazes de fazê-la se arrepiar toda e tremer como bicho.

— • —

Foi mais ou menos por essa época que Nestor começou a cultivar abelhas silvestres. Ergueu um lugar para colocar a colmeia, a distância da casa. Não queria ninguém vindo perturbar suas abelhas. Queria que elas produzissem o mel mais doce da região para vender na feira.

— Quem vai comprar, se quem for atrás acha mel de graça nessa mataiada? — perguntava Anja.

— Dá trabalho ir atrás de mel, mãe, inda mais um tão doce assim. A senhora vai ver como vende bem. Janice até já tá recebendo encomendas. Tem encomenda até da dona Francisca.

— O mundo deve ter mesmo virado e eu num vi — respondia Anja.

— • —

Doroteia foi quem, muito aos poucos, começou a ajudar Nestor com as colmeias. Deixava-se embalar pelo zumbido das abelhas, que a envolviam mas não picavam — abelhas silvestres não picam. Esquecia-se ali. Tornava-se uma abelha.

Umberto espiava de longe. E não era só Umberto que espiava o vulto de chita estampada envolvido pelo bzzzz das abelhas agitadas. Também Anja. Depois de tanto tempo quase muda e perdida em si mesma, Doroteia dava sinais de vida. Parecia despertar, dizer coisas entre as abelhas, e a mãe, por fim, serenava, nem que fosse um pouco. Começava a acreditar que um dia a filha recuperaria a vida de antes.

Foi um palpite certo, embora não de todo.

Doroteia nunca mais recuperou a alegria despreocupada de antes, mas o que ela fez, aos poucos, foi se reaproximar de Umberto. Deixou que ele chegasse perto e mansamente passasse os dedos na cicatriz de seu rosto, enquanto lhe dizia: "Este corte num vai durar, Téia. Vai se apagar tanto que um dia só vai ter a lembrança do lugar onde ele passou".

— Cê num tá falando isso só pra me iludir? — Saiu a vozinha que ele agora escutava tão pouco.

— Alguma vez fiz isso?

— Não — respondeu ela, muito certa da resposta. E permitiu que ele a abraçasse, e deitou a cabeça no ombro dele, e deixou que de seus olhos escorressem as últimas lágrimas que escorreriam pelo tanto que sofrera desde o malfadado dia em que seu mundo mudou.

— Vamos deixar pra trás o que passou e tá passado?

— Sim — disse ela, por fim desejosa, por fim preparada, e com a barra da camisa dele secou os olhos. Não sorriu. Mas foi como se sorrisse pela primeira vez depois de todo aquele tempo.

— • —

Recomeçaram a ir para a gruta pintada, os dois, e a ressonhar seus sonhos. Dessa vez, no entanto, era o sonho dele que ela sonhava junto.

— Não irei para Brasília —afirmou ela, e sua voz não deixava espaço para dúvidas ou convencimento. — Você vai e depois me ensina o que aprender. Só a parte boa. A parte que vai servir pra mim aqui. Lembra do que a vó falava? Que seríamos os guardiões da gruta? Pois foi isso que nós prometemos que seríamos, não foi?

— Foi, sim. E é isso que seremos.

— • —

Tão logo foi possível, Umberto seguiu para Brasília com esta missão: aprender o que fosse útil para que ele e Doroteia se tornassem capazes de proteger a gruta das aves pintadas.

Lá, logo arrumou um emprego de porteiro noturno em um hotelzinho de Planaltina. Dava para ficar morando em um quartinho dos fundos, mas de manhãzinha já saía para a UnB. Passara no vestibular sem grandes dificuldades, depois de fazer um curso de madureza e passar o tempo livre com a cara enfiada nos livros. Inteligência e força de vontade: seu nome era Umberto.

Mas não foi exatamente a cidade, e sim a universidade, que fez de Umberto o homem que ele sempre quis ser. Os estudos, os amigos, a convivência com os colegas no campus, tudo isso revirou sua cabeça e o fez se sentir mais livre, mais aberto para o mundo, mais ele mesmo. Mergulhou nos estudos como quem mergulha em água boa e pura. Seu trabalho à noite, na calmaria da minúscula recepção de porteiro noturno, dava-lhe bastante tempo para ler o que lhe caía nas mãos. Tornou-se um dos melhores alunos de sua turma e cada vez gostava mais do que fazia. A biblioteca era seu porto seguro. Sentia com clareza suas mudanças, menos no que ela possuía de mais fundamental: sua ligação com Téia e sua terra, sua missão de ser guardião da gruta das aves pintadas.

Capítulo 3

— Tão dizendo que Santa Dica faleceu lá em Goiânia, Zé, e que foi desenterrada depois de três dias porque tava na posição errada, e, quando viram, o corpo era que nem igualzim em vida, como se nada, sem nem começo de decomposição, e com cheiro de perfume de manacá. Mas dessa vez não ressuscitou. Daí que eles se lembraram do desejo dela de ser enterrada debaixo da gameleira na frente de onde ela morava, cê lembra da gameleira? Aquela grande, copada, de folha verde bem escura? Foi lá mesmo que enterraram a coitadinha. E agora tem seguidoras da Dica que continuam fazendo os benzimentos dela e dando orientações. Dizem que a madeira central, aquela que sustentava a casa onde ela morava, contam que essa viga brilha à noite, trançada por estrelas, espia só. Bem podia ser verdade porque ia ser bonito, e eu até tomava coragem de ir lá ver e levar Téia comigo, pra ver se ela dava um jeito de fazer nossa filha pra sempre esquecer o que passou. Agora, outra coisa: como será que tá a sucuri sagrada que gostava de passear, Zé?

E outra vez eles riram alto.

— • —

Donato escreveu outra carta com um cartão-postal dentro. Dessa vez a imagem era de uma floresta exuberante. Na carta que veio junto, com as notas verdes de dólar, ele contava que tinha sido convidado para trabalhar com um grande dono de empresas e fazendas, em um país que o fazia se lembrar do Brasil e se chamava Colômbia. Não era tão rico e moderno como os Estados Unidos, mas era onde o dinheiro corria. Ele fora chamado com muita insistência e não pôde recusar, mas já avisara que não adiantava insistir, ele ficaria pouco tempo e voltaria para Miami, que era onde queria se estabelecer e enviar para o pai e a mãe as passagens para que conhecessem sua casa. A Colômbia também era bonita, tinha uma comida saborosa e apimentada, da qual ele gostava bastante, mas não tanto quanto dos sanduíches americanos.

"Fui convidado para ficar na mansão do patrão — mais que patrão, um amigo —, uma casa imensa com uma piscina azul tão linda que nem em Miami vi igual e com tantos empregados que parecia um hotel. E eles chamam todo mundo importante de *papito* e *mamita*, como se fosse paizinho e mãezinha. Gargalhei quando me chamaram de *papito*, mas é isso que eu sou aqui, *papito*. Tão vendo a importância?"

Zé Minino e Anja riram por fora, mas não gostaram nada. Não entenderam por que ele tinha saído de um país tão bom e moderno, como ele contava, para outro que se parecia com o Brasil e cuja paisagem que ele achou mais bonita para enviar foi uma floresta. "Pra ver mato assim não precisava ter saído daqui", disseram um para o outro.

— Erramos muito com esse filho, Anja! A gente achava graça das mentiras que ele inventava, e aí está o seguimento: não temos a menor ideia do que nosso filho faz. Que meia-verdade ou verdade pode estar no que ele conta? Colômbia!? Que diabo de lugar é esse?

— Erramos mesmo, Zé. E eu mais ainda!

— Por que cê diz isso?

— Por causa da maldita panela vermelha. Sabe que eu acho que vi a tal panela reluzindo debaixo da cama dele? Naquele dia que o jagunço do seu Lourenço queimou a mão, acusando o menino daquele absurdo de ter roubado uma panela vermelha, olhei lá e vi um vermelho brilhando, depressa me levantei e sentei na cama, sem fôlego. Não havia de ser! Não podia ser! O menino ali chorando com a mão queimada e a panela embaixo da cama dele? Que coisa medonha era aquela? Só no outro dia fui ter coragem de olhar outra vez, já decidida a chamar Donato pra me explicar, com mão doída ou não, mas, quando abaixei, num vi mais nada. Então, pensei que tinha visto errado. Só podia ser. Dei até graças a Deus, mas a maldita daquela panela nunca saiu da minha cabeça.

— Por que cê num me contou nada disso?

— Num sei, Zé. Fiquei com a cabeça meio sacudida. Num preguei o olho naquela noite. Fiquei com dó do menino. Se tivesse visto da segunda vez, aí claro que eu contava. Mas, da primeira vez, queria que fosse erro meu, que num tivesse visto nada.

Zé ficou em silêncio um tempão. Então se levantou:

— Se cê num me conta o que é de importância, num precisa me contar mais nada. — E sumiu no quintal.

— • —

Só depois de muitos dias, Zé voltou a se aproximar de Anja e, como se nada, disse:

— Ô calor desgramado!

— É mesmo.

— Peguei esta penca de banana verde porque já tinha bicho rondando. Vou pendurar ali no pau pra madurar. Se der na veneta, cê faz um doce.

— Faço.

— E cê viu como o milho tá brotando! Daqui a um tempinho, vamo ter milho-verde na brasa!

— Êê coisa boa!

— • —

No exemplar do jornal que o ônibus de Goiânia agora deixava na venda, Minino leu que Zé Porfírio, o líder de Trombas e Formoso que passara muito tempo clandestino no Nordeste, acabou sendo preso pelos militares. E que pouco depois foi liberado, almoçou com sua advogada, entrou no ônibus Brasília-Goiânia, mas nunca chegou lá. Sumiu.

"Foi sumido, isso sim", alçou a voz de Zé Minino, sem medo de que alguém ligado ao governo escutasse. Ficou exasperado. Havia tempo não tinha notícias do amigo que já imaginava morto e agora, lendo aquele exemplar muito folheado contando a mentira cínica e pavorosa, mal conteve a vontade de dar berros para ver se despertava aquela gente da vila, que ficava sabendo das maiores atrocidades e nada fazia, como se nada lhes dissesse respeito. Então começou a contar para todos ali, que não tinham ideia de quem fora Zé Porfírio, que homem tinha sido aquele, e todos os que estavam na venda, fora um, atrasado para o trabalho, ficaram quietos, alguns puxando o pito, para ouvir melhor o que Minino contava.

Naquele momento, já tinha grande fama por ali aquele homem tão longe da meninice, mas ainda chamado de Minino, magrelo, vivido, duro de envelhecer, que conhecia muitas coisas que eles jamais haviam escutado falar, era gentil e generoso com todos, e cuja terra, embora pequena, era a que mais produzia na região. Foi pouco a pouco que uma pessoa aqui, outra ali se achegava para lhe pedir conselho não apenas sobre poços e nascentes, mas sobre isso ou aquilo, ou apenas para escutá-lo falar das guerras que tinha vivido. O povo achava graça do modo exagerado e sério como ele contava os casos, o mesmo modo como também contava em casa. Anja, quando reparou nisso, riu: "Tá vendo só, Zé, cê tá igualzim aos contadores de casos da Coluna. Só falta a gente fazer uma fogueira procê sentar em volta".

Mas naquele dia ninguém na venda riu. Naquele dia, ficaram sabendo quem tinha sido Zé Porfírio.

— • —

Dali, Minino foi direto contar para Maria Branca, e, mais uma vez, choraram juntos a dor de ver como era difícil este mundo melhorar de fato e de vez.

— • —

Havia algo mais preocupando Minino. A criação de gado tinha aumentado muito em algumas fazendas dali de perto. Quando ele agora saía para caminhadas mais longas, sentia falta de algumas nascentes. Não era em terra sua, e não podia observar de perto a terra alheia, onde sua presença, se notada, não seria do gosto de ninguém. De longe, às vezes via algumas barragens, via o rebanho de gado; em alguns lugares, a marca dos cascos sobre a lama cobrindo fios d'água.

Voltava cabreiro.

Quando Donato ainda morava com eles, Minino o chamava no meio da noite, cúmplice, e iam os dois limpar as nascentes pisoteadas pelo gado, tirar o lodo, as folhas secas, drenar um pouco, se houvesse pedras por perto, deixar tudo limpinho e por fim cercá-las com as ripas de madeira que levavam, que não podiam ser nem muito altas para serem vistas de longe, nem muito baixas para não serem vistas pelos animais, pois este era o propósito: evitar o pisoteio. Antes de nascer a manhã, já estavam de volta em casa. Donato na cama; o pai fazendo o café, que logo seria a hora de ir para a roça.

— • —

— Esses dia, eu tava pensando, Zé. Cê tá reparando que Donato agora só escreve de vez em quando? Carta mais curtinha, como se num tivesse o que contar pra gente, só enviar as notas verdes? Como esta última, e Anja leu alto: "Pai e mãe. Eu tô bem, tranquilo por aqui. Tudo certim. Logo escrevo mais. Tô com muitas saudades. Peço a bênção dos dois. Falem pra Divina rezar por mim. Papito". E agora nem assina mais como Donato, só Papito, e até pede a reza de Divina. Num acho graça. Será que tá precisando de alguma coisa? Tanto problema que ele deve ter por lá.

— Deixa de preocupação, Anja, qualquer hora chega uma carta como as antiga.

— É que, desde que foi pra tal Colômbia, mal escreve. Será que perdeu o emprego?

— Perdeu nada, Branca. Se aquieta.

— Posso não, Zé. Meu coração tá agitado por conta desse menino tão longe, sem notícia, fora do olho da gente. Tem vez que me vem um frio que me pega da cabeça ao pé. Parece que fico gelada de pressentimento. Num posso me aquietar, não. A vida num deixa.

— • —

Anja passou um cafezinho e foi chamar Zé na roça. Ele estava demorando a chegar para o café da tarde, e ela doida para lhe contar o que ficara sabendo da Dica.

— A comadre Zenaide teve aqui hoje, Zé, e me contou que o pessoal ergueu um busto da santa no centro da praça. Tá lá no meio dos bancos, das flores, das imagens de Nossa Senhora e do sepulcro debaixo da gameleira. Diz que, na casa que era dela, o povo fez um altar e chega muita gente de fora pra pedir milagres. Será que vai ser assim com nossa Divina?

— Vai nada, Branca! Divina num cura. Esse povo gosta é de quem cura. Gosta de acreditar é nisso.

— Num esqueço a última cartinha que ela mandou, aquela que veio com a fotografia dela e do marido. Ela todinha de branco, ele também de terno branco. Achei tão bonito. Ela parece uma menininha ao lado daquele homão que é o marido. Só que achei que ela tá ainda mais magrinha, mais miudinha, será que tá comendo direito? Até hoje, não há meio de entender como nossa filha, que nunca viu a gente com essa rezação toda, foi criar uma devoção assim. Inteligente e esperta como é, podia ter virado professora também. É tão bom ver uma pessoa que ensina os outros a melhorar de cabeça e de vida, como nossa Valdelice. Agora, ensinar a esperar a vinda de Nossa Senhora da Conceição? Sei, não, Zé. Deus me perdoe se ele existe, mas às vez penso que nossa filha endoidou um pouco.

— Num diga isso, Maria Branca. Cada filho tem o camim dele, e nós dois, o nosso. E ponto-final. Não se deve ser juiz de ninguém, e às vez eu penso que nem de nós mesmo.

— Agora tem uma coisa, Zé. Como eu queria que esse tal homem que tira fotografia e vai de cidade em cidade passasse por aqui também! Queria ter uma fotografia nossa bonita assim. A velhice tá chegando, e eu queria muito deixar a cara nossa pros netos. Avisa lá na venda que, se um homem desses aparecer por aqui, seu Joaquim mande nos chamar. Eu ficaria agradecida.

— Deixa está que arrumo isso procê. Sua boniteza merece mesmo uma fotografia pra gente dependurar na parede e ficar pros netos e bisnetos, que havemos de ter é muitos.

— • —

Uma manhã em que a chuva molhara a terra seca e deixara o ar mais suave, umedecido, uma grande surpresa aconteceu. Sem que ninguém nem sonhasse com isso, Divina e o marido deram o ar da graça. Ela havia tirado um dia para rever o pai, a mãe, a família.

Vendo sua figura de branco assomar no portão, Anja mal coube em si de alegria. Recebeu-a como quem recebe uma figura de outro mundo, vinda justamente para alegrar sua casa.

Ficaram só uma tarde. Jefferson — senhor de rosto sério e pouca fala, chapéu branco permanentemente na cabeça, olhos encovados na face, em cujo centro se erguia um nariz bem espalhado — não perdeu a cerimônia, tratou a todos com muita deferência. Divina com certeza o idolatrava, era o que diziam seus olhos e os cuidados com ele. Estavam a caminho de Uruana, mais ao norte, onde um grupo de pessoas queria conhecê-los e talvez seguir com eles para a comunidade da Sagrada Espera.

Zé Minino e Anja, em sua alegria, olhavam demoradamente a filha, mas não a reconheciam. Parecia muito madura, mais confiante em algumas coisas, mais hesitante em outras, e sobretudo mais, muito mais, distante. Até mesmo sua voz, agora treinada pela prática, parecia vir de lugares que os pais não poderiam alcançar. Como não podia deixar de ser, lembravam muito a compostura e o jeito suave da Santa Dica, embora a filha nunca a tivesse conhecido. Ela garantiu que tudo estava muito bem com eles, que a comunidade crescia, todos trabalhavam juntos cultivando a terra cujos frutos distribuíam, e eles, os dois, Divina e Jefferson, cuidavam da igreja e de todos. Que, se um dia pai e mãe quisessem se unir a eles, seriam muito bem recebidos na comunidade mansa e de paz.

Andou um pouco pelo quintal vendo as mudanças, não perguntou por seu altar, mas se dirigiu com passos firmes ao galinheiro, onde ficou um pouco, talvez buscando nas galinhas alguma da qual se lembrasse. Elogiou o sítio, a buganvília de flores vermelhas que subia pelo telhado da casa, quis saber dos irmãos que não estavam ali, com exceção de Nestor. Abraçou demoradamente Janice, como se fosse, e de fato era, uma irmã que reencontrava. Um pouco mais tarde, Téia apareceu na porteira e, ouvindo a voz de Divina, veio aos pulos, e as duas se abraçaram longamente. Ela, delicada, passou de mansinho os dedos sobre a cicatriz no rosto tão lindo, mas nada perguntou. Disse apenas: "Rezarei por você, irmã".

E foi tudo. Foi muito e foi pouco. Foi o que foi.

— • —

— Esperar é doce, mãe — disse Divina ao se despedir.

— • —

"Depois desses anos todos, é claro que ela estaria diferente", Zé e Anja comentaram quando a noite baixou e o silêncio caiu acabrunhador na casa esvaziada das visitas.

— Você queria ter fé, Zé? — perguntou Anja.

— Nós temos nossa fé, mulher. Nossa vida é nossa fé. Não precisamos de outra.

Capítulo 4

E de repente, sem mais, outra vez soldados começaram a passar por ali rumo ao norte do estado, não diziam exatamente para onde.

Ninguém dizia nada; ninguém precisava dizer nada para a tensão invadir a região outra vez.

À voz pequena, e agora não mais na venda, mas na porteira de sua casa, um vizinho mais velho, um dos poucos com quem Zé Minino conversava sobre as coisas veladas ou escancaradas que aconteciam por ali, veio lhe dizer que estavam falando de uma guerrilha para as bandas do Araguaia. Que os milicos que dão ordens baixavam de avião por lá. Que guerrilheiros e camponeses tinham sido trucidados. Coisa funesta.

— Onde é isso?

— Sei direito, não. Diz que por toda a região lá mais pra cima. Como eles num conhecem nada dali, pegam camponês da terra pra servir de guia e varar por lá, atrás desses guerrilheiro.

— Mas o que esses guerrilheiro tão fazendo?

— Ninguém sabe direito. Parece que ajudavam o povo. Levavam remédio, curavam, essas coisa.

— Isso é ser guerrilheiro?

— Sei direito, não. Acho mais que é um tipo de luta pra mudar esse trem dos milico. Parece que é gente jovem. Um parente meu que veio de lá de mais perto foi que me contou. Sei não, seu Zé, o mundo tá danado de esquisito. Pensa lá se esse rebuliço todo dos milico chega até aqui! Deus nos guarde.

— • —

Zé Minino, também à voz pequena, contou a Anja o que lhe dissera o vizinho. Os dois grudaram no rádio para ouvir alguma notícia, mas nada.

— Será que esse povo guerrilheiro é como o da Coluna, querendo melhorar o país?

Ficaram um tempão matutando. Onde estaria acontecendo isso? Como obteriam mais informações? Será que estão perto de Divina?

— Tô ficando desesperado de num ter a quem perguntar sobre o que tá se passando, Maria Branca. Assuntar se eles são como a gente da Coluna. É preciso acabar com o marasmo desta vida, a gente aqui quieto sem ninguém pra lutar junto.

No entanto, nenhuma outra notícia chegou até eles. Zé voltou a ir mais à venda, a ler o jornal já lido que o motorista do ônibus deixava com seu Joaquim. Tentou sondar uma coisa daqui, outra de lá, com gente de confiança, mas ninguém sabia de nada. Tudo abafado. Clandestino. Os que sabiam alguma coisa era das mortes. Do sangue corrido.

Logo chegou carta de Divina. Cartas demoravam muito a vir de lá, sempre à espera de um portador. Essa que chegou não fazia menção a luta nenhuma. Nada dizia sobre guerrilha ou guerrilheiros. "Então não foi perto dela", deduziram. "Não precisava ninguém se preocupar."

Mas onde seria? Zé estava doido para saber, uma fissura de ir ajudar no que fosse. Começara a desconfiar que esses guerrilheiros deveriam ser mesmo era como o povo da Coluna. E lá ia Zé até a venda, para ver se chegava algum jornal que, mesmo velho, pudesse esclarecer alguma coisa.

Mas o que aconteceu foi que, com o tempo, a notícia sumiu assim como havia chegado: do nada.

— • —

— Zé, faz pra mais de ano que Donato num escreve.

— Para de fazer essa conta, que só faz te agoniar, Anja.

— • —

Sem aviso, em um final de semana, chegou Valdelice. Dessa vez, vinha só. Não sabia como os pais receberiam a notícia que vinha lhes dar pessoalmente. Ia morar com Amílcar, professor como ela, moreno, alto, cabelo comprido sempre preso atrás, barba pequena. Não trabalhavam juntos na mesma escola, mas se conheceram em uma reunião do sindicato. Uma reunião tensa, complicada, e ele foi um dos que conseguiram obter certa ordem. No final, saíram juntos, com amigos comuns, e não tardaram a se apaixonar. Aos poucos ele foi se aproximando dos dois meninos, com os quais, para a felicidade completa dela, se deu muito bem. Quando decidiram morar juntos, ela se sentiu no dever de contar para os pais, ainda que não soubesse como abordar a situação. Não sabia o que os pais pensariam. Eles gostavam muito do Nego Ronca, talvez até tivessem esperanças de que os dois se entenderiam outra vez, o que Valdelice sabia ser impossível. Ele de fato sumira dela e dos filhos. Sumir dela, tudo bem, mas dos filhos? Ela não tinha levado a sério no começo, mesmo ele lhe dizendo com toda a clareza que aprenderia a esquecer que ela e os meninos existiam. Não nascera para ter filhos e não sabia por que aceitara tê-los só para agradá-la. "Deus é testemunha de que eu fiz tudo pra me acostumar à vida de esposo e pai, como você queria, mas não consegui, e conto com o perdão de Deus e com o seu. Adeus!", foi o que ele disse. Estarrecida, Valdelice esperou que ele voltasse a procurar os meninos, não era possível esse abandono tão brutal, mas não foi o que aconteceu. Jeovaldo jamais voltou a dar sinal de vida. Foi duro. Seu pequeno salário de professora não dava para manter casa e comida para três pessoas. Teve que aceitar, com gratidão, que os pais lhe passassem um tanto dos dólares enviados por Donato. Agora, morando com Amílcar e juntando dois salários, as coisas melhorariam. Sem falar que os meninos precisavam de um pai, pois também eles já haviam desistido de esperar o pai, que jamais voltaria. Anja a viu chegar na porteira e se assustou; sabia que a notícia seria importante. Quando ela se aproximou e a mãe pôde ver seu rosto, sossegou, e o que primeiro disse para a filha foi:

— Como você tá bonita! A notícia que você me traz é boa.

A filha abraçou-a tão forte que, por um momento, pareceram grudadas uma à outra. As duas riram.

— Sim, mãe, é boa. Vou morar com um homem muito bom. É professor como eu, e tenho certeza que vocês vão se dar muito bem. O nome dele é Amílcar.

Capítulo 5

— Pai, seu Lourenço veio me sondar outro dia. Daquele jeitão autoritário, ele se aproximou, quando eu tava lá na venda, pra perguntar: "Nestor, cês ainda num tão querendo vender aquele seu pedaço de terra?". Eu nem ia responder, só balançar a cabeça, mas cabou que eu disse: "Nem pensar. Vamo morrer ali".

— E ele vai ficar querendo até morrer, filho.

— • —

Anja viu Zé apontar na porteira e se levantou para pôr a chaleira de ferro no fogão a lenha. Ele e Nestor queriam por tudo trazer um fogão a gás para a casa, mas ela relutava. Tão acostumada estava com aquele fogão, tão fácil atiçar as brasas, e, justamente, em que brasa ia assar o milho-verde de que todos eles gostavam tanto? Na chama azulada daqueles biquinhos do fogão a gás é que num era.

Mas a preocupação de Anja agora era outra. Fazia muito tempo que não chegava notícia de Divina.

Mal Zé sentou à mesa, o café quentinho à sua frente, ela lhe disse:

— Tá muito pra mais de mês que num chega carta de nossa filha. Cê num acha que tá na hora de ir lá conhecer onde ela mora? Pelo menos, Divina num mora no estrangeiro. Tem como chegar.

— Parece que cê colheu o pensamento madurando na minha cabeça, Anja. Eu tava mesmo pensando nisso. Cê também quer ir?

— Lembra que ela avisou que no morro onde mora é difícil eu chegar porque a estrada fica longe e o caminho é a maior parte de subida?

— Lembro.

— Então. Num vô. Vá você e vê se volta logo com notícias dela. Vai ver, ela já tem até filho e ainda não teve portador pra avisar. Então se atente, porque, se a gente já tiver um neto, eu vou lá ver nem que seja carregada.

— • —

Zé foi, seguindo as indicações que a filha tinha deixado. Teve de pegar três ônibus em dois dias, não só pela distância, mas pela dificuldade dos caminhos onde os ônibus passavam só uma vez por dia, e olhe lá! Chegou meio esbodegado no arruado onde devia descer. Comeu alguma coisa na vendinha, mas, quando perguntou se sabiam como chegar até onde estava o povo que esperava a vinda de Nossa Senhora, o dono da venda, antes afável como todo dono de venda costuma ser, fechou o cenho para dizer que não sabia de nada. Nada de nada. Não sabia de povo que esperava coisa alguma, não sabia de Nossa Senhora nenhuma, não sabia de nada. E se mandou para o fundo da venda, para acabar com qualquer possibilidade de prosa e de perguntas. Zé estranhou demais. Nunca tinha visto um vendeiro assim.

Um senhor que tomava um cafezinho ali no balcão lhe disse:

— Liga, não. O que ele tem é medo.

— Medo de quê, se não for pouca gentileza perguntar?

— Dos soldado do Exército que passaram por aqui e levaram o fii dele, um rapazim bom que só. Nunca mais trouxeram de volta. Meu amigo nem sabe se o fii morreu ou não.

— E por que fizeram isso?

— Por maldade, num há outro motivo. Disseram que o menino, um moleque de onze anos, vigia só o senhor, ajudava os tais guerrilhero que ninguém daqui nunca viu.

Sumiram com ele. Desde esse dia, ele tem um medo danado desse pelotão voltar.

Zé agradeceu e se despediu. Não quis perguntar mais nada. Essa prosa nunca trazia coisa boa.

Felizmente, ele sabia que de lá tinha que pegar a pé o rumo de uma estradinha à esquerda e, depois de poucas horas, começar a subir um morro que era, a bem dizer, uma serra bonita, verde-verde, um bom lugar para uma Nossa Senhora baixar, se existisse. Região de muitas aves, muita beleza. Muita água, dava pra ver. "Maria Branca precisa mesmo vir nem que seja carregada para conhecer isto aqui", disse Minino para si mesmo.

De longe, viu no alto do morro a igrejinha branca de que a filha tanto falava, e uma alegria grande encheu seu peito. Já-já veria a filha. Seus passos se animaram. "Que surpresa ela vai ter com minha chegada."

À medida que subia, no entanto, o silêncio, em vez de diminuir, aumentava.

O verde-verde virou um verde-cinza; os pássaros pararam os gorjeios. Ele viu um aglomerado de casinhas de sapê, poucas, dava para contar, umas onze, e uns poucos barracos de madeira. Muito silêncio. Mais subida, e o que ele viu foram ruínas de um barraco aqui, depois mais um e outro. Por que será? Mudaram? Zé sentiu o silêncio se aprofundar mais ainda, um vácuo de som pesando sobre ele. *Um povoado sem gente*, pensou, agora quase sem fôlego. *Será que Divina ainda tá aqui?* A um lado, viu um vestígio de fumaça saindo de uma das casinhas de adobe. Apressou o passo. Aproximou-se da casa de onde saía a fumaça e bateu à porta "Ô de casa!". Ninguém respondeu. Já ia bater outra vez quando viu a cabeça de uma mulher espiar da quina de uma parede lateral e desaparecer.

— Sou da paz — disse. — Sou pai da Divina.

Demorou, mas um homem acabou abrindo a porta. Mancava de uma perna. Deu boa-tarde e apontou uma cadeira rústica perto de uma mesa também rústica apoiadas no chão de terra batida. A mulher continuava lá fora, à beira do fogão a lenha, mas sem tirar os olhos dele pela abertura da porta. Zé sentou na cadeira apontada, o homem sentou na outra junto à mesa e falou:

— O senhor é mesmo pai da Santinha Divina?

Zé estranhou o nome que antecedia o da filha: será que ela já faz cura?

— Sim — respondeu. — Eu e a mãe dela estamos sem notícias faz tempo e vim ver como ela está.

O homem arregalou o olho, coçou a cabeça:

— O senhor num sabe?

Zé sentiu o pavor tomá-lo por inteiro, o mesmo pavor que vinha controlando desde que percebeu o vazio das casas. Um povoado morto.

— Do quê? Sei de nada, não.

O homem, sem jeito, olhou para a mulher lá fora, antes de se levantar com lentidão e dizer:

— Vem comigo.

Saíram os dois no rumo da igreja, o homem em silêncio e Zé com o temor apertando a garganta. Viu mais duas fumacinhas e só. Um povoado turvado, sem vida, enquanto subiam até o pico do morro nesse silêncio oco no meio do dia. Cadê Divina? Poderia morar na igrejinha? Ele sabia que não. Então... o quê? Um conflito tomara conta de seu corpo entre o furor de saber imediatamente fosse o que fosse, sem deixar passar nem um segundo a mais, e a ânsia desesperada de adiar essa revelação para sempre, para o nunca jamais.

Chegaram a um túmulo bem ao lado da igrejinha.

O homem apontou:

— A Santinha e o marido dela.

Zé não quis entender. Olhou a tabuleta de madeira mal cortada, o lado horizontal de uma pequena cruz, escrita com a mesma tinta azul das janelinhas.

SÃTOS MARTIS
SANTINHA DIVINA E SEU JEVERSON

Zé caiu de joelhos, atarantado, enquanto o homem manco persignou-se e lhe disse do jeito mais direto que podia:

— Os soldado chegaram, um pelotão, puseram os dois na igreja. Depois arrancaram, uma por uma, as pessoa das casa pra trazer pra cá. Berravam: "Seus comunhista desgraçado, guerrilhero do demônio. Cês num enganam ninguém". O povo daqui gritava: "A gente num fez nada de ruim. Somo da fé, tamo esperando a vinda da Mãe de Deus". Dois soldado abriram a porta da igreja, e vimo quando quebraram as imagem tudo e pegaram a Santinha pelos pé e ... — parou o que ia dizer, atormentado — ... e socaram a coitadinha nas parede, miudinha como era, depois empurraram os dois aqui pra fora. Ela caiu direto no chão e Seu Jeverson, os dois en... — parou de novo, duvidoso, persignou-se, continuou: — en... sanguentado, tinham batido muito neles. — O velho gaguejava, não queria dizer o que sabia que era seu dever dizer. — Gritamo: "Deixe a Santinha e seu Jeverson em paz", mas, Deus me perdoe por ter que contar pro senhor, eles fuzilaram os dois. A Santinha ali no chão mesmo. Quem do povo que desabou a correr, os soldado fuzilaram também.

Apontou mais um punhadinho de cruzes atrás das duas primeiras.

— Por quê? — Zé conseguiu balbuciar.

— Disseram que era coisa de comunhista falar que Nossa Senhora vinha pra cá. Que a reunião da gente era pra lutar contra os governo. Disseram que nossa Santinha era enviada do demônio pra levar o povo tudo pro inferno do tal comunhismo. — Outra pausa. — Invés de Nossa Senhora, foram os soldados que chegaram, eles, sim, que nem o próprio demônio saindo direto do único inferno, o que Deus criou. E disseram que iam derrubar a igrejinha que a gente fez com nossa mão. Que a gente era tudo amigo dos guerrilhero, repetiam e repetiam isso, e a gente nem sabia e até hoje nem sabe o que é. E daí parece que deu um trem no povo e todo mundo rodeou nossa igrejinha, até eu que sou manco como o senhor tá vendo, e fizemo uma corrente de mão dada, e os soldado gritaram, ameaçaram, iam atirar e ficaram naquilo, iam atirar, num iam atirar, mas aí o chefe deles falou: "Quá, deixa está! Num vale a pena desperdiçar bala com esses espantalho de gente". E foram embora, derrubando os barraco no camim deles. Restou pouco dos que acompanhavam nossa Santinha. Muita gente ficou com medo e se perdeu no mundo. Desacreditaram de tudo. Eu e minha Safira ficamo. Três outros mais tamém ficaram. Temo nosso roçado. Nossa igrejinha. Capaz que com o tempo Nossa Senhora chegue e dê um jeito nisso tudo.

Zé não quis escutar mais. Ergueu-se, atordoado, e se pôs a esmurrar a igreja e gritar: "Cadê Nossa Senhora que num defendeu quem tudo fez por ela? Que acreditou? Onde estava a senhora quando Divina foi socada contra as paredes?".

As mãos feridas o fizeram se deter e dar conta do absurdo que estava cometendo naquela cena de estupor. Caiu de borco na terra seca da cova da filha e chorou. Chorou como um homem que cai em um abismo e sabe que nunca mais sairá de lá.

O homem manco baixou a cabeça, e a única coisa que pôde fazer foi deixar Zé Minino emborcado ali, a sós com sua revolta, sua desesperação. Já nada podia dizer nem fazer.

— • —

A viagem de volta exigiu um esforço inaudito. Contar para Anja e os irmãos sobre a morte de Divina quase explodiu seu coração despedaçado.

Revolta, impotência, desespero. Dor perversa, sem paz. Só a bênção do tempo e a força da vida poderiam esmaecer o turbilhão de sentimentos que para sempre carregaria aquela família.

Sentimento ruim é rio que afoga a gente.

Capítulo 6

O tempo, esse grande apaziguador das dores, passou bem lento, dia a dia e mais dia, lento, lento, mas passou e continuou passando, como é de sua natureza passar.

— • —

Anja e Zé Minino envelheceram. Os cabelos de Zé Minino embranqueceram completamente enquanto ele extravasava seu atordoamento na igrejinha de Divina; os cabelos de Anja, ao contrário, não tinham nem sequer um fio branco. Rugas tinham os dois, poucas. Ao redor dos olhos, nos cantos da boca. Ninguém lhes dava a idade que poderiam ter, embora pouco confiável, pois tiveram, eles mesmos, de calculá-la a partir da Coluna. Em dias de melancolia, Zé tentava brincar com Anja: "Até nossos anos quem determinou foi a Coluna!".

— • —

Nestor andava preocupado:
— Seu Lourenço tá com tratores e outras máquinas, pai. Diz que vai vender o gado e desmatar tudo pra plantar só soja. Que muita gente grande tá fazendo isso. É o que dá dinheiro.
— Será mesmo que terra boa pra arroz, milho e legume vai ser boa também pra soja, coisa que ela nunca viu?
— Nem precisa ser, pai. Faça ideia que ele vai trazer produto especial, vai ter adubo abundante. É o jeito moderno de cultivar. Gastam uma fortuna, mas a colheita paga de sobra o custo.

— Modernice nem sempre é bom.

— Sei também, pai. E nem se a gente quisesse arriscar ia dar. A terra tem que ser extensa. E sem morros e pedras como a nossa. Mas seu Lourenço parece que num liga pra isso. Perguntou de novo se a gente tinha mudado de ideia, que o dia que a gente fosse vender ele queria comprar. Eu ia só balançar a cabeça, mas cabei dizendo outra vez: "Nem morto".

— • —

Por toda a região, só se falava da soja: a lavoura do dinheiro. Capaz de enricar quem acreditasse nela. E, de tanto ouvir falar do que não conhecia, Minino chamou Nestor para ver uma fazenda de soja funcionando. Com tanto diz que diz, ficaram curiosos. Foram a uma cidade próxima, que estava se dedicando à soja.

— • —

A primeira coisa que espantou pai e filho foi a extensão do campo a perder de vista, com arbustos que cresciam verdes, de longe parecendo capim alto. Depois viram as máquinas, semeadoras, colheitadeiras, tratores, e entenderam por que a terra teria que ser plana e mecanizável. Era uma agricultura de precisão, lhes disseram. Tudo deve ser pensado, controlado, acertado. E os dois arregalaram os olhos para que alcançassem o verdor daquela lavoura cobrindo aquele mundo, o que não conseguiram. Passada a admiração, no entanto, Minino pensou na mata que existira ali antes. Assombrou-se.

— Achou bonito, pai? — A voz de Nestor agitou seu assombro.

— Bonito é. Terra cultivada é danada de bonita. Deve ser importante também. Dar seu resultado bom. Só que fico pensando no quanto foi preciso para transformar assim esse chão. Será que ele ficou satisfeito?

— Capaz que não, pai. Tem muito veneno nos produtos que eles usam.

— Então, periga ser pesadelo! Num tem que goste de veneno. Nem homem, nem água, nem terra, nem animais.

— • —

Depois dessa viagem, Zé começou a olhar ainda mais cabreiro para as águas de sua região. A nova lavoura moderna do vizinho, inclusive, chegava bem perto da cerca. Seu Lourenço não quis economizar nada. Tomou dinheiro emprestado no banco para comprar a maquinaria toda de que precisava e mais terras dos vizinhos, que ele convenceu a vender. Só não conseguira comprar a de Zé Minino e mais outras duas lá para cima. Ainda bem que Nestor gostava mesmo do roçado, sua ambição era ver a colheita bonita da roça, satisfação que lhe bastava. Nunca foi homem atacado pela vontade de enricar. O que a terra lhe dava em troca de seus cuidados lhe bastava. Às vezes percebia a inquietação do pai e da mãe para saber das coisas do mundo, mas não entendia bem a razão. Entendia mesmo era da lavoura, de suas necessidades. Sempre fora assim, cordato, pacífico. Deixara de beber como antes, mais conformado em não poder ter filho, mais deixando-se levar pela vidinha de roceiro assumido.

Zé é que ficava numa agonia tremenda vendo os tratores passando por cima das nascentes da terra do vizinho, como se nada, como se nem vissem. Não adiantava mais plantar suas cerquinhas de proteção, ele entendeu. E se afligia. Em que vai dar tudo isso? Por mais que escarafunchasse a cabeça, não saberia responder. Pressentia. "Não pode ser boa coisa esse desrespeito com a nossa água e com nosso mato, Anja. Cortar as árvores, aplainar o campo desse jeito. Até quando esta terrinha aguenta?"

— • —

E aconteceu que, ao contrário das outras fazendas da região próxima, a soja do seu Lourenço não vicejou como ele antevira. Técnicos de Goiânia que vieram analisar a situação, o terreno acidentado e outras características que impediam a lavoura de se espraiar como devia, foram categóricos: a terra dali não era adequada para soja.

Quem estava na estrada viu passar o Monza preto de Jaime, o filho agora médico em Goiânia. Logo, o Karmann-Ghia vermelho de Lourenço Neto, o filho mais velho, funcionário público em Brasília. Pouco depois, o Fusca branco de Quinzinha, a filha mais nova, advogada em Anápolis.

Vinham tomar satisfações com o pai, pelo desperdício do gasto feito em empréstimo e compra de maquinário e sementes, antes de ter certeza se a terra era apropriada ou não. Fora tudo teimosia dele, que não quis aceitar o que lhe havia sido dito desde o começo. Subornou os primeiros técnicos agrícolas para obter documentos que garantissem os empréstimos. Teimosia, arrogância de quem se achava acima de conhecimentos já sabidos. Os dois filhos, olhos e gestos faiscantes, o acusaram de comprometer o patrimônio deles. "Vamos logo vender esta fazenda de merda!", gritou um. "Ou podemos interditá-lo, pai", ameaçou o outro. "O senhor não tem mais condições de tocar isso aqui." Só a filha o defendeu, por afeto, ou por entender que a ameaça de interdição era inviável, ou por amar a fazenda. Seu Lourenço, orgulho ferido de morte com a tremenda dívida a pagar, emudeceu como se morto na rede onde sentava quando estava em casa, e foi a voz encolerizada da mãe que expulsou os dois filhos dali e os proibiu de pisar na fazenda enquanto ela fosse viva. Dona Francisca, mulher de poucas palavras e muita ação, investida da autoridade que lhe dava a administração da casa, sempre fora tão temida quanto o marido. Ou mais. Pouco saía de casa, mas, quando abria a boca, uma boca de lábios cheios e naturalmente cor de amora, boca que talvez nunca tenha visto batom, tinha uma voz de tonalidade estranha, como se batalhasse consigo mesma para não sair, e no entanto era essa voz do fundo de seu corpo, essa voz de mulher, a mais esperada ali em qualquer situação difícil. Era a voz do mando. A voz da dona.

Os dois filhos se encolheram. Não esperavam ouvir aquela voz, naquele momento.

— Mãe!

— Para fora, os dois! Desacatar assim o próprio pai, não merecem ser chamados de filhos. Fora!

Quinzinha não se mexeu. Sabia que a voz não se dirigia a ela.

— • —

Se o velho fazendeiro e dona Francisca sofreram com aquela crise inesperada, Zé Minino e Anja deram um suspiro de alívio, embora o mal já estivesse feito. As árvores que haviam sido cortadas fizeram daquela terra um deserto marrom, sem verde. O maquinário comprado enferrujou, sem cuidados. O açude que seu Lourenço transformara em uma grande represa, feita prejudicando a água de vizinhos da região, exatamente aqueles que tinham se visto forçados a vender o que possuíam depois do muito assédio e das encobertas ou deslavadas ameaças e acabaram partindo para outro lugar. Não Zé Minino, cujas terras estavam mais acima. Mas era ele quem conversava muito com um e com outro, em sua boca as consequências de tal situação. "Saindo daqui, pra onde cês vão? Se ficarem, a gente junta todo mundo e vai lá exigir do seu Lourenço a água que ele tá tomando. A água é da natureza, é da terra, ninguém pode açambarcar tudo pra um só."

— "O senhor há de me desculpar, seu Zé, mas o senhor fala isso porque sua terra num tá sofrendo como a nossa", é assim que eles me respondem, Anja. Que sou maluco de achar que o povo daqui dá conta de se erguer contra seu Lourenço. "Mesmo porque, se num for ele, logo vem outro. Este lugar tá acabado pra gente, pequeno lavrador. Melhor buscar nosso destino em outro canto." Juro, Anja, me dá vontade de sacudi-los. De avisar que o destino deles num vai melhorar se continuarem nesse pé de fugir sempre. Mas paro: quem sou eu pra dar conselho de futuro? Vai lá saber se eles num vão mesmo encontrar coisa melhor em outro lugar? Pra poder aconselhar, eu teria que saber muito mais do mundo. Nessas horas é que eu vejo como a gente sabe pouco. Sabe nada, mulher.

E o silêncio caía sobre os dois. Anja ia para perto do fogão tentar pensar em oura coisa, ajeitando a janta. Zé ficava ali, numa gastura com seus miolos, observando a noite aflitiva cair sobre sua cabeça.

Capítulo 7

Em qualquer folga que tivesse, Umberto vinha de Brasília, com suas anotações das aulas na UnB, e lá estava Doroteia à sua espera com caderno, caneta Bic, lápis apontado e borracha em punho. Zé Minino e Anja ficavam olhando, contentes de ver o contentamento deles. Téia, compenetrada, aprendia com uma facilidade que Umberto só não admirava mais porque era também a mesma facilidade dele. A casa se alegrava com as vozes e as risadas que depois sumiam, outra vez em direção às grutas.

— Sua vó deve ter posto feitiço nesses dois, Zé, para que eles sejam assim, tão obcecados por aquelas pinturas.

Minino soltava seu riso, meio que discreto, e concordava, como se estivessem tratando de coisas que só mesmo a vida entendia.

— • —

Umberto também saía com o pai para olhar os campos. Aproveitava para contar o que tinha aprendido.

— Estão matando nosso Cerrado, pai. Extinguindo mesmo. Falam muito da Amazônia, da Mata Atlântica, mas não falam do Cerrado. Não sabem que essas nossas árvores retorcidas, baixinhas, que alguns até acham feias, elas são das mais antigas do planeta. Têm milhares de anos e aprenderam a crescer suas raízes pra baixo, pra dentro da terra, e assim levam a água para os aquíferos, que são como depósitos lá embaixo, que por sua vez vão levando água pra boa parte deste país.

— Tem certeza disso, filho?

— É o que muitos cientistas estudaram, pai. É assim que a natureza funciona. Eles dizem que o Cerrado é uma floresta de cabeça pra baixo. Árvores baixinhas por cima e raízes profundas por baixo. A água que só essas árvores são capazes de reter desse tanto vai ajudando a formar as maiores bacias que abastecem o Centro-Oeste, o Nordeste e o Sudeste. Muitos chamam o Cerrado de berço das águas por causa disso. Ou de cumeeira, como diz um cientista que conhece o Cerrado como ninguém. As águas que chovem aqui se espalham terra afora, como se o planalto fosse a cumeeira de uma casa que recebe a água da chuva que cai pelos cantos do telhado, entra na terra e vai seguindo por aí tudo. Mas pouca gente entende isso. Ou não ligam. E não protegem nada.

— Eita!

— Vão desmatando nossas árvores milenares como se elas fossem um capim qualquer que pudesse brotar de novo. Não brotam. Parece que é preciso quinhentos anos pra árvores como essas crescerem. São bem vagarosas mesmo. E se no lugar dessas árvores plantam soja, milho e as outras coisas que a gente planta, que não têm essa capacidade de reter água e alimentar os lençóis freáticos? Lascou-se. É o que tá acontecendo.

— Num diga isso, filho.

— Digo, pai, é de deixar a gente doido, mas é assim. O homem pensa que manda na natureza, mas ela já existia milhões de anos antes do homem aparecer e desenvolveu muita coisa que o homem não consegue desenvolver, só destruir.

— E por que o homem faz isso, dá pra me explicar?

— Porque o homem é destruidor, pai. Predador mesmo. Só pode ser. E tem mais. O Cerrado tem uma imensa variedade de plantas, e ainda nem foram descobertas todas. E só uma mínima parte dessas plantas daqui pode ser cultivada em viveiro. São plantas catalogadas, e continuam descobrindo mais todo dia. Tem uma entrevista desse cientista que eu falei, o nome dele é Altair Sales Barbosa, em que ele explica que ainda não temos tecnologia para fazer mudas dessas plantas. Uma pequena plantinha daqui tem raízes que a gente não vê, mas são espetaculares pra reter a água da chuva e dar de beber a diversos ambientes. É algo que não se consegue reproduzir em viveiro. Aquela canela-de-ema ali, por exemplo, só chega a se tornar adulta, como se diz, com mil anos.

Zé coçava o queixo, ressabiado.

— Verdade, filho?

— Foi o que li numa entrevista, pai. O capim-barba-de-bode fica adulto com seiscentos anos. Um buriti atinge trinta metros de altura com quinhentos anos.

— Muito mais velhos do que eu, então! — Ele riu. — Vou ter que olhar pra tudo isso com mais respeito.

— O senhor já olha com muito respeito, pai.

— Sua mãe é que também vai gostar de saber dessa novidade. E eu que achava que conhecia bem o Cerrado, tô de queixo caído!

— Mas o senhor sabe muito, pai! Aposto que uma conversa sua com o professor Altair seria uma coisa muito boa de ouvir.

— • —

Umberto e Téia iam para as grutas. Sentavam-se entre as pedras, e Téia perguntava:

— Tem muita moça bonita na universidade?

— Tem nada!

— Não minta pra mim, Berto.

— Tem de todo tipo. Acho que são bonitas, não sei, não reparo. São colegas, amigas. Tem uma até que vira e mexe fala: "Quero conhecer sua irmã gêmea". É que eu falo muito de você. Conto as coisas daqui. Qualquer dia, eu trago minhas melhores amigas e amigos procê conhecer.

— Você vai se casar com uma delas?

— Que pergunta, Téia! Não vou casar com ninguém. Nós já conversamos sobre isso, não conversamos?

— Conversamos, mas sei lá! Cê pode mudar de ideia. Mudar de ideia acontece.

— Você mudou?

— Não.

— Eu também não.

— Se quiser mudar, cê jura que me avisa?

— Num vou mudar, mas tá bom. Se um dia quiser, eu aviso.

— É também porque cê pode nem se dar conta, mas tá mudando em muita coisa.

— Em quê?

— No jeito de falar, todo diferente, no jeito de vestir, de rir das coisas. Dos aprendidos. Cê tá com muito conhecimento. Demais.

— Isso pode ser verdade. Estou lá estudando, conhecendo coisas que não conhecemos aqui, mudando, sim, todo mundo muda, e não é só lá, não, é aqui também. Você, então, mudou foi muito. Lendo os livros que eu trago, estudando as coisas que eu passo, nós dois tamo mudando, Téia.

— Cê acha?

— Tenho certeza.

— • —

O que, sobretudo, mudou muito nos dois foi a consciência de quem eles eram e do que os unia. O amor. Aquele agarramento. Aonde ia um ia o outro. O que era aquilo? Em algum momento se transformara em algo mais do que amor entre irmãos? Amor entre gêmeos? A percepção confusa dos pais e de Valdelice sobre eles de alguma forma foi encontrando eco neles mesmos? A princípio, uma recusa instintiva de algo que não sabiam definir, mas que foi se infiltrando em ambos como picadinhas de abelhas silvestres, sem veneno, mas com algum incômodo. Que entendimento tão profundo era esse que negava espaço a quem fosse, mulher ou homem, fora deles?

— • —

Como o pai, Nestor ia para a venda à cata de novidades. Sempre na dele, sempre um homem de mansidão. De pouca fala, o que gostava era de acender seu pito e ficar ali escutando uns e outros. Sorriso fácil, olhar interessado, era quase tão apreciado quanto Zé Minino. No tempo em que bebia, era de ficar no seu canto, sem incomodar ninguém, mergulhado na tristeza de não poder ter filhos. Bebia muito, saía cambaleando de volta para casa, que era perto, mas não tanto assim. Dava uma boa caminhada. Fosse noite clara, até sentava embaixo de alguma árvore, esperando a bebedeira passar para não incomodar Janice quando chegasse. Foi em uma noite assim que viu uma mulher se achegar e ajoelhar a seu lado. Era a vizinha Romilda, que tinha vindo novinha casar com Chapadão, bem mais velho e violento. Não poucas vezes, dava para escutar os gritos dela apanhando do velho, que envelhecera com um corpanzil dos diabos. Não poucas vezes, Zé Minino ia até lá, Nestor do lado, apartar a briga e serenar as coisas. Eles tinham uma penca de filhas, mas o velho queria porque queria um filho homem. Nessa noite Romilda, ali a seu lado, pediu: "Faça um fio homi ni mim, seu Nestor. Só assim o véio me deixa em paz". E, sem que Nestor pudesse sequer entender direito, ela suspendeu o vestido e sentou em cima dele, se acomodou. Cabeça enevoada, a Nestor pareceu que era Janice e gozou. Romilda disse "Deus lhe pague" e sumiu por entre as árvores. E ele, cabeça mais enevoada que nunca, acabou dormindo ali mesmo e acordou com as primeiras luzes do dia. Chegou em casa sujo, folhas secas e carrapichos grudados na roupa, e ainda atrapalhado, para encontrar uma Janice chorosa sentadinha no banco na frente da casa.

— Cê passou a noite fora de casa, Nestor. Onde cê tava? — perguntou, contendo o choro.

— Tava cheio demais de pinga, mulher, e cabei dormindo debaixo daquele pé de manga-sabina.

— Nunca pensei que fosse passar por essa vergonha.

— Nem eu nunca pensei que isso fosse acontecer, pode ter certeza. Num vai acontecer mais nunca, fica sossegada. Vou largar mão dessa tragédia que é a bebida. Nunca mais, Janice. Se for preciso, eu juro.

— Então jura.

— Tá jurado.

Ergueu-se e pegou a mão dela para puxá-la até ele.

— Vamo tomar café? Tô doido de fome. Tem biscoito de queijo na lata?

— • —

Nove meses depois, Romilda teve um filho homem e, por um bom tempo, não apanhou mais do velho.

Capítulo 8

Com alegria, seriedade e orgulho, assim foi a formatura de Umberto na universidade. A família inteira foi a Brasília assistir o primeiro deles a receber um diploma. E foi Nestor que se emocionou mais até do que os pais e Doroteia, quando reviu a universidade que ajudara a construir. Chorou que nem menino novo. "Que foi, Nestor, por que isso?", Janice se assustou. "Nada não, é emoção de ver Umberto terminando os estudo aqui. Pensei que nunca fosse sentir uma coisa assim, mas tô sentindo." "Então se atente, Nestor. O povo tá começando a olhar. Um marmanjo desses fungando."

De fato, as pessoas olhavam para a família humilde que chegara ali com roupas diferentes, postura diferente, acanhada. Eram olhares de respeito, olhares de boas-vindas. Umberto os apresentou um por um para os colegas e professores presentes. Contou do pai e da mãe, que lutaram na Coluna Prestes e na revolta de Trombas e Formoso, de que pouca gente ali ouvira falar. Contou de Nestor, que trabalhara entre os candangos que construíram a universidade, contou de Janice, que Nestor conheceu na Cidade Livre, contou de Valdelice, a primeira da família a se formar como professora, contou de Doroteia, que aprendeu com ele tudo o que ele havia aprendido, e contou da gruta das aves pintadas, que os dois já estavam estudando e fora o trabalho muito elogiado que entregara como encerramento do curso. E completou: "Doroteia bem poderia estar recebendo comigo o diploma".

Depois da cerimônia, todos vieram conversar com eles, e os olhares de admiração passavam de um para outro, como se estivessem diante de uma família de heróis. Foi isso mesmo que disse, a Zé Minino e Maria Branca, o paraninfo da turma, um querido professor de Umberto: "Vocês são heróis". "Heróis, nossa família? Não", respondeu Zé Minino. "Ou quem sabe até seja, se fosse considerado herói cada um dos brasileiros que batalham, no campo e na cidade, na sina de cada vida. Só se fosse esse tipo de herói."

— • —

A viagem a Brasília, a primeira que faziam juntos, marcou todos eles, cada um à sua maneira. Em Anja, que nunca mais tinha saído de sua terra, a visão da beleza assombrosa da cidade tornou-se algo que jamais deixaria de encantá-la; Zé Minino e Nestor, sobretudo Nestor, sentiram o orgulho infinitamente caloroso de ter participado nem que fosse um pouco daquela formidável construção que agora, povoada de pessoas vindas de todo o país, era ainda mais emocionante; Janice sentiu que, de alguma maneira, não só através de Nestor, mas também de seus pais e de sua juventude na Cidade dos Candangos (nessa viagem, ela se reconciliou com o velho pai), fizera parte da cidade em seus inícios; Valdelice, que conhecera Brasília no tempo em que às vezes viajava com Zé Ronca, viu-a agora com outros olhos, já completamente arborizada e florida de ipês, primaveras e muitas árvores frutíferas nas calçadas das superquadras; e Doroteia, bem, em Doroteia os sentimentos foram mais perturbadores e até mesmo cruéis: o reconhecimento da beleza, da grandiosidade de tudo aquilo e, ao mesmo tempo, a percepção da perda sofrida pelos anos que não conseguira passar ali, tudo que poderia ter sido também seu e não foi, essa percepção da covardia, sim, covardia, falta de brio, temor, que a impedira de viver esse tempo, a estupidez por não ter percebido que a cicatriz em seu rosto não seria tão incapacitante quanto imaginara, e compreender agora, num turbilhão, que deixara o ser abjeto que a atacou, a feriu, a estuprou, destruir também a parte mais sonhada de sua vida, e essa descoberta a fez se sentir tão vencida, tão pusilânime, tão miserável, tão cheia de remorsos que se afastou do grupo e chorou como se estivesse passando por todo aquele horror outra vez e perdendo sua vida de novo. Não fora capaz, não fora suficientemente destemida para viver a realidade com a qual tanto sonhara. Deixara-se vergonhosamente ser vencida antes mesmo de se erguer e enfrentar o que teria de enfrentar. Uma e outra e mais uma vez. E que por esse mal, por ter sido indigna do sonho que sonhara, não poderia culpar ninguém a não ser a si mesma.

Umberto foi encontrá-la vagando pelo campus. Quis abraçá-la, perplexo. E ela o rechaçou, como o rechaçara antes.

— • —

Outra vez, Doroteia passou um largo tempo em luta com seus demônios. Outra vez se afastou de Umberto. Seus motivos, seu remorso, sua raiva contra si mesma, dessa vez por sorte ela desabafava com a mãe, no esforço de tentar não deixar que eles se sedimentassem em seu peito, destruindo as defesas que conseguira construir dentro de si. Choravam as duas, a mãe pelo sofrimento imerecido da filha. Mas chorar junto não era tudo que Anja fazia. Acolhia as palavras da filha de tal maneira que, sem se dar conta, ia pouco a pouco serenando a revolta dela contra si mesma, fazendo-a compreender que ali estava outro momento em que, se deixasse, ela se afundaria novamente no sofrimento e repetiria o mesmo erro que a fizera não ir para a universidade com o irmão, do qual se arrependia tanto agora. E a fazia lembrar como Umberto não deixava de se gabar por ter sido seu professor, repetindo que ela aprendera o que ele sabia, que seria uma arqueóloga melhor que ele.

As palavras da mãe encontravam eco na filha. Caíam-lhe como chuva miúda e benfazeja. Até que seus olhos, aos poucos, se voltaram outra vez para a vida, para a gruta das aves pintadas, para a alegria.

Parte VII

A gruta das aves pintadas

Anos 1980 e 1990

"... perto dali o mundo para e as figuras rupestres falam de nós falam para nós..."
Cida Pedrosa, *Solo para Vialejo*

Capítulo 1

Não foi fácil, mas, graças às suas notas e à capacidade de trabalho, Umberto ganhou uma bolsa para desenvolver o estudo que iniciara com sua pesquisa de encerramento do curso. Uma pesquisa sobre a gruta das aves pintadas, que agora já era um pouco mais conhecida. Doroteia tornou-se, informalmente, sua colega de pesquisa.

— • —

Zé Minino ia para a beira do rio e reparava nas águas. Estavam diferentes. Diminuídas. Raquíticas. A alegre corrida de antes e a confiança de chegar a seu destino, quase desaparecidas. O rio já não lhe dizia, brincalhão e provocador, vem, vem! Passava aflito, como se envergonhado ou como quem não quer se distrair pelo caminho. Agora era Minino que provocava: "O que foi, amigo? O que aconteceu com sua água? De onde vem essa aflição que mudou sua cor? Que desolação é essa, que sofrimento? Quem tá mexendo com sua alegria?".

Ele perguntava, mas no fundo sabia. Se não pelo conhecimento exato do que estava acontecendo, mas pelo que via, reparava e com o coração entendia. Por toda a região vizinha, as matas antigas, aquelas árvores milenares que cresciam pouco para fora e muito para dentro, capazes de alcançar e alimentar as águas do fundo da terra e espalhá-las por tanto canto, estavam sendo freneticamente cortadas, tratores aplainando capim e arbustos, tudo sendo limpo como quem limpa um chão sujo. Ali plantavam lavouras cujas raízes, superficiais, não alimentariam mais os lençóis de águas abaixo. Isso mudaria os rios e as nascentes não só de perto, mas também de longe. Do país inteiro.

Zé pressentia o que poderia vir. Pedia a seu amigo de infância, seu irmão, que lhe perdoasse a incapacidade de protegê-lo.

Buscou Maria Branca para lhe mostrar como estava o rio que perdera a alegria contagiante de suas águas. Ela o acompanhou um pouco a pé, um pouco carregada, como tinha sido da primeira vez.

Voltaram de lá abatidos. Tudo mudava ao redor deles, e quase tudo trazia, sim, alguma coisa que sabe-se lá se seria de serventia para algum lugar, mas que para ele, o rio, deixava apenas o ruim. E que serventia podia trazer a tristeza de um rio?

— • —

— Sonhei com Donato essa noite, Zé. Ele me disse que num ia voltar mais. Que tava morto.

Dessa vez, Minino nada disse. Deixou seu olhar seguir as distâncias para muito além do seu quintal. Depois se levantou e sumiu nos campos. Só voltou muito mais tarde, um peso doloroso puxando sua cabeça para baixo, como se tivesse uma pedra amarrada no pescoço.

— • —

Maria Branca

Tinha vez que até me vinha assim um pensar, ligeiro que fosse, que Zé podia tá ficando indiferente ao destino de Donato. Mas bem sei que nunca foi isso. Sei o quanto ele era grudado, o quanto sentiu quando esse filho saiu pro mundo. Agora, acreditou. Vi pelo seu jeito de olhar que acreditou. Quando antes eu falava dos meus pressentimento, ele fazia como quem num quer escutar nem mais uma palavra sobre isso, um NÃO bem grande esculpido no rosto e no olhar bravo pra mim, a que lhe trazia a má-nova. Mais ainda depois do que aconteceu com nossa Divina e do luto que desde então faz parte de nossa vida. Com todo o seu querer, Zé fazia de um tudo pra num acreditar que esse silêncio que agora cerca nossa família como um vazio gelado e sem saída é o da morte, e agora a de Donato. Que nem a bilha d'água emborcada e gelada por dentro; que nem a nascente engolida pelo pisoteio do gado. Num existe mais. Nosso filho tão cheio de invencionices num existe mais.

— • —

É certo: Zé Minino e Maria Branca agora tinham certeza que Donato estava morto. Ainda que, no recôndito mais profundo de cada um, a esperança de vê-lo aparecer um dia na porteira jamais se apagaria, pois é isso que acontece quando não se pode velar o corpo de um filho e acompanhá-lo em sua última jornada até o cemitério. Uma pequenina vela de esperança continua para sempre acesa no coração de quem tanto amou e não pôde se despedir. De Divina, o pai pelo menos vira o túmulo; de Donato, não teriam jamais notícia. Melhor assim, talvez? Melhor assim do que saber o que de fato acontecera?

Ah, Donato e sua ambição! Donato e sua voracidade de ser quem não era! Duas características suas que o condenaram na Colômbia. O charme que fez a filha do verdadeiro Papito começar a olhá-lo. E sua boca que o fez contar a todos que era amigo de infância de um dos maiores "Papitos brasileiros, o Jaime, dueño de una grande hacienda de producción de cocaína en Brasil".

— Que Jaime es ese? — quis saber o Papito colombiano, com sua voz toda simpática.

— Es Jaime, el Bueno, un jefe muy estimado y...

— Qual es el território de domínio de tu amigo?

— Toda la región central de Brasil, una región riquíssima, donde está la capital federal y...

— Por qué tu no estás ahí, entonces, trabajando con él?

— Ah, eso es difícil de explicar.

— Intentá-lo, estoy curioso — sorriu o verdadeiro Papito.

— Es que yo quería conocer otros lugares, yo no estaba feliz allá.

— No estabas feliz? — E o Papito colombiano riu alto, e todos ao seu lado riram também. — Ese pretexto jamás escuché, pero ahora, entiendo perfectamente. — E sua voz e seu semblante mudaram por completo. — Querías conocer mi modo de trabajar y mi território.

Só então Donato percebeu para onde aquela conversa o estava levando.

— No, no! Quería conocer los Estados Unidos y pensava trabajar en otra cosa, pero Mr. Robert me...

— Por qué vinistes para Colombia, coño?

— Porque Mr. Robert me ha enviado, usted lo sabe, Papito, yo ni queria venir y...

— No, no lo sé. Creía que mi amigo Robert te enviara, pero ahora veo que fue tu amigo Jaime que te envió.

— Papá! — gritou a filha ao também entender o caminho que a conversa tomara.

E o Papito, que não estava nada feliz com o interesse da filha por quem agora pensava ter descoberto ser um traidor infiltrado, não queria mais conversa. Tomou-a pelo braço enquanto lançava um olhar para Ignácio, *su mano-derecha*, e saía da sala para onde convocara Donato aquela manhã. Havia escutado os boatos sobre a tal fazenda e queria descobrir quem de fato era o brasileiro. Naquele olhar que lançou a Ignácio estava a sentença de Donato: morte exemplar, para que todos os que trabalhavam com ele soubessem o que se faz com *un gran hijo de la puta madre*. Mais tarde telefonaria para Mr. Robert. Seria ele um aliado do tal Jaime, el Bueno, de quem nunca ouvira falar? *"Coño! Un competidor brasileño! Estaba cercado de imbeciles y traidores! Maldición!"*

— • —

Zé Minino olhava para as mãos calejadas, as veias azuis engrossando tal minúsculos córregos de muitas curvas, bifurcações, deságues, veias que subiam até os antebraços e pareciam se exultar com o sangue que corria por elas sem obstáculos, entraves nem paradas. Estava velho, mas alerta, com sua força de homem. Perdera um filho e uma filha, dores que nem homem nem mulher nenhuma mereciam, e quase desabara; não fosse por sua Maria Branca, é certo que tombaria, mas ali estava ela a seu lado, desde aquele primeiro dia em que a vira, menina, colocando lenha na fogueira de Maria Preta. Amor forjado na luta da vida, assim deveria ser todo amor. E o seu era ainda um corpo resistente, formado nas batalhas do passado e do presente. O de Maria Branca também.

— Vem cá, Branca, tá na hora de sentar aqui em nosso degrau, ao lado de seu homem.

Capítulo 2

Poucos ali podiam dizer que perceberam a mudança acontecendo, pois ela não se entregou como se estivesse acompanhando o ritmo modorrento da vida que segue as estações da Terra. Só quem passava pela região depois de algum tempo é que a via transformada em outra, sua paisagem que antes não parecia tão propícia fora aplainada e agora se abria em campos de soja a perder de vista, os silos se elevando ao longo da estrada como inimagináveis gigantes metálicos de repente pousados ali, caminhões indo e vindo qual senhores do asfalto asfixiando a poeira. E também Zé Minino e Maria Branca, que, olhos espantados, coração na mão, acompanhavam tudo aquilo.

— Quéde as velhas árvores que por ali estavam desde o começo do mundo?

— Postas abaixo sem piedade.

— Quéde os capins e arbustos que nasciam ao lado delas?

— Cabô.

— Quéde os buritis e suas aves?

— Sumiram.

— Quéde as boiadas?

— Pastando em outro canto.

— E as gentes?

— Foram expulsa. Viraram sem-terra, sem-teto, sem emprego.

— E nossa família?

— Nossa família ficou.

— Tamo cercado de grandes fazenda, pai.

— Tamo, Nestor.

— Será que lá fora o mundo tá melhorando, Zé?
— Tenho certeza disso não, Anja.

— • —

A cidade também não era a mesma. Crescera. Trabalhadores chegaram. Gente de fora convencida do progresso. Outro comércio vingou. Pesquisadores vinham estudar as grutas dali de perto.

— • —

Maria Branca

E o que mudou depois de tudo? Muito e pouco. Mudou que pobre hoje tem casa com latrina, fogão a gás, televisão. Pode até ter essa coisa que Umberto trouxe, computador. Pode ir todo mundo pra escola. Mas as diferenças entre pobre e rico continuam, bem à vista, bem no começo de tudo: igualzim ao que era antes. A latrina do rico é melhor, o fogão, a televisão, o computador, tudo do rico vai ser do melhor, enquanto as coisas do pobre continuam sendo o que dá pra ser, ou piorado.

— • —

O homem que apareceu na porteira, quando Anja e Téia punham o almoço, gritou o nome de Zé Minino e Maria Branca, e os dois sentiram um calafrio. Ninguém ali chamava Anja de Maria Branca. Quem seria?

Era Filomeno, que eles mal reconheceram, de barba e muleta.

— Cê não tava morto? — gritou Zé ao reconhecê-lo e correr para dar um abraço apertado no ressuscitado. Maria Branca, rindo, atrás.

— Tô vivíssimo, Zé, sem uma perna, mas ainda aqui. Eles me deram como morto, mas a Zita me encontrou, me arrastou pra casa dela, conseguiu chamar dr. Tonico, aquele santo, só que a perna já estava perdida. Seja como for, ainda dou pro gasto. — E riu seu riso bom. — Vim pagar minha promessa de visitar Maria Branca.

Os dois o olharam com emoção, agradecendo a ele por estar vivo.

A conversa durou horas. Relembraram com alegria os tempos passados; com tristeza falaram do "sumiço" de Zé Porfírio, que, todos sabiam, tinha sido assassinado. Filomeno falou da situação atual e contou, outra vez com muita animação, como os trabalhadores do campo e da cidade estavam se organizando pelo país todo.

— Tudo está mudando outra vez, companheiros, e vim lhes dar essa notícia. Mais pro norte, tem um acampamento de trabalhadores que perderam suas terras e ocuparam uma parte de um latifúndio improdutivo. Transformaram o pedaço deles em uma produção bonita de ver. Falei de vocês pra eles e disse que, se precisassem de ajuda, viessem lhes procurar.

— Fez bem — responderam os dois.

De noitinha, Filomeno teve que seguir seu rumo. Foi, deixando com os dois amigos um sentimento que preenchia o peito. A lembrança boa de uma vida vivida, o calor de uma amizade que não se acabava e o presente de saber que ele tinha escapado da morte certa.

— • —

— Já pensou, Zé, se é Donato que um dia ressuscita na porteira?

— • —

O filho de Romilda crescia, e Nestor, de um jeito natural, se aproximou do menino e se tornou seu amigo. Se alguém, alguma vez, achou que viu alguma semelhança entre os dois, guardou para si esse pensamento. Mesmo porque o menino tinha a cor preta da mãe, e, se algum traço de Nestor aparecia nele, era mais no temperamento e no sorriso, mas isso era difícil de ver.

Nem Anja via. Talvez apenas pressentisse ao ver os dois juntos na roça, quando então pensava: *Coisa boa Nestor gostar desse menino. Parece até o filho que não teve.*

Janice lhe dizia:

— Nestor se alegra demais com esse moleque, don'Anja. Já me disse que vai ensinar tudo que sabe pro moleque.

— E o pai, o Chapadão?

— Só bebe. Qualquer dia desses, cai estatelado e morto.

— • —

Mas quem caiu morto primeiro, estatelado e de repente, foi seu Lourenço. A notícia do ataque cardíaco fulminante abalou o cotidiano da pequena cidade. Alguns estavam acostumados com a submissão, talvez até achassem bom ter uma figura dominadora por perto; a maioria, não: tinha raiva, temia. No entanto, já que a morte costuma aplainar os buracos e as pedras do caminho feito por quem morreu e nunca vem só — atrás dela vem um cortejo de novos comentários e boataria —, seu enterro ia ser concorrido, o maior que já tinham visto por ali. Com muita gente de fora, carros que passavam em direção à fazenda. E um boato correndo forte: "Que morreu do coração que nada! Foi tiro do Ribamar. Faz dias ele foi visto rondando a fazenda. E disse pro Lourival, aquele amigo dele, da fazenda do seu Tião, que era hora de se vingar. Além disso, o carro da polícia também esteve lá. Quem já viu carro da polícia em morte por infarto?".

— • —

Zé e Anja nem cogitaram ir ao enterro. Eram vizinhos, mas não eram amigos e não gostavam dele. Não iam agora fingir que gostavam.

— • —

O cortejo passou pela porteira, e só Téia e Janice não resistiram à vontade de se aproximar para ver. Primeiro o caixão, carregado por supostos parentes ou amigos dele; os dois filhos, não — dona Francisca não os perdoara e avisou que não receberia nenhum, só Quinzinha. As duas seguiram atrás do caixão no Passat preto que havia tempos substituíra o Fordinho. Em seguida vinham os agora poucos empregados da fazenda, com suas melhores roupas, e mais atrás o povaréu, que ia engrossando o cortejo. Só depois que todos sumiram na estrada Doroteia voltou para casa e sentou à mesa, ao lado do pai e da mãe, que acabara de passar um cafezinho.

— Acho que agora posso contar uma coisa que não contei há muito tempo — disse ela. — Nem pra senhora, mãe, nem pro senhor, meu pai. Nenhum dos dois vai achar bom. E não contei antes porque sabia que a reação seria a pior possível; sabia que meu pai não deixaria passar em brancas nuvens o que aconteceu.

— O que foi, filha? — perguntou Anja, calma, mas já principiando a se assustar com o vendaval que intuía prestes a chegar.

— Lembram a última noite que Donato passou aqui? Chegou cedo, esquisito, num falou com ninguém, foi direto pro quarto e dormiu debaixo das cobertas, como se estivesse frio, mas estava um calor horroroso?

O nome de Donato, dito quase como se ele ainda vivesse, os pegou de surpresa. Desestabilizou os dois.

— Pois, naquela noite, seu Lourenço descobriu que ele tava namorando Quinzinha, flagrou o namoro, tirou a camisa de Donato, amarrou o coitado num tronco de árvore e deu várias chicotadas nele, feito escravo ou criminoso, dizendo que ia matar Donato como a um cão.

— Quê?

Zé Minino se ergueu, como se estivesse vendo a cena com seus olhos abertos como um poço. Se alguém conseguisse olhar dentro deles, veria um vulcão.

Doroteia hesitou um pouco, arrependida de estar contando a história antiga, mas, desde que Quinzinha lhe falou, aos prantos, sobre o namoro e as chicotadas, Téia trancara a boca. Viu seu Lourenço passar com sua tropa, ultrajado por ter deixado o rapaz desabusado escapar do chicote e desaparecer, e prometeu a si mesma contar tudo para os pais, mas só depois que seu Lourenço morresse.

Continuou:

— Quinzinha gritou, chamando dona Francisca, que foi direto até o marido e segurou o braço dele. Por um segundo, pareceu que a chicotada ia cair sobre dona Francisca, dois braços parados no ar, o mais forte claramente o dele, mas o que venceu foi o olhar da mãe, e o pai, furioso, recolheu o braço a tempo. Parou de chicotear Donato, mas saiu desembestado, chicoteando a cerca, as árvores, os cachorros, o que encontrou pelo caminho. Virou um cachorro doido.

— Como cê sabe disso? — ergueu a voz Anja, num engasgo.

— Quinzinha me contou. Ela tava apaixonada por Donato. Chorava que nem bezerro sem leite.

— E você escondeu isso da gente! Não tinha esse direito, Doroteia. — Zé Minino esmurrou a mesa, que tremeu com o golpe.

— Eu sabia que o senhor ia querer matar seu Lourenço e podia acabar morto ou na cadeia, pai.

Zé olhou para a filha, mal podendo conter a vontade de esganá-la ali mesmo, sem perdão. Lá fora, o sol parou. Ali dentro, nem os mosquitos ousaram atravessar aquela fúria. Uma lagartixa pôs a cara fora da fresta no encontro de duas paredes e imediatamente voltou atrás, para a segurança úmida de sua moradia. Zé Minino saiu da casa como outro cão danado, bufando e zanzando pelo terreiro, até que foi para o rumo da porteira e partiu para a rua.

— Corre atrás dele, filha — disse Anja. — Chama Nestor.

E lá foram os três, a mãe mancando, a filha correndo na frente, Nestor um pouco atrás mas logo passando Téia, os dois seguindo o pai em direção ao cemitério, para onde caminhara o cortejo com o caixão. As pessoas já voltavam no sentido da cidade, mas Zé Minino parecia não ver. Não respondia aos cumprimentos. Seguiu duro, passos decididos, a mente fixa em uma única figura.

Quando chegou ao cemitério, os retardatários estavam se afastando devagar do túmulo, e alguns pararam ao vê-lo passar naquele estado alterado. Zé seguiu até a cova recém--fechada e se ajoelhou, cavando como animal a terra com que o coveiro acabara de cobrir o caixão e se preparava para colocar sobre ela a lápide de mármore que chegara de Goiânia. Gritou para o túmulo:

— Sai daí, facínora! Quero te matar com minhas próprias mãos.

E outra vez o sol parou. Outra vez os bichos pararam, menos as minhocas, que, sem miolos, pululavam nos torrões de terra úmida que Minino levantava. Com esforço, Doroteia e Nestor conseguiram puxá-lo, mas tiveram que parar quando ele, se desvencilhando com um safanão mas já se dando conta do absurdo de sua ação, esvaziou o peito escarrando sobre a cova remexida a raiva amarronzada e grudenta que acumulara, engasgada com tudo o que sabia daquele ser envilecido que se julgara dono de terra, animais e homens e a quem ele tinha ganas de matar mais uma e outra vez, quantas vezes fosse possível alguém matar e outro alguém morrer.

— Porqueira de homem! Que morra cem mil vezes e mais no inferno! — era o berro de fúria que ecoava pelo cemitério.

— • —

Zé Minino passou um bom tempo ruminando sua impotência e o lastro de culpa que ela colocou como um cachorro vadio à sua frente. Ele viu o vulto de Donato com uma mocinha com roupas da cidade, lá pro lado das grutas. Viu, mas não quis ver. Quase de imediato suspeitou ser ela a filha de quem era. "Mas não pode ser. Que pensamento mais intriguento!" Se fosse, seu Lourenço já teria matado seu filho. Por absurdo, conseguiu expulsar o pensamento da cabeça. Nem comentou com Anja. "Que Donato namore em paz, homem de Deus!" Da segunda vez que os viu, no entanto, teve quase certeza. Mas o "quase" veio superadornado, convincente: "Não, não é possível, Donato num seria capaz, mal conheço a filha do desgraçado pra poder reconhecer a moça assim de longe", e outra vez expulsou o pensamento como se expulsa um mosquito impertinente. Seu filho não seria tão louco! Não podia ser! Mas, agora, aí está. Por que não averiguou? Teve duas chances para averiguar e deixou passar como quem quer ser enganado. Como deixou isso acontecer? Como não fez nada quando estava em suas mãos fazer? E a culpa assim criada o mordia com as ganas de um bicho raivoso. "Não fosse minha cegueira, eu podia ter evitado tudo isso. Meu filho ainda estaria aqui. Ao lado meu e de Anja. Não teria fugido como fugiu. Valha-me, vida!"

"Donato estaria aqui."

Capítulo 3

— Ôo de casa! Ôo comadre! Vem cá prosear um tiquim.

Anja e Zé acabavam de assar uma broa na cozinha.

— Lá vem dona Nazaré com seus fuxico, Zé. Eta vizinha pior que jararaca! Outro dia me perguntou se a gente era casado no papel, espia só! Fechei a cara e disse: "Sabe que me esqueci!". E fiquei rindo enquanto ela voltava sem graça pra casa.

— Ôoo de casa, se achegue aqui na porteira!

— Deixa eu ir lá dar logo um fim nisso. — Anja se levantou, passou pelos dois angicos e se apoiou na porteira.

— 'Tarde, comadre.

— 'Tarde, don'Anja! Sabe quem passou aqui agorinha com o carrão preto dela? Dona Quinzinha mais o filho. Deu pra ver que ele tá um rapaz bonito que só. E cada vez mais parecido com seu fii Donato, se bem me lembro, pois é aquele que dizem que é seu neto. É mesmo, don'Anja?

— Quê?

— O filho da Quinzinha! Aquele que ela foi ter lá em Anápolis e nunca trouxe aqui enquanto o pai dela tava vivo. Agora é que começou a trazer.

— Cê ficou doida, mulher?

— Eu, não, é o povo que diz! A comadre num sabia?

Anja ficou branca e muda. Gritou:

— Zé, vem cá depressa!

Dona Nazaré se desconcertou:

— Já vou indo, comadre. Té outra hora!

— Pera aí. — Anja agarrou o braço dela. — A senhora fica. Vai contar pro Zé tudim que acabou de me contar.

— • —

Quando os dois ficaram sozinhos, matutando o assombro, Anja chamou Téia:

— Cê sabia disso?

— Nãaao, mãe!

Anja então chamou Nestor, Janice, Umberto. Quem sabia disso? Ninguém.

— • —

Téia foi incumbida de ir à fazenda conversar com Quinzinha e tirar a história a limpo.

Com pouco, ela voltou. Tinha encontrado Quinzinha e o menino no meio da estrada. E contou:

— Quinzinha disse que não é. Mas eu vi o menino. Parece mesmo com Donato, mãe!

Anja ficou maluca:

— Ah, que eu quero ver esse menino! Vamo lá, Zé. Agora!

— Não vão deixar a senhora entrar, mãe. Dona Francisca, que estava vindo atrás e escutou a conversa, me ameaçou. Com aquela voz esquisita dela, disse que, se eu voltasse lá com essa história, ia mandar me processar.

— Processar?

— Devido a quê!?

— Ela pode?

No meio da discussão, ouviram o ruído de um carro passando. Era Quinzinha indo embora com o rapaz, os vidros fechados.

Anja quis correr atrás do carro. Zé a segurou.

— Não vá dar esse vexame, mulher.

Ela entendeu a tolice que queria fazer e voltou para casa.

— Téia, ele se parece mesmo com Donato?

— Parece, mãe. Quer dizer, um pouco.

— Cê disse que parecia muito.

— Disse, mãe. Mas se Quinzinha tá dizendo que não é...

— Isso só vai se resolver com um bom advogado — disse Umberto. — Vamos ter que contratar um para averiguar direito essa história.

O silêncio caiu sobre a casa.

Falar de advogado e processos era algo incomum. Ainda mais para um caso assim. Quando surgia esse assunto por ali, em geral era ligado a algum problema com a terra ou com a água. Nunca tinha ocorrido na família deles.

Zé Minino disse que ia caminhar. Anja queria ir junto?

Ela preferiu ficar. O que precisava era entender mais desse assunto conversando com o filho formado.

— • —

Zé sentia-se perdido. Cabeça quente. Sem respostas, inclusive até sem as perguntas certas para fazer. Como assim, um advogado? Pra fazer o quê? Com que dinheiro? Podia provar que o filho era mesmo do Donato? Teriam essa bênção? Desamparado, não sabia nem que rumo tomar na caminhada. Quase inconscientemente, pegou a direção do rio, mas, quando se deu conta, parou. O rio não lhe traria resposta para um caso desses. Nem mesmo sossego. Lembrou, então, que Joaquim da venda tinha contratado um advogado para ajudá-lo com as dívidas do pai, contraídas pelas despesas com a doença prolongada da mãe. Na época, tinha elogiado o trabalho do advogado. Joaquim era amigo antigo, digno de toda a confiança, era com ele que devia conversar. Decidido, rumou para a venda.

— • —

Na manhã seguinte, a questão foi servida junto com o café. Ninguém queria adiar a conversa. Umberto tinha aclarado a situação para Anja; Joaquim da venda tinha feito o mesmo em relação a Zé Minino. Umberto e Téia não tinham dúvidas sobre o caminho a tomar. Nestor e Janice também não, ainda que a apreensão de Janice estivesse clara em seus modos.

Foi Umberto quem colocou os detalhes da decisão na mesa. Não poderia ser um advogado da região, que conhecia o poder da família de dona Francisca. Ele teria que encontrar um em Brasília ou em Goiânia. Um advogado de família. Ia sair caro, mas concordaram: começariam a economizar de um jeito ou de outro. Para começar, ainda tinham muitas das notas verdes de Donato, Anja falou, percebendo agora a utilidade e a ironia daquelas remessas.

Lágrimas brotaram dos olhos dela e de Téia. Zé fungou. Umberto seguiria naquele dia mesmo para Goiânia.

Lá fora começou a cair um pé-d'água, e ninguém se mexeu.

— • —

Maria Branca

Não faz muito tempo, Valdelice me disse que eu e o pai dela, a gente tinha o dom de olhar pros outros e saber tirar alegria da vida. Foi assim que ela disse. Eu achei que ela tava falando besteira, mas calei o bico. Sei lá que dom é esse, mas fiquei matutando e contei pro Zé. "Se a gente tem esse dom, então Valdelice herdou isso da gente e os me...". Mas aí, de chofre, ele engasgou. Eu entendi perfeitamente e me engasguei também. Ele tinha pensado não no Nestor, claro, que deve ter até mais desse dom, mas sim no Donato e na Divina. Aí nós dois ali murchamo. Ele fingiu que ia ver alguma coisa no terreiro, e eu fingi que ia ficar sentadinha no meu banco na frente da porta. Olhei pros nosso dois angico de casca branca. Dois. Donato e Divina. E pensei que ia plantar um ipê-branco ali para o filho do Donato, que a gente logo ia saber se era nosso neto mesmo, como um tipo de alegria forte em meu coração dizia que era. Iam poder conhecer o rapaz, o advogado tinha afirmado isso. Conhecer o filho do seu filho desaparecido longe de casa. E aí num deu pra fingir mais. As lágrima vieram como se a barragem da represa tivesse vindo abaixo. De onde Zé tava, ele viu e veio me abraçar, e choramo junto. Amor de quem viveu tanto tempo também é isto: chorar junto quando a barragem cai.

— • —

Não muito depois, começou um tempo pouco visto ali de chuvas incessantes, temporais. O rio espalhava suas águas transbordantes; o chão alagado criava imensas poças de lama por todo lado. Barracos desabaram. Pinguelas caíram. O paiol que Nestor fizera para os grãos inundou, e o que estava ali apodreceu. Até o sol se acovardou e não deu as caras.

Quando deu uma estiada, no entanto, esse mesmo sol, querendo pedir desculpas ou se exibir, apareceu esturricando, e, lá para o meio da tarde, Anja chamou Zé para ir com ela até as pedras empilhadas, queria ver como andava aquilo lá.

— Num tá tarde, Branca?

— Tá nada, Zé! A noite só vai cair quando se cansar desse sol desalmado que deixou o povo passar por um suplício desses.

E foram os dois, caminhando devagar, envoltos pela iluminação gritante do dia, pulando as poças que o calor secava, comentando uma coisa ou outra, contentes com as notícias que vinham do advogado afirmando que logo teriam o direito de ver o filho de Donato e Quinzinha. Anja caminhando melhor do que o habitual, observando o estrago que a chuva fizera. Chegaram aonde se empilhavam as pedras grandes, não como as da gruta das aves pintadas, mas as sem pinturas que se viam da cozinha, pedras ordinárias ao pé da serra, como que encostadas desde sempre.

Desde sempre.

Pedras grandes como quaisquer outras, talvez um pouco mais porosas. Sem graça nenhuma, sem propósito, ali apenas.

Desde sempre.

Zé, mais distante, agachado, observava a terra úmida. As chuvas do ano bem podiam parar de vez, as águas do fundo do chão já deviam estar mais do que gratas. E Anja, depois de se agachar para colher um pouco de erva-cidreira para um chá, talvez um pouco cansada, fez o que nunca fizera antes: resolveu sentar na ponta de uma das pedras.

Mal sentou veio o estrondo, que nem lhe deu tempo de atinar que era a pedra grande de cima, que, depois de centenas de anos do mesmo jeito, decidiu, justo naquele dia e naquela hora, compor outro tipo de ajuntamento. O que Anja sentiu foi o baque sobre ela, recebendo em cheio o peso que a jogou no chão e a cobriu do peito para baixo, deixando de fora braços e cabeça em uma ponta, pernas e pés, na outra.

Zé correu, Zé voou, Zé disparou para ela, tentando com todas as forças remover a pedra, procurando com desespero algo capaz de alavancar o peso, os raios do sol já iluminando menos, eles longe de casa. Zé não sabia como buscar ajuda tendo que deixá-la ali, como poderia deixá-la ali? Anja abriu os olhos, compreendeu o que se passava na cabeça do seu homem e pediu:

— Fica, Zé. Num quero morrer sozinha.

— Cê num vai morrer, Branca, se morrer, eu morro junto — ele disse se contendo, se refreando, seus olhos indo e vindo entre ela e o tamanho da pedra. — Eu disparo até a rua e trago ajuda pra erguer essa pedra, tirar cê daí e levar pro hospital.

— Não, Zé, num adianta hospital. — Era a voz miúda que já não parecia vir dela, e sim de um fundo muito fundo, talvez até da própria pedra assassina. — Chegou minha hora, meu Minino. — E desmaiou outra vez. Zé segurou sua mão, abraçou a cabeça dela; a dele rodopiando de perguntas e vacilações. — Fica comigo, Zé. — Era o sussurro que ouvia de instante em instante, até que não ouviu mais.

E soube.

Então urrou e depois chorou como chora um homem que perdeu seu amor, sua vida, aquela que o sustentava, a companheira que fora tudo o que ele poderia ter de melhor no mundo.

— • —

Sim, teria que aprender a viver sem ela. Só pedia que lhe dissessem como.

Parte VIII

Ouro azul
Anos 2000

> "— Não consinto nesse crime.
> Eu sou responsável pela vida deles!"
> Bernardo Élis, *O tronco*

Capítulo 1

Depois do velório e do doloroso enterro de Maria Branca, Zé Minino foi até o rio. Sentou-se ali na beira e ficou um tempão sem nada dizer, nada ouvir. As árvores em volta, antes tão fortes e verdes, arrastavam galhos e folhas nas águas que agora, depois das chuvas, sofriam com a sujeira mais pronunciada e dejetos que passavam envergonhados, pedindo perdão ou, quem sabe, ajuda, querendo voltar ao que era antes, como ele.

Ali ficou todo o tempo que deveria ficar. Até se erguer com um propósito claramente firmado em sua vontade. "Vou até sua nascente pra ver de onde vem sua tristeza, meu rio. Pra juntar sua tristeza com a minha, preciso saber o que anda acontecendo em seu caminho. Vou seguir a seu lado e descobrir."

E foi isso que Zé Minino fez.

Voltou à casa dos angicos para avisar aos filhos que partia e não sabia quando voltaria. Que não se preocupassem e tampouco esperassem sua volta. Ele voltaria quando fosse a hora de voltar.

Capítulo 2

Seus caminhos beirando o rio foram percorridos com um desespero que o afundava, como se algo insistisse em pregar seus pés entre os arbustos, folhas que farfalhavam, pedras, tocos, por onde abria sua trilha. Era esforço demasiado que, em certos momentos, quase o levava a desistir de seu propósito despropositado. Qual o objetivo daquilo tudo? Ele, que sempre se julgara muito sensato e comedido em suas escolhas, por que pensara que tal jornada o ajudaria a enfrentar a falta louca que lhe fazia Maria Branca? Sem resposta nem do rio, nem da mata ribeirinha, nem dos pássaros muito calados como se nem tivessem mais voz, ele seguia seguia seguia. Amalucado de dor, seguia.

Comia as frutas e folhas comestíveis que encontrava pelo caminho. À noite se abrigava entre as árvores.

Seguia.

Passava por campos de soja, por pastos e, às vezes, por pequenas cidades.

Seguia.

Via esgotos, refugos, todo tipo de lixo cair em seu rio. Por quê, Branquinha? Por que faziam isso com um rio antes tão bonito e bom? Queria encontrar uma resposta que não fosse a da cegueira e da covardia humana, uma resposta que o deixasse mais confiante em seu semelhante, e seguia.

Seguia.

Sentada em um tronco no meio da trilha que Zé Minino abria com os pés, que amassavam folhas, e com os braços, que afastavam galhos, estava uma mulher de pele muito preta e olhos tão amarelados que dardejavam. Zé Minino não tinha falado com ninguém desde que saíra de sua terra, e sua voz saiu como pasta grossa vinda das entranhas:

— 'Dia, senhora! Licença pra passar?

Ela custou a responder. Lia lábios e respondeu com a voz aprendida a custo, articulando fonemas fora dos padrões:

— Môd quê?

— Mode eu seguir até a nascente desse rio.

— Cê havêra di sabê ôonde ficâa?

— Hei de saber quando chegar lá.

— Entâ, vô di compãnhia.

Zé Minino se espantou:

— Num careço de companhia — disse.

— Num cãaarece?

— Quem é a senhora?

— Vêia do Mãtu.

— Nada tenho a oferecer, senhora.

— Têeem, sîm. Um rûumô.

Zé Minino ficou bravo.

— Sou a pessoa mais sem rumo que a senhora já encontrou na vida.

A mulher troncuda se ergueu e sacudiu os ombros.

Ele passou e seguiu sem olhar para trás.

Ela foi pisando nos passos dele.

— • —

O que significava aquela mulher o seguindo, Zé Minino não sabia nem se preocupou em saber. Se queria seguir atrás dele, que seguisse. Será que era surda? Com a dificuldade da fala, não seria de puxar conversa. A única companhia que ele queria era a dos pensamentos com Maria Branca.

— • —

Passaram por mais e mais pastos de gado. Viam boiadas imensas espraiadas pelos campos, onde os insetos zumbiam.

O mais das vezes, boiadas brancas alvejando os capinzais, cabeças abaixadas, baba da ruminação escorrendo da boca, a bezerrada atrás. Algumas vezes as margens do rio estavam cercadas com arames que não deixavam o gado pisotear as matas que protegiam o curso d'água; o mais das vezes, no entanto, o gado chegava até a beirada, pisoteava os arbustos e deixava mijo e fezes, indiferentes e livres para causar o mal que causavam às águas e aos viventes que lá iam se banhar, beber e buscar água.

Zé sofria.

Passaram por extensões amplíssimas como imensos desertos, cobertos de restolhos da soja ou de outros grãos. Os olhos amarelados da mulher se turvavam. Parecia não entender direito. Puxava a manga da camisa de Zé Minino e perguntava: "Quêdê u mãtu?". Ele custava a responder. O que ia lhe dizer? "Morreu."

Passaram por pequenos córregos afluentes, oriundos sabe-se lá de onde, mas de águas limpas. Zé Minino se detinha nesses locais. Eram momentos de esperança aqueles encontros de águas vindas de lugares distantes e diversos para engrossar as águas de outro rio. Eram momentos de comoção sentir a alegria daquela união que a própria natureza propiciava, a solidariedade entre as águas, a generosidade. A mulher ria, tornava-se efusiva com seu entorno, sacudia os galhos das árvores ribeirinhas em um movimento ou dança muito particular com elas.

Zé não imaginara que seu rio fosse assim tão longo, tão cheio de curvas, tão cheio de braços que se separavam e mais adiante voltavam a se aninhar nas águas mães. Pensou que o pedaço que passava por sua terra poderia ser apenas um braço afastado do outro e se espantou com isso. É que, muito pouco a pouco, Zé começava a prestar atenção ao redor, prestar atenção à natureza, voltar a escutar os pássaros, a se assombrar com o céu, a chuva, o que via de bonito, pois o bonito agora havia para fazê-lo se lembrar de Anja de um jeito não só desesperado, não só cego, não só de desgosto com o mundo. Anja foi o que o mundo lhe trouxe de mais bonito, e era preciso que voltasse a ver o bonito para que voltasse a tê-la inteira, não só seu pedaço de sofrimento e dor.

— • —

De que é feito um rio?, ele se perguntava. Água, tempo e a terra que lhe dá o leito.

— • —

Em uma das vezes que pararam para descansar ou comer os frutos que encontravam, Zé Minino quis entender aquela criatura que, sem seu consentimento, decidira acompanhá-lo.

— Quem é ocê, mulher?

— Vêia do Mãtu.

— Onde cê nasceu?

— Âí. — E seu gesto largo abrangia tudo.

Zé Minino se calou. Deixa pra lá! Maria Branca é que saberia conversar com ela, ele, não. Nem queria.

Mas, sem se dar conta, nas horas de descanso, ele pegou o costume de sentar de frente para a mulher incongruente, caso tivesse algo a lhe dizer. Raras vezes tinha.

— • —

Eles agora tinham uma colher e uma panela pequena que a mulher conseguira — Zé não sabia onde — e levava amarrada com uma cordinha na cintura. "Pra cozinhar pequi" foi a resposta dela à pergunta dele, com muitos gestos mostrando, na outra ponta da cordinha, uma pequena bolsa de pano cheia de suculentos pequis já descascados. Seu forte amarelo-mostarda fez Zé Minino rir alto, e seu riso lhe causou certa comoção: a primeira vez que ria assim depois da morte de Maria Branca. Comentou: "Enfim, uma comida boa!". E ele fez um fogão com pedra, paus e gravetos, deixando os pequis cozidos espalharem seu cheiro, e se refestelaram os dois com a refeição que os reconfortou como um banquete agreste.

— • —

Às vezes os olhos de Zé Minino batiam nos pés da mulher sentada à sua frente, pés inchados, calcanhares rachados, unhas emborcadas, pés sofridos que já haviam suportado muita coisa, deformados pela idade e enfiados em sandálias de dedo já gastas, a sola fininha. Todo o corpo maciço dela indicava idade avançada, menos os cabelos. Pretos saranhados, sem um fio branco. Não deve ter família. Sem se dar conta, perguntou:

— Quéde sua família?

— Tenhôo nã.

— Sua mãe?

Ela repetiu o não com a cabeça.

— Seu pai?

O mesmo gesto de negação.

— Parentes?

Fez o não com a cabeça e se levantou, para pôr fim naquela conversa.

— • —

Passaram por cidades menores e maiores. Nas menores, ele entrava. Percorria a rua principal examinando as casas. Parava em alguma venda e se oferecia para qualquer trabalho em troca de comida e pouso. "Pra quem?", perguntavam. Da primeira vez que escutou a pergunta, ele se virou com olhos desanimados para sua descabida acompanhante, e foi aí que se deu conta de que dessa vez ela não o seguira. Ficara no mato. Sem entender a razão, ele se perguntou: o que ela faria só? E ele mesmo respondeu: "Ora, ela num é a Véia do Mato? Já tava lá quando cheguei. Sabe se cuidar melhor que eu".

Conforme a cidade, ele ficava algum tempo. O suficiente para se alimentar bem e, sobretudo, conversar com os moradores para que sua voz não acabasse se assemelhando demasiado com os sons distorcidos e os gestos de sua disparatada acompanhante de jornada. Também porque, pouco a pouco, ele voltava a querer contato com o mundo. E, então, contava de sua caminhada até a cabeceira do rio. Perguntava se eles haviam se dado conta de como o rio estava morrendo. Sim, respondiam. Sabiam das agruras que o rio vinha sofrendo. "Dá muita pena. É devastação demais. E são eles, o prefeito e os pau-mandado, que não se importam e permitem isso. Pra gente daqui, só resta ver a destruição e deixar o coração sofrer." Diziam:

— O senhor há de me desculpar, e sem querer ofender, mas ter essa disposição de seguir até as cabeceiras parece coisa de maluco.

Zé ria.

— Há de ser mesmo maluquice. Um pouco. É que num sossego até saber das coisas que andam matando o rio que sempre foi um irmão pra mim.

Os que estavam por ali se acercavam em busca de prosa, e Zé Minino proseava. Contava o que tinha para contar. Fazia amigos. Deixava o pessoal admirado. Os mais jovens, então, não perdiam uma palavra daquele senhor de cabelos brancos contando histórias que eles nunca tinham escutado.

Quando ia, outra vez, retomar sua trilha na beira do rio, lá estava a mulher do mato. Sem entender a razão, achou natural e até animador reencontrá-la ali, como se à sua espera. Quase sem se dar conta, começou a considerá-la uma espécie de avó ignorada, como a Véia, sua verdadeira avó que o acompanhara quando criança e sempre esperou que ele voltasse. Eram da mesma estirpe de gente.

— • —

Em cidades maiores — poucas —, ele preferia não entrar, mas acabava entrando para saber o que os moradores diriam. De uma, era uma parte do esgoto sem tratamento que caía no rio. De outra, era uma fábrica de ração que ali despejava livremente seu lixo tóxico. Com certeza era dali que vinha a ferida maior que envenenava aquelas águas de morte. A Véia do Mato olhou para o escoadouro do lixo da fábrica. Seus olhos faiscaram. Olhou para Zé Minino, que nada lhe disse dessa vez. Sentado ali na beira, o rosto tão fechado, tão voltado para si mesmo que parecia não ver nada em volta.

Passaram ali naquela beira uma noite sem clarão, noite malsinada. Zé Minino nem sequer cochilou. Quanto tóxico a mais os rios poderiam aguentar?

— • —

Seguiram.

— • —

Passavam por áreas desmatadas, secas, feias. Passavam por incêndios que paralisavam os dois. A véia nem perguntava mais: "Quêdê u mãtu?". Já sabia da resposta. Seus olhos turvavam, e ela repetia para si mesma: "Môrreu".

Passavam por longas partes assoreadas, de onde a vegetação que protegia o rio fora extirpada, deixando a margem nua, sem nada que impedisse lixo, sujeira, terra, areia solta e pedras de chegarem até as águas e se acumularem ali no fundo, ocupando o lugar que antes era das águas.

— • —

Os dias bons eram de chuva. Chuva forte, toró, chuva fraca, chuvisco, fim de chuva que chovera em outro lugar. Qualquer tipo de chuva, Minino se animava. A chuva era a bênção que caía na terra, nos matos e nos rios. Quando via as nuvens se aprontando e se enchendo, já se atiçava. Se fosse de chuva forte, ao cair os primeiros pingos, era então que ele dançava, como sempre dançou desde criança e dançava no quintal em sua casa, ou na roça, ou na vila, onde estivesse. Até na Coluna, quando a chuva chegava, ele dançava, para a caçoada geral dos companheiros. Se fosse tempestade, melhor ainda. Ele dançava debaixo do vento, saudando o raio e o trovão. Nunca sentiu medo de raio. Como ia sentir, se foi com um raio que nasceu? Em uma semana de muita chuva, poças e lama se espalhando por todo canto, rio transbordando, "Tudo que é exagerado deixa de ser bom", repetia sua avó, ao lhe contar essa história. "Sua mãe dizia que tava tomada pela chuva, que chovia dentro da barriga dela, que ouvia o murmúrio da água lá dentro. Então veio a maior das chuvas, temporal na madrugada, e cê nasceu com o último raio; seu choro se misturou com o último trovão. E num foi só isso. De manhã, o sol apareceu como se fosse o primeiro sol do mundo. Dourado, confiante, muito se alardeando e seguro de si. Assim foi seu nascimento. Esse foi seu sinal." Ele perguntava: "Sinal de quê, vó?". "Isso só cê mesmo é que vai descobrir", ela respondia toda vez que ele perguntava. E insistia: "Diga logo, Véia, deixa de lerdeza!". A resposta da avó era sair de perto.

Hoje ele entende. Ou crê que entende. É seu dom de saber da água. Era por isso que faria de tudo para proteger seu rio e, se pudesse mais, mais faria. Protegeria toda a água, por fora e por dentro da terra. O quanto pudesse.

— • —

Nos bons tempos de antes, os tempos da casa dos angicos, quando a chuva era forte ou mediana, ele saía para se molhar e, se desse, aproveitar a água que caía da calha para se banhar com Anja e os meninos.

Quando era chuva miúda, aquela chuvinha que muitos achavam entojada, que fingia molhar a terra aos poucos mas não parava, ele primeiro molhava a cabeça, escutando seu gotejar nas folhas das árvores, e logo se agachava na soleira da porta, observando-a cair. Deixava seu pensamento esvoaçar com ela, levado para onde a chuvinha chove-chove quisesse. Às vezes, pensando que Minino poderia estar cochilando, Anja chegava perto e encontrava seus olhos arregalados, como se ele contasse as gotas que caíam.

— • —

Seguiram.

— • —

Nas noites mais frias, eles encontravam um lugar entre árvores ou pedras onde não passasse o vento. Faziam uma pequena fogueira para esquentar pés, mãos e alguma sopa de erva ou outra comida que porventura tivessem. Conheciam o frio do Cerrado e sabiam que não era de congelar. Se a noite fosse clara, olhavam as cintilações das estrelas e da Lua. Se fosse escura, olhavam as chamas da fogueira. Adormeciam, confiantes na chegada da manhã ensolarada de escorraçar frio.

— • —

Zé Minino não sabia o quanto era longo o rio, mas sentia que estariam perto da nascente. Apressava seus passos. A Véia do Mato apressava os dela atrás.

— • —

Até que, por fim, as árvores foram se estreitando sobre o que agora era um límpido curso d'água. Perfumavam o ar com sua umidade olorosa. Os pássaros, que os havia de dia e de noite, por todo canto daquela jornada, ali se alvoroçavam e se punham a cantar, perdidamente apaixonados pelo murmúrio que já se ouvia das três nascentes que naquele local se juntavam. Os olhos de Zé se encheram de lágrimas ao ver como estavam surpreendentemente resguardadas. Já haviam construído ali uma proteção bem-feita de pedras e cimento.

Zé sorria, extasiado. E a Véia do Mato fez outra vez sua comovida dança para as águas. Dizia:

— Num môorreu. Num vai morrê.

— Sim, minha vó, nosso rio num vai morrer.

— • —

Durante toda essa jornada à beira do rio, Zé Minino esteve matutando muito sobre algo que Umberto havia lhe dito sobre as águas, que elas eram chamadas de ouro azul. Ao ouvir seu filho dizer isso, houve um início de contentamento em seu peito, mas foi rápido.

"Quem a chama assim são os homens que a tratam como mercadoria", continuara o filho. "Uma mercadoria cujo valor é até maior que o do próprio ouro, pai, já que sem água nenhum homem vive. Em muitos lugares ela já tá escassa, e, se as coisas continuarem como estão hoje, essa escassez vai se alastrar. Por isso tem muita gente querendo ser dono das águas e fazer delas algo com que possa lucrar."

"Mas isso vai acontecer, filho?"

"Já tá acontecendo, pai. Em muitos países. E pode acontecer aqui. A água deixar de ser um bem de todos e se tornar um bem particular."

Que a água podia ter dono, Zé bem sabia. É o que via com os açudes, as barragens, as lagoas na propriedade de um ou de outro. Mas se tornar cobiçada como o ouro? De fonte para matar a sede e necessidades humanas virar fonte engolida pelo dinheiro?

"Se entendi bem, filho, não vou querer viver numa terra assim."

— • —

Quão enorme era sua ignorância das coisas do mundo! Quão mínimo ele era perante a imensidão da cobiça dos homens! Essa era perplexidade que ficava em sua cabeça quando pensava nos homens que transformavam a doce beleza azul da água na beleza dura do ouro. Umberto havia falado da maldita fome de riqueza que só vê no mundo o que a ambição consegue ver. E ele contrapunha: "Filho, num é possível deixar que esse olho perverso veja mais que o olho bom". Mas sabia o quanto era incapaz. E era essa incapacidade que ficava em sua cabeça.

Mas agora. Agora não! Agora, a descoberta da nascente protegida rejuvenesceu Zé Minino. Deu-lhe uma nova força que sentiu percorrê-lo da cabeça aos pés. Não estava sozinho.

— • —

Ele e a Véia do Mato ficaram um tempo ali em volta da nascente primitiva, desfrutando a beleza do lugar, descansando da longa jornada. Quanto tempo tinha passado desde que ele saíra de sua casa? Mais de ano. Dois? Três? Sabia pela mudança das estações e também quando entrava nas cidades onde conseguia empregos provisórios e ficava a par das notícias do mundo. Mas o que importavam os anos? O que importava é que agora ele sabia o que fazer. Mesmo que fosse algo pequeno, miúdo, alguma coisa era preciso que ele fizesse. E ele faria.

— • —

Seguiram pelo mesmo caminho de volta.

— • —

Dessa vez ele entrou na cidade da fábrica. Encontrou uma lanchonete com rapazes e moças agrupados e ruidosos, em duas mesas na calçada. Eram estudantes. Zé Minino se apresentou. Contou que estava vindo da cabeceira do rio. Esse rio, que não era caudaloso, não era importante, mas sempre fora um lindo rio que era deles, passava pela cidade deles, perto de suas casas, esse rio estava sendo envenenado por muitas coisas. Entre elas, a fábrica de ração que despejava ali seus resíduos tóxicos. Talvez eles, ainda tão jovens, não tivessem conhecido como foram alegres e límpidas suas águas.

— Eu conheci, sim — disse um.

— Eu também. Aprendi a nadar pulando da ponte — disse outro.

— Então vocês sabem como ele está mudado. Ele, não. Quer dizer, não foi o rio que mudou, mudaram ele. E eu fico doido vendo isso.

— Nós também.

— Então, pra dizer o que eu penso, acho que é capaz de haver um jeito de acabar com essa morte lenta. Ou pelo menos tentar.

— Que besteira esse velho tá falando — ergueu-se a voz de um deles.

— Que véio louco! Cês vão continuar dando corda pra esse doido? — disse outro.

— Tá pensando o quê, véio? Cê nem é daqui?

— Olha o respeito, gente! — disse uma das jovens. — Se não quiserem escutar, é só ir embora. Nós queremos escutar o que esse senhor tá falando. — E pediu para ele continuar.

E Zé Minino explicou sua ideia. Não era coisa para uma pessoa fazer sozinha. Sozinho, ninguém daria conta. Mas se eles, jovens, quisessem e conseguissem atrair mais gente, poderiam começar uma campanha para que a fábrica não despejasse o lixo tóxico ali. Não sem tratamento. Que achasse outro lugar ou colocasse um filtro para limpar a água antes de despejá-la.

Seu jeito tranquilo de falar, sua figura, seu carisma, ia despertando uma centelha naquela juventude que parecia escutá-lo, inflamada, movimentando a cabeça para cima e para baixo. Sim, sim, era possível. Ia ser demorado convencer os moradores, mas era possível. Só teriam que começar. Fariam cartazes. Passeatas. Iriam à porta da fábrica. À prefeitura. Animariam a cidade. Voltariam a nadar no rio. Seria uma festa.

— Assassinos de rio! Tratem do seu lixo! — gritou um deles, os outros acompanhando.

Vendo a animação, Zé Minino até pensou em ficar mais tempo na cidade, ver os primeiros passos que eles dariam, mas achou melhor não. Que eles mesmos tomassem a frente da campanha. Eram os moradores dali, dependia deles o cuidado com aquele pedaço do rio. Zé tinha seu caminho a seguir.

Quando saiu, passou pelo grupo dos três que haviam saído da lanchonete, que gritaram em sua direção:

— Vê se num volta por aqui, enxerido!

— O que você ganha com essa pregação, véi maluco?

Zé Minino nem virou a cabeça. Sabia que muitos não iam gostar do que ele dizia. Não fora sempre assim com as lutas de sua vida? Exatamente por isso seria uma luta, e não uma conversa à toa. Fez que não ouviu e seguiu seu rumo.

— • —

Nesse ritmo, ele e a Véia do Mato fizeram a jornada de volta. Ela ficava à sua espera enquanto ele entrava nas cidades para encontrar as pessoas a quem contar como estava a nascente do rio, incentivá-las a empreender aquela pequena grande luta e tomar conta da parte que lhes cabia. Era até surpreendente. Como se faltasse só uma pequena ideia para que as coisas pudessem tomar outro rumo, um pequeno sopro para que a labareda acendesse, pois a verdade é que o povo amava as águas que passavam por sua morada. Estavam tristes. Estavam indignados. Precisavam dessa água. Não há povo que não ame seu rio, que não compreenda o quanto ele é necessário. Só ainda não tinham se dado conta de que poderiam, eles mesmos, protegê-lo.

— Agricultores de soja: tratem da terra onde plantam sua lavoura! Não poluam o rio. Não envenenem as águas! Esqueçam dos aviões que despejam nuvens tóxicas sobre nossa cabeça, sobre a terra e sobre as águas! Descubram uma maneira de não matar o que sustenta sua riqueza!

— • —

E havia a recíproca. O entusiasmo dos jovens também tomava conta de Zé. E ele pensava em Maria Branca. Como ela ficaria contente vendo esses jovens. Ele sabia que seria muito difícil que a movimentação que provocava resultasse em atitudes concretas, permanentes e imediatas. Mas quem era ele para prever o futuro? Não poderia. Era apenas um velho homem que fazia escolhas. E o que tinha agora diante de si era outra dessas escolhas que lhe aparecia com muita clareza. Acenderia seu pito e ficaria olhando o mundo passar ao largo, como se nada tivesse a ver com ele, ou acenderia seu pito e faria o pouco que ainda lhe cabia fazer com sua força de velho, para participar do movimento em busca de um mundo que entendesse e amasse suas águas?

— • —

Coração no ritmo enérgico da jornada cumprida, Zé Minino aproximou-se de sua pequena cidade. A Véia do Mato atrás. Ele agora compreendia melhor aquela mulher. Sua solidão. Sua necessidade de um rumo, como ela própria havia lhe dito. Sua escolha por segui-lo. Pessoas não foram criadas para viver sós, menos ainda à margem. Pensou em chamá-la para morar no barraco da Véia, sua avó, mas logo compreendeu que essa Véia do Mato não aceitaria. Não entrava em cidades. Era mesmo do mato. Era no mato que continuaria vivendo. Então Zé a fez entender que, dessa vez, ele ficaria ali. Agradeceu a companhia. E, de maneira muito desajeitada, lhe deu um abraço, enquanto os quatro olhos dos dois, tão próximos naquele momento, tornaram-se, eles também, por um instante, miúdas nascentes a ponto de brotar.

Capítulo 3

Ao ver o perfil da cidade, Zé Minino pensou no reencontro com os seus. Como estariam Doroteia e Umberto? Valdelice e seus meninos? Nestor e Janice? Estariam ainda na casa dos angicos? Só no fio desse pensamento é que começou a se perguntar, mais premente, quanto tempo teria durado aquela busca de uma nascente. Nunca mais se olhara no espelho, mas seu cabelo branco, que crescera a ponto de ter que amarrá-lo com pedaços de cipó, ressaltava agora sua magreza e seus traços indígenas. Novas dores pelo corpo o faziam pensar em sua idade. Quantos anos teria? Nunca pôde fazer essa conta, não carecia saber. Era um homem sem aniversários. Maria Branca pelo menos sabia o dia em que nascera, não o ano, mas o dia, 27 de julho, quando sua mãe fazia um bolo e cantavam os parabéns, só as duas, e apagava uma vela dessas usadas para alumiar o quartinho. Teve até a vez em que o patrão lhe deu uma pulseira de prata, mas a mãe a proibiu de usar. E, se alguma vez sua mãe lhe disse em que ano nascera, esquecera. Tampouco recordava quantos anos tinha quando chegou à fogueira de Maria Preta. Foi perto de chegar seu sangue, isso ela sabia, porque foi Maria Preta quem lhe explicou. Sua mãe lhe dissera que o sangue que correria entre suas pernas era a maldição da mulher. Por isso chorou quando viu a calcinha manchada com um sangue escuro, grudento. Quando contou que a mãe chamava aquele sangue de maldição, Maria Preta explicou que ela devia ter esquecido a outra parte. "É maldição, se pode dizer, mas é também bênção. Se num fosse bênção, cê num teria nascido, mocinha." Foi também Maria Preta que lhe dissera que devia ter, então, doze ou treze anos. Pelo jeito, era mais ou menos isso que ele tinha quando chegou à Coluna, pensou Zé. "Então hoje teríamos quantos, minha Branca? Cem? Não importa. Me sinto outra vez minino. Meu coração voltou a ser igual ao do jovem que seguiu atrás da Coluna, agora que sei que minha luta não será a de um homem só."

— • —

Zé Minino exulta. Hoje verá seu povo. Os filhos que lhe restam e os netos que, porventura, nasceram. O filho do Donato. Os vizinhos. Os amigos. Os conhecidos. O ipê de flores brancas que Anja plantou pouco antes de morrer, será que deu flor?

— Está vendo, Maria Branca? Estamos chegando.

Entra na cidade e vai seguindo até a praça. Mudanças nas ruas. Lojas de produtos diversos. Anúncios de salão de beleza. Sorveteria. Sapataria. Um mercado onde antes era a venda de seu Joaquim. Muita gente que não conhece. Outras que o olham como se o reconhecessem, e ele responde satisfeito aos cumprimentos, mas não se detém. Tem pressa. A vontade de rever a casa dos angicos brancos e da trepadeira de buganvílias vermelhas cobrindo a porta, vontade que durante tanto tempo guardara em um canto do peito e da cabeça e agora, ao sentir as cores e os cheiros das ruas, parecia prestes a arrebentar seu peito. Não vê nem ouve o carro vindo veloz.

É um menino, bem parecido com o que ele foi, que por sorte vem logo atrás; sente o ar desconhecido empurrar suas costas e, num átimo de compreensão da ameaça, dá um tremendo empurrão no homem de cabelos brancos à sua frente.

E logo o barulho infame de freada e batida.... Teve batida?

O silêncio ecoou pela praça em fração de segundo.

O povo correu para ajudar Zé Minino.

O SUV amarelo, tração nas quatro rodas, nem parou.

Agradecimentos

Nasci no Cerrado e lá passei minha infância, adolescência e juventude. Este é o segundo romance que fiz questão de situar entre suas retorcidas árvores milenares, espaços amplos e campos verdes.

E, por ele, devo muitos agradecimentos.

O primeiro eu dirijo ao grande estudioso e especialista do bioma do Cerrado, o antropólogo e arqueólogo Altair Sales Barbosa, a quem devo as informações que mesmo quem mora no Cerrado desconhece. Seus artigos e suas entrevistas abriram meus olhos para a extinção em curso desse pedaço de nosso país — ignorado e negligenciado por tantos. De certa forma, foram seus escritos e alertas que inspiraram este romance.

Há vários momentos da história de Goiás que meus personagens atravessam. Como meu objetivo era a escrita de um romance cuja trama é pura ficção, esses momentos são abordados apenas enquanto circunstâncias que envolvem esses personagens. Mesmo assim, evidentemente, tive que me apoiar em vários materiais de pesquisa.

Entre eles, quero destacar:

- sobre a Coluna Prestes, o fascinante livro *A noite das grandes fogueiras*, de Domingos Meirelles, a quem só me resta agradecer pelo belo material que me proporcionou;
- sobre a história do movimento da Santa Dica e a Revolta de Trombas e Formoso, consultei dissertações

e artigos acadêmicos disponibilizados no Google. É possível que haja outros escritos sobre esses movimentos; no entanto, infelizmente, não consegui acesso a eles. Cada uma dessas histórias daria, por si só, outros romances.

Quanto ao meu original propriamente dito, agradeço a duas queridas amigas escritoras que acompanharam sua escrita desde o começo: Índigo e Ivana Arruda Leite. Foi formidável tê-las como leitoras nos momentos de dúvidas e inseguranças.

Agradeço também, e muito, a minhas maravilhosas agentes literárias Luciana Villas-Boas e Anna Luiza Cardoso, pelas valiosas recomendações; e a meus queridos editores, Silvio Testa e Carla Fortino, pela leitura atenta e altamente profissional. Sinto toda a confiança no trabalho de vocês.

Meu obrigada carinhoso à minha filha Galiana, que, como estudiosa do Cerrado, me esclareceu algumas dúvidas.

E, finalmente, meu imenso obrigada ao Felipe, pela atenção e pelas sugestões dadas depois de cada uma das suas sucessivas leituras das versões deste original.

Sobre a autora

Maria José Silveira é escritora, editora e tradutora. Formada em Comunicação (Universidade de Brasília, UnB) e Antropologia (Universidad Mayor de San Marcos, Lima/Peru), é também mestre em Ciências Políticas pela USP. É goiana e mora há vários anos em São Paulo.

Seu primeiro romance, *A mãe da mãe de sua mãe e suas filhas*, publicado originalmente em 2002 e relançado em edição ampliada em 2019, recebeu o Prêmio Revelação da APCA. A história acompanha a saga de uma linhagem de mulheres que tem início com a chegada dos portugueses à costa brasileira. Foi publicado nos Estados Unidos, na França, na Itália e na China.

Eleanor Marx, filha de Karl (2002) é a história do amor infeliz que levou ao suicídio a filha de Karl Marx, aos 43 anos. O romance busca entender como uma intelectual, atriz, feminista e militante, além de preferida do pai, chegou a esse extremo. Foi publicado também no Chile e na Espanha.

O fantasma de Luís Buñuel (2004) recebeu Menção Honrosa do Prêmio Nestlé e foi adotado em vários vestibulares. Conta a história de cinco amigos que se conheceram em 1968, na universidade, e a cada dez anos se reencontram. Nesse romance de formação de jovens que viveram os vinte e um anos de ditadura civil-militar, cada capítulo é contado por um dos personagens.

Guerra no coração do Cerrado (2006) é a história romanceada de Damiana da Cunha, da etnia Kayapó-Panará, que em 1780 foi batizada e adotada pelo então governador da

Província de Goiás. Ao crescer, tornou-se líder de seu povo, e seu destino foi servir de ponte entre a cultura indígena e a do colonizador.

Com esse ódio e esse amor (2010) é, de acordo com Ignácio de Loyola Brandão, "a literatura brasileira penetrando nos meandros do continente americano". Uma engenheira brasileira vai participar da construção de uma ponte na Colômbia e é sequestrada pelas FARC. O romance volta no tempo para contar sobre Tupac Amaru, o primeiro líder revolucionário da América do Sul, e mostra como o passado está fortemente ligado ao presente.

Pauliceia de mil dentes (2012), seu sexto romance, tem como protagonista a cidade de São Paulo nos dias de hoje. Considerado um "romance de multidão", graças aos muitos personagens que se entrelaçam, foi indicado ao Prêmio Portugal Telecom.

Felizes poucos: onze contos e um curinga (2016) é seu primeiro livro totalmente dedicado aos anos de ditadura civil-militar, e cada conto se refere a uma circunstância distinta vivida durante o período.

Maria Altamira (2020), seu sétimo romance, foi finalista dos prêmios Oceanos, Jabuti (na categoria Romance Literário) e São Paulo (Melhor Romance do Ano de 2020) e conta a história de duas mulheres fortes unidas pelo sangue e marcadas pela destruição.

Em 2022, publicou seu oitavo romance, *Aqui. Neste lugar.*, uma história distópica e metafórica em que amazonas e guerreiros dividem a cena com figuras cômicas e entes folclóricos, na melhor tradição modernista.

Maria José Silveira é também autora de cerca de vinte livros infantojuvenis — muitos deles premiados e adotados —, participou de coletâneas e antologias e escreve para teatro.

Farejador de águas é seu nono romance.

Sobre a concepção da capa

Fabiana Yoshikawa

No momento em que esta história chegou a mim, pensei na cianotipia para reproduzir a relação de Minino com a água e a paisagem que o cerca.

A cianotipia é um processo de impressão fotográfica que não utiliza câmera: a matriz a ser reproduzida deve ser colocada sobre um papel emulsionado com substâncias químicas sensíveis à luz. Após a lavagem com água corrente, ocorre uma reação que revela os contornos da imagem, enquanto as partes sensibilizadas resultam no chamado azul da Prússia.

Ao pesquisar melhor o processo, conheci Anna Atkins, pioneira na história da fotografia. Seu primeiro livro, *Photographs of British Algae: Cyanotype Impressions* [Fotografias de algas britânicas: impressões de cianotipia], lançado em 1843, foi totalmente escrito à mão e ilustrado com 307 cianotipias. Anna era botânica e empregou a técnica para fotografar e catalogar as espécies que encontrava.

Embora o processo possa ser realizado tendo objetos diversos como matrizes, preferi honrar a cianotipia botânica de Anna. A imagem da capa foi obtida a partir de uma folha de palmeira — e, numa segunda leitura da imagem, ela pode remeter a veios de água fluvial. Para criar o verso, usei flores de capim-estrela, vegetação rasteira comum no Cerrado e importante para a regeneração natural do solo; fiquei grata ao saber que essa planta é um alento para o bioma retratado no livro.